Trëndafila dhe qiparisa

*Për tim atë,
tim shoq
dhe fëmijët*

Ornela Musabelliu

Trëndafila dhe qiparisa

tregime

RL BOOKS
BRUKSEL
2024

Trëndafila dhe qiparisa
Copyright 2024 © Ornela Musabelliu
Redaktor: Dritan Kiçi

Gjithë të drejtat të mbrojtura. Ky libër apo pjesë të tij nuk mund të riprodhohen ose përdoren në çfarëdolloj forme pa lejën e shkruar të botuesit, përveç rasteve të citimeve të shkurtra për recensione apo analiza letrare.

ISBN: 978-2-39069-029-0

RL Books
www.rlbooks.eu
admin@rlbooks.eu
Brussels, Belgium, 2024

Përmbledhja

Dënimi 1
Këpucët 12
Trëndafila mes qiparisave 17
Zemërimi 34
Lidhëset 43
Pritja 55
Përdhunimi 61
Bardhë e zi 64
Ankthi i një qyteze 69
Shpirti im 76
Dita e nënës 86
Heshtja 94
Nishanet 107
Kryqi 112
Zonja Ryjkebys 119
Vrasja e merimangës 126
Tatuazhi 142
Shoferi 148
Silver Singles 154
Shkallët 163
Vdekja... e gjuhës 168
Punishtja 175
Kujdes çfarë dëshiron! 182

Komoja e plakushit 188
I fejuari..198
Leonorë...204
Dua më shumë...!...211
Dita e valixhes së zezë...214
Dera 223
Çifti 227
Të panjohurit 233
Shën Valentin i kuq..239
E qara! 246
E bukura mes varreve..253
Ajo ish vdekja 260
Fustani 275

Dënimi

"Mos pipëti, zë mos të të dëgjoj! E mos lëviz derisa të them unë, ndryshe... se s'vë mend ti!", më urdhëroi e inatosur. Mbylli derën e banjës, fiku dritën dhe iku. Një hop e mbajta frymën në pritje; me siguri do t'i vinte keq këtë herë e do ma falte shpejt. Ja, do rrijë pas derës veç dy-tri minuta, mendova, pastaj do e hapë, do fusë në fillim kokën me flokët e kapura rrëzë qafës me kapësen e zezë, e do më pyesë: "Hë, si thua, do ta bësh më?". Pastaj do më përqafojë, do më këshillojë të bëhem djalë i mbarë e do më marrë me vete në kuzhinë. Por as dera nuk u hap, as hapat ndërsa ikte nuk i ndjeva. Kur shpresa më la, u rrëqetha nga errësira, ndaj shqeva kokërdhokët sa munda, e përpiva krejt errësirën dhe sytë i mbylla fort. Kështu mendova se terri do zhdukej. Dhe s'do kisha më frikë. Nuk kam. Ndonëse edhe me sy mbyllur errët është. Por nuk kam frikë, nuk kam... Po e gënjej mendjen se errësira është jashtë meje. Jashtë banjës ku jam kyçur. Jashtë shtëpisë. Shtëpia ime është gjithmonë e ndriçuar. Edhe pse mami nuk pushon kurrë së bërtituri: "Fikni dritat! Mbyllni dyert!". Sa qejf ka t'i mbyllë gjërat mami. Si mua në banjë.

Tash me sy shtrënguar fort harrova jo vetëm të kem frikë dhe që është errësirë, por edhe se çfarë gabimi bëra. Këtë herë pata fat. Mami nuk më rrahu. Më shkuli paaak veshin derisa më solli nga kuzhina këtu. Kështu e siguron që të paktën për ndonjë javë, unë nuk do ta përsëris të njëjtin gabim. Se ajo e di që e kam frikë errësirën. Dhe të rri vetëm. Po të kisha një motër a vëlla, nuk do isha kurrë vetëm. Sa bukur do qe sikur mami të na mbyllte të dyve në banjë. E keqja është që e harrova çfarë bëra. Ndoshta nesër do detyrohem të rri prapë ca orë të mira këtu, se mund ta përsëris fajin padashje.

Shpresoj shumë që dikujt t'i shpëtojë çiçi e të vijë sa më shpejt këtu. Atëherë "do detyrohem" të dal. E mami s'ka ç'të më thotë. Për urgjenca të tilla anulohet gjithmonë urdhri i parë. Le që vetëm mami është në shtëpi. E ajo do mundohet ta mbajë, se e di që jam unë këtu. Sa pa fat jam! Po sikur t'i hap sytë, a do më kujtohet çfarë bëra? Jo, jo. Kështu rrezikoj të trembem dhe, edhe nëse e kujtoj, prapë do ta harroj nga frika. E nga frika mund të lagem në pantallona. Sa për të qeshur! Jam në banjë, por as çiçin nuk bëj dot. Mami më ka urdhëruar as të mos pipëtij, as të mos lëviz. Sikur të kisha një vëlla apo motër...!

Jam mbështetur pas druve, që babi i ka stivuar për merak te kjo pjesë si depo e vogël. Mami ka qepur një perde të trashë për t'i mbuluar sa herë vijnë miq. Zakonisht perdja rri hapur, që mos të na pengojë kur marrim drutë ose rraqet e tjera, poshtë tyre. Në hundë më vjen aroma e pemëve të prera dhe e myshkut, që më pëlqen shumë. Nuk më pëlqen kur i presin pemët, se i dua shumë. Njëherë, kur isha më i vogël, rreth pesë vjeç, babi qeshi me të madhe, se i thashë që do ishte më mirë të mos përdornim pemë të vdekura për t'u ngrohur.

"E me se ta bëjmë zjarrin?", më pyeti, ndërsa më mbante në prehër e qeshte.

"Të djegim letra", kërceva, sikur po i thosha një zgjuarsi të madhe (kjo e fundit është shprehje e mamit: "Pa ç'na the, një zgjuarsi të madhe!"). Atëherë babi më shpjegoi se edhe letrat nga "pemët e vdekura" bëhen. Që atëherë i kam marrë zët edhe fletoret e shkollës.

Në krah të djathtë të druve rri varur në mur, në një gozhdë të madhe, govata cingat. Nuk e shoh dot, por e di që është aty, siç e di që në cep të banjës, poshtë dritares, është furnela me vajguri, që mami, duke psherëtirë e ofsharë, ia ndërron shpesh fitilat. I kam parë si i përgatit; merr rripa nga copat që i mbeten nga fustanet që qep dhe i shkon nëpër vrimat e furnelës. Pjesën më të gjatë të tyre e zhyt te vendi ku hidhet vajguri, ndërsa pjesën tjetër e tërheq sipër, që kur t'i ndezë me shkrepëse ato të marrin flakë. E pastaj aty zien rrobat e bardha te kusia e madhe ose gatuan, gjithnjë duke u ankuar:

"Po, po, se më duhet mua ta vras mendjen çdo ditë ç'do hamë. Ja dhe sot ia hodha, po nesër ç'të gatuaj? Të ziej këmbët e mia!".

Te muri përballë, sipër banjës alla turka është dushi me vajguri, që buçet me të madhe të dielave, sa herë babi e ndez që të lahemi. Një herë, te shtëpia e kushërirës së babit, u habita shumë. Ajo s'e kishte banjën si ne, por me qyp. Mami më tha se quhej banjë alla frënga e se vetëm ajo lagje e re në qytet i kishte banjat ashtu. Edhe ajo e donte një të tillë, por ne banojmë në lagjen e vjetër, prapa spitalit.

Te pasqyra e vogël mbi lavaman, unë nuk shihem dot kurrë. Mami s'më lë as të hipi mbi stol, se ka hall mos rrëzohem e thyej ndonjë këmbë a krah. Poshtë është një legen i madh ngjyrë qumështi, që rri përherë i mbushur me ujë, e në krahë të tij një fuçi e vogël, po e mbushur me ujë. Ngjitur në mur është një raft prej druri, i madh nga toka në tavan, që e ka bërë babi te puna dhe mami ka vendosur plot gjëra. Mes raftit dhe lavamanit rrinë varur një peshqir për duart e një për sytë, ndërsa pas dere janë peshqirët e trupit.

"M'u bënë duart gjak nga të larit", i ankohet

shpesh mami tim eti, që nuk dëgjon ta blejë një lavatriçe. "Ja, Mira e katit të tretë, gjithë ditën duarkryq rri në laborator, fëmijët ia rrit e vjehrra e prapë rrobat i lan me lavatriçe. Mua që më bie bretku...".

Babai zakonisht nuk e dëgjon deri në fund.

"Epo ajo është grua doktori".

"Po edhe ti punon në degë".

"Po, marangoz", i qesëndiset.

Këtu mbyllet sherri, që hapet ditën kur mami do ta shtrojë prapë kurrizin mbi govatë.

Mira është vërtet grua doktori, por ka bërë tre fëmijë se... Mami punon rrobaqepëse dhe veç mua më ka. Po të kisha motra apo vëllezër të tjerë, tani me siguri do kisha dalë nga banja, se fëmijëve u shpëton më shpesh. E shikoj në klasë, që një e më dy i kërkojnë leje mësueses të dalin jashtë. Një herë, kur sa kisha filluar klasën e parë, bëra një gafë në shkollë. I thashë mësueses se mami, kur më dënon, më mbyll në banjë. Gjithë nxënësit qeshën. Të poshtrit. Unë e di që edhe ata i mbyllin, por nuk tregojnë. Tani që jam rritur një vit më shumë, nuk e bëj më atë gabim. Se ma tregon mami qejfin pastaj dhe se e kam mësuar që ndonjëherë duhet të gënjej. Këtë ma ka thënë edhe mami, por, nëse guxoj e gënjej atë, më piu e zeza.

Nuk e di pse mami ka frikë të bëjë fëmijë të tjerë; si rrobaqepëse do ketë gjithmonë me ç't'i veshë. Mua më mban mirë.

"Të ka zili gjithë lagjja", më thotë sa herë më qep paliçeta të reja apo më thur ndonjë bluzë me shtiza.

Sa merak e ka lagjen ajo. "Ule zërin, se na dëgjon lagjja", "Shët, se do na qeshë lagjja"... lagjja, lagjja i rri në gojë gjithë ditën. Babi mërzitet shpesh nga këto fjalë, ngre dorën në ajër, bën një "ehuuu" dhe del nga shtëpia të takojë shokët.

Babi nuk më dënon asnjëherë dhe mamit i ngrihen nervat për këtë.

"Po, po, përkëdhele ti, se të tjerat i heq unë me të", i thotë.

Tani m'u kujtua gabimi, megjithëse nuk i hapa sytë. Ne banojmë në kat të dytë e poshtë nesh rri një plakë e rrjedhur, që s'i pushon goja ditënatë. Pak zhurmë të bëj unë, ajo merr pecin e gjatë dhe i bie tavanit, që është dyshemeja jonë. Sa kurioz jam të shkoj njëherë te shtëpia e saj. Me siguri e ka gjithë vrima tavanin. As për Vit të Ri, që bëjmë vizita pothuaj në gjithë pallatin, te ajo nuk shkelim kurrë. Qëparë, sa filloi teta Pavlina të tregonte përrallën, kërceva nga nimi, që babai ka vënë në aneks afër sobës, drejt e në tokë, që të shkoja para televizorit. Po aq fort u hodha, sa qelqurinat e bufesë u tundën me një zhurmë të tmerrshme, sa mendova se rranë krejt, ndërsa mami, që po lante enët, u tremb aq shumë, sa i shpëtoi një pjatë nga dora, që theu edhe nja dy gota kur u përplas në lavaman. Pas kësaj filloi edhe avazi nga plaka poshtë: bum, bum, bum, buçiti dyshemeja. Mami fshiu me të shpejtë duart pas përpareses, më kapi nga veshi e ja ku jam këtu. As përrallën s'e dëgjova e as babi s'po vjen akoma. Se kur hyn në shtëpi ai, gjëja e parë që bën, përplas lehtë këmbët tek rrugica e vogël që mami lë te dera e jashtme, heq këpucët dhe hyn drejt e në banjë të lajë shputat dhe çorapet me dorë. Sa i kujdesshëm është babi. Ai e dëgjon mamin, kurse unë...

Kur të vijë babi, para se të më thotë të dal nga banja, do t'i lutem t'i thotë mamit të më bëjë një motër ose vëlla. Kështu s'do fle vetëm natën në aneks dhe radha për t'u mbyllur në banjë në errësirë do më bjerë më pak. Po të bëjnë dy apo tre, do jetë akoma më mirë. Ndoshta atëherë babi do t'i lutet kryetarit t'i japë autorizim për të blerë një lavatriçe për mamin e ajo do jetë më e gëzuar e nuk do më dënojë kaq shumë... Mua vetë s'ma mban t'ia kërkoj, se ajo nxehet e më thotë se boll më ka mua sa për dhjetë fëmijë.

Babi po vonohet ose unë nuk e kam dëgjuar të hyjë. Po unë sytë kam mbyllur, jo veshët. T'ia ketë hapur mami derën e t'i ketë thënë të mos hyjë në banjë për nja dy orë? Rrezikoj të rri këtu derisa të mitë të bëhen gati për të fjetur. Nuk janë pak dy gota dhe një pjatë... dhe ca goditje peci nga plaka e rrjedhur. Mami nuk e duron dot hiç:

"Nga na u bë sebep në pallat kjo plakë-shtrigë? E kishim mall Tatjanën; bënte sikur fshinte shkallët sa herë kalonte dikush e s'i flinte shpirti rehat po të mos mësonte kush hynte e dilte nga pallati, por s'ndihej të paktën. Kurse kjo... papapa", i thotë babit, duke ndukur e shkundur bluzën me dorë, që tregon sa s'e duron dot plakën Fije.

As unë s'e duroj dot kur më ngul ata sytë e vegjël plot inat e s'mi ndan derisa u jap këmbëve shpejt dhe iki. Po të kisha një motër apo vëlla të vogël, do bëhesha trim e do ta mbroja nga ajo. Ndonjëherë mendoj sikur plaka të ishte mami i mamit tim. Ky mendim më vjen sa herë mami më ndëshkon. Po ta kishte nënë plakën Fije, edhe ajo do ta dënonte mamin, do t'i bërtiste e do ta bënte të ndihej keq. Atëherë ndoshta mami do ta kuptonte sa më lëndon mua.

Po ky babi pse s'po vjen? Nuk është kthyer hiç nga puna sot. Ja ku ra zilja. Me siguri është ai. Hapat e mamit që ecën si në majë të gishtave nuk i dëgjoj, por... prit...

- Ah jo, nuk vjen sot, se kish një rast vdekjeje në Tiranë.

Dera mbyllet. Prapë s'e dëgjoj mamin, por derën e kuzhinës që mbyllet pas saj po. Se dyert duhet të rrinë gjithmonë mbyllur, kështu s'na dëgjojnë komshinjtë kur flasim dhe nuk ftohen dhomat. Unë fillova të dridhem këtu. Kam ftohtë dhe babi nuk do vika sot... kush të ketë vdekur? Më hyjnë më shumë mornica në trup. Më frikësojnë të vdekurit. Shokët më kanë thënë se ata vijnë natën në errësirë të na marrin, por po t'i mbyllim sytë fort nuk na marrin dot, se s'na i shohin sytë. I shtrëngoj edhe më shumë, aq sa më djegin. Dhe kam ftohtë. Dhe u lodha në këmbë. Mami s'ka ndërmend të më nxjerrë. Po sikur ta thërras e t'i premtoj se s'do bëj më gabime? Jo, jo. Asaj do t'i ngrihen më keq nervat e me siguri do më dënojë edhe me ndonjë gjë tjetër. Për shembull, s'do më lërë të shkoj te gjyshërit të dielën. Sa kënaqem kur shkoj atje. Janë shumë njerëz në një shtëpi. Xhaxhai im ka dy fëmijë dhe gruaja e tij ka një bark të madh, si top. Do bëjë një bebe tjetër. "Ndoshta një gocë", tha ajo një ditë, ndërsa përkëdhelte barkun. Turi u ankua se nuk donte motër, boll e kish vëllain. Po doli gocë e ai nuk e do, do t'i them të ma falë mua. E dua unë. Po kush ta fal se. Teta Leta po lutej të bënte një vajzë të bukur. Edhe ajo vetë është e bukur. Më e bukur se mami im. Dhe qesh shumë. Sa shumë qesh. Sa kënaqem kur shkoj atje. Ajo m'i përkëdhel flokët dhe më thotë se jam djalë i mirë. Po, po. Pa të pyesë mamin tim. Teta Leta nuk i mbyll kurrë në banjë Turin dhe Xhenin. Ata e kthejnë shtëpinë përmbys e ajo hiç. Sikur të isha djali i saj!

Sa shumë ftohtë kam. "Ma, o ma". Thërras lehtë, se nuk ma mban. Edhe dua të më dëgjojë, edhe jo. Kam frikë. Por jo nga errësira, se i kam ende sytë mbyllur, por nga mami. U lodha edhe me sytë e shtrënguara, u lodha në këmbë dhe më ka shpëtuar çiçi. "Duhet të thuash urina", më thotë gjithmonë mami, por ajo nuk m'i dëgjon dot mendimet, ndaj e them si të dua me veten.

Ra zilja prapë. Dera u hap.

- A ta pyes pak Drinin për detyrat? Se nuk isha sot në shkollë.

Ky është shoku im. E ka shtëpinë në katin e pestë dhe ka tetë vëllezër dhe dy motra. Ai është më i vogli. Babai i tij është kosovar. Kështu e kam dëgjuar nga mami. Nuk e di ç'do të thotë "kosovar" dhe as mami s'ma shpjegon. "Do ta mësosh kur të rritesh". Ama unë vdes të shkoj te shtëpia e tij, por mami nuk më lë. "Ja, edhe ti u duhesh nëpër këmbë, se nuk janë boll vetë ata", më thotë. Po njëherë shkova fshehurazi dhe nuk i tregova. Mami ishte në punë. Sa u çudita me shtëpinë e tij dy dhoma e një kuzhinë. Njëra nga dhomat kishte dy krevate teke dhe dy të lartë, dyshe. Nuk kisha parë kurrë të tillë.

"Janë krevate marinarësh", më shpjegoi shoku. Vëllai i tij më i madh është ushtar dhe vjen shumë rrallë në shtëpi, veshur me rroba ushtrie dhe këpucë të rënda. Motrat janë martuar dhe ai është bërë dajë me dy nipër, por ai është më i vogël se ata. Sa më vjen për të qeshur kur i shoh ndonjëherë që ngjisin shkallët bashkë. Kënaqem. Pastaj mërzitem për veten. Ai mirë që ka plot vëllezër dhe motra, por ka edhe nipër, ndërsa unë asgjë.

- Tani në darkë e gjete ta pyesësh? - i kërkon llogari mami.
- Po tani u ktheva nga motra. Ajo bëri një bebe tjetër.

Jo, mami, mos e hap banjën. Nuk dua të dal tani. Nuk dua të më shohë shoku kështu; sytë më janë skuqur me siguri nga shtrëngimi, do më dhembin nga drita dhe pantallonat i kam lagur me çiç. E di që do më dënosh prapë, ndaj më mirë mos më nxirr hiç!

Këpucët

"Ta thashë edhe dje, edhe pardje, edhe para tri ditësh, nuk bëhen më. Hidhi në plehra!".

Plaku e vështroi me lutje përtej qelqeve të trasha të syzeve. Nuk kish aspak drojë në ata sy. As frikë. Veç lutje. Duart, me dy këpucët e vjetra shtrënguar, filluan t'i dridheshin.

Këpucari, i zhytur në rrobën e pistë me gjithfarë njollash mastiçi e bojërash, ia rrëmbeu vetëtimthi nga dora e me një padurim të papërmbajtur i shpjegoi:

"Shikon si janë bërë?!".

Zëri i trashë si kërcitje sholle mbi dysheme i mori një ngjyrë edhe më acaruese.

"E shef?! Tabani u është holluar e s'mban më, është shkëputur plotësisht nga qepja dhe lëkura është regjur e vjetruar sa s'ka ku të vejë!", vazhdoi t'i tregonte me zërin që i kumbonte brenda dyqanit, duke i përthyer këpucët gati në mes. "Kjo vrima e hapur këtu në thembër nuk mballoset më. Llapa i ka ikur fare. Më thuaj, ç'tu bëj unë këtyre?".

Plaku dukej sikur tkurrej e zvogëlohej pas

çdo përthyerjeje që u bëhej këpucëve. Po sikur të këputeshin fare? Uli sytë e pa instinktivisht gjysmaqafat angleze në këmbët e veta. Këpucari bëri të njëjtën gjë. Ato këpucë ngjyrë kafe, me lidhëse lëkure dhe ornamentet me vrima mbi majë, dukej se e mbanin ngrohtë në atë dimër të ashpër.

Pak galanteri i kishin shpëtuar kohës e të riparoje këpucët, rripat e çantat tani ishte thuajse luks. Në kapërcyell të shekullit të njëzetë, në kulmin e lulëzimit të globalizmit e konsumizmit, teshat nuk vlente t'i rregulloje më. Të kish qenë ndonjë riparim i vogël hajde de, por të riparoje ato grisurina duhej të kishe ndonjë arsye të fortë. Plakun e kish lënë me siguri mendja.

Këpucarit i pëlqenin tipat si ai, se me ta mbante hapur dyqanin; s'dinte të bënte asgjë tjetër e moshë nuk kish të ndërronte zanat, por, duke i parë këpucët e veshura, e pyeti gjithë habi:

"Përse të duhet t'i rregullosh këto? Këpucët që ke, duken të reja e të ngrohta.".

I moshuari nuk iu përgjigj. Ia rrëmbeu këpucët e vjetra nga dora e bëri të dilte, por ndaloi një hop e u kthye si t'i ish kujtuar diçka.

"Po m'i rregullove, do të paguaj dyfish!".

Nga matanë tavolinës së punës, tjetri shqeu sytë.

"Plak matuf", shfryu nëpër dhëmbë. Domosdo që ato këpucë duhet të kishin një rëndësi të madhe për të shkretin burrë, por puna ishte punë, ndaj, nëse do harxhonte kohë, të paktën të paguhej mirë. Sa t'i kërkonte? Që kishin vlerë për të dukej sheshit. Ndoshta me ato këpucë kishte njohur dashurinë e jetës ose ndoshta ishin dhuratë nga gruaja e vdekur, ose... Ku nuk i shkoi mendja në ato pak sekonda, që të përligjte insistimin e atij burri këmbëngulës për t'i rregulluar ato këpucë të vjetra e të shqyera.

"Më duhet të bëj cirk me këto këpucë. Nuk do jetë e lehtë t'i sjell në vete. Ndaj edhe dyfish nuk ia vlen barra qiranë", dhe i tregoi me gisht tabelën e çmimeve varur në mur pas shpinës së tij.

"Sa të duash ti. Veç bëji!", u përgjigj tjetri. "Kur të vij t'i marr?".

"Të paktën për një javë.".

"Jo, jo, shumë, nuk kam aq kohë. Më shpejt, më shpejt!".

"Epo vdekja s'po të pret prapa dere; edhe sikur, ato që ke mbathur, mirë i ke për atje", u zgërdhi këpucari.

Plaku e këqyri gjithë qesëndi nga sipër syzeve, bëri një shenjë me dorë e kërciti gishtat, sikur donte të thoshte: "Pikërisht këtu qëndron puna".

Këpucari nuk kuptoi asgjë, por nuk e vrau mendjen. I shkreti, dukej që kish rrjedhur; plak matuf, që ia kish zënë derën prej disa ditësh e nuk i ndahej. Por, tek e fundit, ç'i duhej: paratë do t'i merrte. Çmenduria e gjynahqarit nuk do i ngjitej përmes këpucëve!

Si i zënë ngushtë, plaku bëri të dilte, por sërish ndaloi te pragu. U kthye nga ustai, që po inspektonte me vëmendje këpucët e që shahej nëpër dhëmbë.

"Ah, se harrova. A të thashë që do vij t'i marr për tri ditë?".

"Jo, s'më the. Por di që të thashë për një javë!".

"Jo, jo. Nuk kam aq shumë kohë. Për tri ditë më ke këtu. Jepu duarve në qoftë se i do ato para. Ndryshe i mora mbrapsht që tani.".

"Në rregull, në rregull!", shqeu sytë me habi këpucari. "Tani ik e më lër të punoj…".

Plaku u duk se u bind, por në moment ngriti dorën, sikur t'i kërkonte leje të fliste.

"Ose, ose, e di çfarë…", po nuk arriti as ta mbaronte fjalën, se ustai e urdhëroi me ulërima të dilte jashtë, duke përplasur njërën nga këpucët mbi tavolinë.

Plaku kërrusi edhe më shumë shpinën, uli kokën, por nuk u largua.

I zoti i dyqanit po e humbte durimin. U ngrit vrik, i ra qark banakut të punës, i vuri plakut këpucët në dorë, e kapi për krahu dhe e nxori jashtë gati me të shtyrë. Kur e pa që kapërceu pragun, i lehtësuar vuri dorën mbi gojë, siç bëjmë kur duam ta mbajmë mos na dalë ndonjë

fjalë pa vend dhe me zë çuditërisht të qetë, tha:
"Mos më hajde më këtu! Plak i rrjedhur!".

Në trotuar, i moshuari u drodh nga ndryshimi i menjëhershëm i temperaturës dhe me këpucët shtrënguar në gji, me një buzëqeshje që mezi e mbante, u nis drejt shtëpisë.

Pak njerëz kish rrugëve dhe shtëpia nuk i dukej edhe aq bosh pas atyre katër ditëve debatesh të këndshme me këpucarin.

I hodhi këpucët në koshin e plehrave të stacionit të autobusit dhe, "Nesër te rrobaqepësi!", tha me vete e nxitoi hapat.

Trëndafila mes qiparisave

Njeri më të trishtuar se kopshtarin Xhonson nuk kish hasur gjithë ditën përvëluese. Krista rastisi të kthehej në shtëpi pak para se dielli të gëlltitej nga një re e dendur, që u mbush e u nxi në pak minuta, sikur të ushqehej nga tymi i dendur i shpërthimit të beftë të ndonjë furrnalte.

Plaku kish veshur doreza të trasha gri, që i arrinin deri te llërat e përveshura, kominoshe blu të zbërdhulëta e një këmishë të hollë linoje, rozë të çelët. Sa e pa gjitonen, vari gërshërët e mëdha në dorezën e karrocës së mbushur me barërat e këqija, drejtoi me mund trupin e lodhur, vuri njërën dorë mbi ballin e djersitur e i fali një hënëz të hollë buzëqeshjeje, që shpejt iu shua mes rrudhave të fytyrës.

- Dikush po më vjedh trëndafilat! - iu ankua i trishtuar.

Zoti Xhonson me të shoqen, Laurën, banonin në të njëjtin pallat me Kristën. Në fakt, gruaja rreth të dyzetave ishte shpërngulur mbi ta veç një vit më parë e jetonte vetëm. Edhe apartamenti i saj i përkiste pleqve Xhonson. Kish tringëlluar orë e mirë për të dyja palët, me sa duket, që çiftit i qe mbushur mendja t'ia jepnin hyrjen me qira. Çuditërisht po, se as lajmërim nuk kishin nxjerrë kurrë e as nuk donin që dikush të vërdallosej në shtëpinë e të birit. Se si ua kishte mbushur mendjen ajo grua e hajthme, me ato sy si qelqe të veshur me avull, as asaj dite nuk arrinin ta kuptonin. Por ishin të kënaqur, se Krista u ish bërë si vajzë. Shpesh u gatuante, u bënte pazaret, i ndihmonte për çdo gjë, mjaft që Kriku - siç e thërriste plakun e shoqja - dhe Laura të hapnin gojën.

Në fakt, e gjithë ndërtesa ishte shtuar me tri kate dhe zgjeruar me dhjetëra apartamente nga të dy krahët mbi shtëpinë e vjetër të Xhonsonve, që datonte që nga 1930-a. Kjo ndodhi kohë më parë, kur David Xhonson, i biri, u diplomua për arkitekturë. Djali shpalosi gjithë talentin dhe ideoi planimetrinë e më pas u lidh me një firmë ndërtimi; një sukses i vërtetë. I shkathët e i zgjuar nga natyra - "kopja e së ëmës", thoshin të njohurit - ndërtoi një pallat të bukur, që e gëlltiti banesën e vjetër, por pa i prishur asnjë grimë planimetrisë së brendshme. Shtëpia kishte strukturë të ndryshme nga apartamentet e tjera dhe një kopsht të gjatë deri buzë rrugës, rrethuar me trëndafila e ligustra, që plaku i krasiste me kujdes. Asnjë bimë nuk duhej të shtatej më shumë se një metër nga toka. "Laura ka nevojë të shohë njerëz e lëvizje", thoshte.

E shoqja lëngonte prej katër vjetësh, sa në karrocën me rrota, sa në krevat. Krik Xhonson kujdesej për të si për një foshnjë. E lante, e ushqente dhe darkave i lexonte libra, derisa gruan e merrte gjumi me një shprehje të papërcaktuar në fytyrë.

Krista vuante çdo dhimbje të tyre.

- Të kam thënë, që nga aksidenti asgjë nuk është si më parë. Tani po më vjedhin edhe trëndafilat! - vazhdoi dëshpërueshëm ankesat Kriku. - Veç të kuqtë marrin, të preferuarit e Davidit.

- Ndonjë i dashuruar besoj... - u përpoq të bënte humor Krista dhe zhyti fytyrën në petalet e një trëndafili të kuq, që kish nxjerrë krye mbi murin e gjelbër të ligustrave. Erëmonte sa e dehu nga kënaqësia.

Kriku tundi kokën mendueshëm.

- Ashtu qoftë! - tha, ngriti dorën në shenjë përshëndetjeje dhe u përkul të kapte karrocën. - Bëjmë mirë të hyjmë brenda. Kjo re mbi kokë do ngashërehet shpejt në vaj.

Dhe vërtet, sapo Krista futi çelësin në bravë, një shkreptimë e fortë tundi pallatin. Qielli u nxi e shiu nuk mori frymë gjithë natën.

Në mëngjes, me filxhanin e kafesë në dorë, gruaja hodhi sytë jashtë dritares së kuzhinës dhe pa që qyteti qe zhytur në një blu të kristaltë, ndërsa kopshti i Xhonsonve qe shtruar me petalet e hapërdara. Iu kujtuan fjalët e djeshme të kopshtarit plak, që i qante zemra për trëndafilat. Edhe më shumë do trishtohej kur të shihte që një pjesë e mirë e tyre dergjeshin në tokë. Më mirë të buzëqeshnin për ca dite në vazon e sallonit të një gruaje të dashuruar!

  Plaku, me shpinën e kërrusur, që dukej se i rëndonte atij trupi të rrëgjuar nga vitet dhe hallet, mbathur një palë galloshe të mëdha, bariti mendueshëm në kopsht. U përkul ngadalë e mblodhi ca shkarpa e degë të këputura nga stuhia. Sikur e ndjeu që po e vëzhgonin. Ngriti sytë. Krista e përshëndeti me dorë e Kriku lëvizi lehtë kasketën, që i mbulonte atë kurorë të rrallë e të zbardhur flokësh.

* * *

  Kur zbriti, e gjeti plakun po në oborr. Ajo jashtë rrethimit të gjelbër e ai zhytur në tokën e baltosur të kopshtit, folën për dreqin që ishte tërbuar natën dhe kthjelltësinë e atij mëngjesi të bukur.

  - Po shkoj të bëj ca pazare, - tha Krista, kur pa taksinë e zezë të afrohej. - T'ju sjell gjë sot?

  - Jo, moj bijë, nuk kemi nevojë për gjë. Nuk i kemi mbaruar akoma ato që na solle para ca ditësh. Je shumë e mirë që kujdesesh për ne pleqtë, - ia ktheu Kriku e në sy i vetëtiu një lot mallëngjimi.

- Do vij nga pasditja. Kam bërë kek me çokollatë, siç i pëlqen Laurës, - premtoi gruaja.

Burri babaxhan i hodhi një vështrim përkëdhelës e qortues. U ndanë. Krista nxitoi për tek taksia. Sapo iu afrua, iu drodh toka nën këmbë. Dridhja iu përhap në gjithë trupin e iu shkarkua në duar. Me mund tërhoqi dorezën, hapi derën e hyri brenda. Në kokë ndjeu t'i fërshëllenin tinguj të tmerrshëm metalikë. I urrente makinat! Sa herë hipte, ndjente ankth. Djersët e të dridhurat e shoqëronin gjatë. Preferonte të ecte në këmbë ose të përdorte transportin publik, por ndonjëherë nuk kish nga t'ia mbante.

* * *

Laurës i ngelën sytë te karfica vezulluese në jakën e këmishës së bardhë të Kristës: një kerubin i kaltër, me aureolën e dritës mbi krye, që përqafonte një zemër, dukej sikur luante kukafshehthi me flokët e artë të gruas. Pas çdo lëvizjeje të saj, engjëlli i vogël herë shfaqej e herë tretej në vjeshtën e derdhur mbi supe.

- Sa karficë e bukur, - tha plaka dhe u përpoq t'u jepte rrotave të karrocës, t'i afrohej së resë, por krahët e tradhtuan. - Nuk ta kam parë më parë.

Ajo bijë e gjetur rastësisht në atë moshë të vonë, vuri dorën instinktivisht mbi karficë, a thua se do ia merrnin.

- Nuk e vë shpesh, - tha Krista me sytë e trishtë. - Vetëm një javë në vit. Nuk dua të më humbasë. E kam të shtrenjtë.

Pastaj u ngrit, shtyu karrocën e plakës drejt kuzhinës dhe me një zë të ëmbël tha:

- Koha të provojmë kekun me çokollatë. Në sy nuk duket keq.

E rregulloi Laurën pranë tavolinës me rimeso arre, çeli dritaren, nxori kokën jashtë e thirri:

- Krik, koha për çaj!

Plaku, që po mbillte për të shoqen ca dredhëza në krahun lindor të kopshtit, mbështeti njërën dorë mbi gju, tjetrën në tokë e u ngrit ngadalë, me rënkim. "Eh, nuk mëson kali revan në pleqëri, jo", tha me vete, e nëmi gjunjët që s'e mbanin. Ashtu, duke u kalamendur me hapa të vegjël nga dhimbjet e kockave, hoqi dorezat, i la mbi parvazin e gurtë të shatërvanit të vogël në mes të oborrit, fshiu duart pas kominosheve e hyri brenda.

- Diku ma vodhi veshi se kemi kek me çokollatë, - qeshi, sapo vuri këmbë në kuzhinë.

Laura, që nuk ia shqiste sytë karficës, as që e dëgjoi. Shakasë së tij iu përgjigj veç Krista me një buzëqeshje të lehtë, teksa ndante ëmbëlsirën nëpër pjata.

- Këtë që ngeli, hajeni nesër, - tha gruaja dhe e futi në frigorifer. Pastaj hodhi çajin në filxhanët e tejdukshëm.

- Shumë po na përkëdhel, moj bijë! - tha Kriku, ndërsa lante duart. - U mësuam keq me ty!

- Edhe ju të dy u treguat aq të mirë me mua. Që ditën që më dhatë apartamentin. E kujtoj si sot habinë kur ju trokita në derë. Sytë tuaj të çuditur, që herë shihnit njëri-tjetrin e herë mua, nuk i harroj. U mëdyshët ca, por të mendosh që nuk ia jepnit kujt...

- Eh, - tundi kokën plaku. - As e shisnim, as e jepnim. Davidi donte të jetonte aty kur të martohej. S'deshi fati ta gëzonte. Atë... edhe neve.

Një psherëtimë e gjatë mbyti gjokset e të moshuarve.

- Iku shpejt, i vogli i nënës, - u ngashërye Laura dhe vari kokën mbi gjoks. - S'më mori mua zoti, donte atë.

Kristës iu nderën lotët në qerpikë, por i fshiu shpejt, pa u hetuar nga dy të pikëlluarit. Aksidenti i të birit ua kishte shkulur shpirtin, ndërsa Laurës i kishte marrë edhe këmbët. Një mbrëmje vonë, para katër vjetësh, ktheheshin të tre nga takimi me të dashurën e Davidit. Laura fluturonte nga gëzimi që më në fund i biri qe fejuar. Hera e parë dhe e fundit që e pa Stelën e tij të qeshur, të rrëzëllente nga lumturia. Në dalje të autostradës, kur sa do merrnin rrugën dytësore për në shtëpi, një makinë i goditi në krahun e shoferit. Aq e fortë qe përplasja, sa kofanoja e mjetit tjetër hyri deri te Laura, ulur në vendin e parë. Davidi vdiq në vend; e ëma u paralizua, ndërsa Kriku, ulur pas së shoqes, shpëtoi me ca gërvishtje të lehta.

- Edhe ata, të mjerët e tjerë...! - belbëzoi me gjysmë zëri Laura. Fjalët i pikonin dhimbje. - Ikën edhe ata bashkë me Davidin. Fluturuan. Nënë e bir. Djali kërthi. Vdiq në çast. E ëma pas ca ditësh. Ikën të tre.

- Ikën, - përsëriti automatikisht Kriku.

Dy petale të kuqe u shkëputën nga trëndafilat e vazos e ranë mbi bardhësinë e mbulesës së tavolinës, si dy lot gjaku. Gratë panë njëra-tjetrën. Laura ia nguli sytë sërish kerubinit të kaltër në karficën e Kristës. Tash edhe ai iu duk i trishtuar. Gruaja e re futi duart ndër flokë; një shtjellë e artë i mbuloi jakën e këmishës e bashkë me të edhe engjëllin e vogël.

* * *

- Eh, sot ta vjedhin hundën midis syve! Veç mos e gjetsha atë që m'i këput trëndafilat! - turfullonte Kriku nëpër shtëpi.

Laura, nga pas dritares që zbriste deri në tokë, kishte tretur sytë larg në horizont. Loja në ajër e një çifti harabelash e përmendi. E ndali vështrimin në fund të kopshtit, si të donte të kapte mat hajdutin. Rruga përtej flinte, ndonëse mezi i ditës. Veç vrapimi i ketrave e prishnin qetësinë e lagjes. Qershori kishte trokitur i ftohtë. Burrë e grua i shtynin ditët brenda e grindeshin në heshtje me fatin. Kriku më pak. Përkujdesja për kopshtin dhe trëndafilat që pëlqente i biri, ishte terapi e mirë për të. Pas kësaj i kushtohej së shoqes. Ajo vuante më tepër.

- Nesër do shkojmë te djali, - tha Laura, pa i hequr sytë nga trëndafilat. - U bënë katër vjet...

Kriku afroi karrigen pranë saj dhe u ul mundueshëm. Ia fshiu me gishtat e rreshkur lotët që po i digjnin faqet, ia rregulloi batanijen e leshtë që i mbulonte këmbët, i shkoi duart nëpër flokët e hollë e të gjatë, varur supeve, por nuk foli. Hodhi edhe ai vështrimin nga dritarja e... hop, kërceu si ta kish pickuar grerëza.

- Të kapa, të kapa më në fund! - thirri si i marrë dhe u çapit nxitueshëm për nga dera, që të nxirrte në kopsht. - U dukërke dhe goxha zonjë!

Laura u tremb, por nuk u ndje. Ndoqi me sy të shoqin, që thërriste nga larg, "Prisni aty, prisni se erdha!", dhe tundte dorën në ajër. "Plakushi im i mjerë", mendoi teksa e shihte si nxitonte, duke u lëkundur sa majtas-djathtas, me gjunjët e përthyer nga dhimbja e artritit.

Kriku rendi sa mundi deri në fund të bahçes.

Matanë gardhit rrinte si guhake një grua në moshë, veshur me pallto të zezë, kapelë e doreza në të njëjtën ngjyrë, si për dimër.

- Domethënë, ju m'i këputni trëndafilat?! - akuzoi me dyshim Kriku.

Gruaja e huaj shtangu edhe më shumë.

- Ju pashë, ju pashë kur zgjatët dorën ta merrnit! - tha me frymëmarrjen e rënduar nga lodhja.

- Më falni, zotëri! Sa i mora erë këtij bukuroshit këtu, që ka zgjatur kokën nga rruga. Nuk kisha ndërmend ta këpusja.

- Atëherë, përse jeni ngulur këtu, përpara kopshtit tim?

- Po pres time bijë. Është pak larg, më tha. Jeton këtu, sipër jush.

- Krista? - pyeti plaku dhe hodhi sytë nga dritaret e katit të dytë. Zëri sikur iu ëmbëlsua.

- Po, Krista.

- Ohhhh! Të më falni, zonjë! Sa e pasjellshme t'ju akuzoja kështu!

- Nuk keni faj, zotëri! Këta trëndafila janë shumë të bukur...!

- Oh, jo, jo, por këta të paudhë ma kanë terratisur mendjen fare! E pafalshme ta mendoja këtë për ju! Më falni, më falni!

Zonjës iu nder një hije buzëqeshjeje dhe kënaqësie në fytyrë. Frika e një skene të pakëndshme në atë lagje të huaj iu davarit shpejt.

- Po ejani ta prisni brenda, - u hodh e tha Kriku, si për të shlyer disi fajin. - Krista është si një bijë e mirë edhe për ne.

Hapi deriçkën e vogël dhe zonja në të zeza hyri. Përshkruan ngadalë kopshtin dhe u sosën në sallon.

- Kjo është ime shoqe, Laura. Mamaja e Kristës, zonja...? - prezantoi përgjysmë plaku.

- ...Monika, - e plotësoi gruaja, si të përmendej nga një hutim i gjatë.

Shtrënguan duart të tre.

- Uluni, ju lutem, - tha Kriku, duke i treguar këndin trevendësh gri, mbushur me jastëkë. Pastaj shtyu karrocën e së shoqes dhe e afroi pranë të ftuarës së papritur. - Më falni! - kërkoi ndjesë sërish. - Dikush më vjedh trëndafilat e, kur ju u afruat, mendova se... më falni! - përsëriti, siç e kish zakon.

- Ata trëndafila janë të shtrenjtë për ne. Na mbajnë lidhur me djalin, - tha Laura, që ende nuk e kish zhveshur trishtimin e mëparshëm.

- Djalin? - pyeti Monika.

- Po. E humbëm para ca vitesh.

Monika bëri kryqin dhe mërmëriti një lutje të shpejtë nën zë. Ndërsa hiqte dorezat, kërkoi leje të zhvishte edhe palton. Kriku iu gjend pranë, i gatshëm ta ndihmonte.

- Andej nga vij unë, bën ende ftohtë, - tha. - E marr gjithë këtë rrugë një herë në vit. Dua t'i rri pranë Kristës, të paktën në këto ditë të vështira. Nesër...

Laura dhe Kriku u panë me habi. Monika heshti një hop. Uli sytë e nisi të luante me gishtëzat bosh të dorezave, që mbante në prehër. Pastaj, si të kujtohej se e kish lënë fjalinë përgjysmë, tha:

- I vogli ia theu zemrën. Më e keqja është që ime bijë nuk arrin ta falë veten...

- Çfarë ndodhi? - guxoi e pyeti Kriku.

Monika as që e dëgjoi.

- Një vit në koma. Një vit e një javë. Pak ditë pas aksidentit më thanë se e humba edhe time bijë. Por, për fat, ajo ia doli. Ia doli për të zezën e vet e për ngushëllimin tim. Kur u zgjua pas treqind e shtatëdhjetë e dy ditësh nuk mbante mend asgjë. As mua nuk më njohu, - tha e rrufiti hundët. Nxori shaminë nga çanta, i fshiu, e kaloi nëpër faqe dhe vazhdoi: - Veç djalin kërkonte. Atë e kujtoi fare mirë. Nuk guxonte njeri t'i thoshte që djali s'ishte më. U çua nga krevati si e çmendur e kërkoi nëpër gjithë spitalin. E lidhën... - e la në mes fjalën dhe u ngashërye në lot.

Kriku i ofroi një gotë ujë. Laura sikur u tret brenda karriges me rrota e goja i mbeti hapur si peshk i vogël. Tash që po e mendonin, Krista nuk u kish folur për veten asnjë grimë. U shmangej pyetjeve. Edhe një herë që kish guxuar Laura, ajo ia kish prerë shkurt: "Nuk bën për mua martesa". E kaq.

Sa e mori veten Monika, në derë u shfaq Krista. Dukej e lodhur, e hequr në fytyrë. Kapi të ëmën nga dora, u kërkoi falje të zotëve të shtëpisë për shqetësimin e dolën. U ngjitën në katin e dytë gati duke e tërhequr si ogiç atë grua të gjorë, që s'po mundej t'u jepte rend gjërave: të mbante me një dorë çantën, të ngrinte pallton që po i zvarritej shkallëve (Kriku ia kish hedhur krahëve në sekondën e fundit) apo të kuptonte sjelljen e së bijës... as nuk e kish përqafuar madje.

- Kaq të paska marrë malli për mua? - e pyeti gati në të qarë, sa futi këmbën në shtëpi.

Krista përplasi derën, e kapi nga krahët, i dha një përqafim të shpejtë, e largoi sërish, i vuri duart mbi supe dhe me fytyrë të ngrysur e pyeti:

- Çfarë u the për mua?

E gjora grua u hutua. Buza iu nxi. Frika ta shihte të bijën të inatosur e zmbrapste:

- Asgjë! Asgjë... - belbëzoi dhe sytë i rrëzoi mbi parketin ngjyrë gështenje të errët.

- Mam, më trego të vërtetën! Ti e di, nuk dua që njerëzit të më mëshirojnë. Askush nuk dua ta dijë fatkeqësinë time! - gati ulëriu e sytë si qelqe të avullta iu errësuan.

Një ngashërim i thellë ia pushtoi kraharorin, ia drodhi gjithë trupin e shpërtheu në gulçime të qarash. Përfshiu me dorën e djathtë kerubinin në jakën e këmishës dhe u plas mbi divan.

* * *

Nata e zvarriti këmbën ngadalë. Kriku e Laura u zgjuan herët, si zakonisht, e u ulën të hanin mëngjesin, por asnjëri nuk e preku. As folën. U panë heshtur në sy. Kriku shkoi në oborr, këputi katër trëndafila të kuq e u kthye. I hodhi së shoqes krahëve shallin e leshtë, shtyu karrocën dhe dolën. Davidi po i priste. Varrezat nuk ishin fort larg, por ata nuk shkonin shpesh. I trishtonte edhe më shumë ai vend. Djalin e ndjenin kudo nëpër shtëpi.

Rrugën e nisën ngadalë. Dielli rrezonte vakët. Kaluan semaforin e morën për nga ura e drunjtë. Poshtë, përroi shkulmonte fort pas shkëmbinjve e ua mbyste zërat. Pemët nëpër brigje ishin gjalluar e përmbytur nga jeshillëku. Ndoqën rrjedhën e ujit përgjatë parkut të madh me ahe e plepa. U kthyen majtas e tej u shfaq kambanorja e kishës. Pas saj prehej biri i tyre i vetëm. Brenda portës së madhe të hekurt, lanë mbrapa rrethimin me gurë sa një bojë njeriu.

Për te Davidi, përshkuan ca rrugica; varre nga të dyja krahët e qiparisa. Laura, me dorën e pafuqishme, mundohej të bënte kryqin sa herë shihte nëpër fotot e mermerta fytyra të rinjsh. I pikonte shpirti për çdonjërin prej tyre.

Kur iu afruan varrit, buzëqeshja e ngrirë e të birit u theri zemrën. Tek vazoja në krah të fotos, një trëndafil i kuq i proshkët reflektonte një rozë të lehtë mbi mermerin e bardhë. Nëna rrotulloi kokën pas supeve, drejt të shoqit. Edhe ai uli vështrimin pyetës në sytë e saj. Trëndafili në vazo i ngjasonte shumë atyre që mbante në dorë.

- Oh, - u shkund Laura. - Stela! E gjora vajzë, ende nuk e paska harruar Davidin e saj të dashur. Po i kthen mbrapsht trëndafilat që ai i këpuste nga bahçja e ia çonte shpesh.

Kriku puliti sytë në shenjë miratimi. Tundi kokën lehtë dhe futi në vazo edhe lulet e tyre. Përkëdheli foton e të birit, sytë iu mjegulluan nga lotët e gjunjët nuk e mbajtën. U lëshua mbi barin e gjelbër e dënesi. Pas tij qau edhe Laura. Katër vjet pa të u dukej herë si katër ditë e herë si katër shekuj. E ata thaheshin mbi tokë të përvëluar.

- Ngrihu, - i tha Laura ligsht të shoqit pas një copë here. - Do sëmuresh aty mbi barin e lagur.

Kriku u mbajt mbi gurin e ftohtë e bëri të ngrihej. Befas, buzë mermerit, kapur në fijet e barit, diçka shkëlqeu. E mori. Ishte një karficë: një engjëll i vogël i kaltër, me një shtjellë drite mbi krye. Ia tregoi së shoqes.

- Oh! - gruaja zuri gojën me dorë, që për çudi iu bind menjëherë.

Atë çast, pas shpatullave të Laurës u shfaq një hije. Kriku, që kishte ngrirë me një gju në tokë e karficën në dorë, puliti sytë dhe pak nga pak e veshi me tipare:
- Krista?!
Sytë e saj si qelqe të avullta ishin përmbytur nga lotët.
- Erdha të kërkoja për karficën... - tha me zërin që i dridhej.
Laura avulloi e u mblodh lëmsh brenda karrocës. Nuk lëvizi as kur dora e bardhë si pa gjak e Kristës e preku lehtë në sup:
- I vogli im prehet pak më tutje, - tha zemërplasur e u shkreh në vaj. Qau një copë herë e mes gulçeve shtoi: - Ishte sëmurë atë natë... digjej... nxitova ta çoja në spital... Dikush... më preu rrugën dhe... dhe humba kontrollin... Pastaj ndodhi ajo që edhe ju e dini...
Lotët nëpër faqe u terën nga puhiza e erës dhe krijuan harta të trishta në atë lëkurë të zbehtë. Zëri iu shua. Doli përpara Laurës. Fytyra e ngurosur e gruas iu shfaq e ndarë në figurina, si ta shihte përmes një kaleidoskopi lotësh. U ul në gjunjë e ia mori duart në të vetat. "Më fal!", belbëzoi, por s'mundi të dëgjonte as veten. Laura, e kallkanosur nga habia dhe dhimbja, nuk mundi të lëvizte as atëherë. Krista u ngrit ngadalë, u shkëput prej saj dhe si e qorrollisur iu afrua Krikut. Pa i thënë asnjë fjalë, nderi

pëllëmbën para tij. Plaku, po në heshtje, i ktheu karficën. Gruaja mblodhi dorën grusht e iu var plakut në qafë. Dënesi edhe aty për pak. Kriku as e përqafoi, as e largoi.

- Davidit i kërkova falje çdo ditë gjatë këtij viti e u mundova t'i sillja pak aromë shtëpie me ato trëndafila, - tha si u shkëput nga burri. - T'ju rrija pranë ish një formë shpagimi në fillim e dashurie më pas. Shpresoj të më falni dikur!

...Dhe u tret ashtu siç erdhi, si hije mes qiparisave e trëndafilave.

Zemërimi

Autobusi gëlltiste me nge rrugën, ndërsa në qiell ndereshin ca re puplore, që thyenin monotoninë e asaj kaltërsie të pazakontë të kapërcyellit të vjeshtës belge. Në autobusin 142 të *De Lijn*, nisur nga *Gare du Midi* në Bruksel e që do ta mbante frymën në rrethinat flamane, më saktë në Goik, numëroje jo më shumë se dhjetë udhëtarë. Të tjerët zbritën në *Erasmus*, pranë spitalit. Disa punime në rrugën kryesore e kishin zhvendosur itinerarin e automjeteve. Të ngeshmit nuk e përjetuan fare si kiamet këtë punë, pasi natyra përmes fshatrave ku detyroheshin të kalonin ishte pak ta quajc e mrekullueshme.

Pasagjerët kishin humbur sytë përtej xhamave. Shijonin ngjyrat e fundit të stinës, rrezet e diellit, që u vinte aq i ngrohtë brenda, larushinë e pemëve të pafundme, që gardhonin dy anët e rrugës, fushat e gjera, ku tek-tuk shiheshin ende roletë e mëdha të kashtës, mbështjellë me plastmase të bardhë apo jeshil...

Një djalë, në një nga sediljet e larta në fund

të autobusit, dëgjonte muzikë në kufje; lëvizte lehtë trupin sipas ritmit dhe hidhte vështrimin sa jashtë, sa mbi bashkudhëtarët, por pa ndonjë interes. Një vajzë, po me kufje në vesh, ulur para tij, por në krah të kundërt; pak më tej një mesogrua e bëshme, që shtrëngonte në duar një libër që mos t'i dridhej nga shkundjet e herëpashershme; dy djem rreth katërmbëdhjetë vjeç, veshur me uniforma sportive dhe me çantat e zeza me të njëjtën logo si të bluzave në prehër; një tjetër grua, zhytur në rroba të gjera e të errëta, moshën e së cilës nuk mund ta përcaktoje prej shamisë së zezë që i mbulonte kokën dhe maskës bojëqielli në fytyrë, e cila, një zot e di pse tundte vazhdimisht karrocën e një fëmije të vogël, që s'i ndihej zëri fare. Më tej një çift e para tyre, mbi një nga ulëset teke, pranë shoferit, dilnin fare pak shpatullat dhe koka e vogël e një burri, që mund ta ngatërroje kollaj me një adoleshent po të mos ia shihje me vëmendje lëkurën e trashë të qafës, që rrudhosej imët mbi jakën e xhaketës së stofit deri rrëzë gropëzës ku fillonin flokët e rrallë e të prerë shumë shkurt. Të njëjtat rrudha e tradhtonin edhe poshtë bulëzave të veshëve, që hapeshin si flatra.

Dyshja pas burrit me kokë të vogël fliste pa reshtur, me zë të ulët dhe intervale fare të shkurtra pushimi. Burri imcak nuk kuptonte asgjë nga ajo gjuhë e panjohur dhe kjo e bezdisi. Biseda i tingëllonte e ashpër, ndërsa bashkëtingëlloret shpërthyese i krijonin një ndjesi të pakëndshme. Pavarësisht kësaj, një kërshëri e pakuptueshme e shtyu të përqendrohej tek e folura e çiftit. Kreshtësia e gjuhës së gruas sikur përkulej disi nga ëmbëlsia e zërit dhe hapja e ngadalshme e tingujve, që çuditërisht, në fund të çdo fjale mbylleshin si me nxitim në një shteg të thiktë. Burri, që duhej të ishte i shoqi, sepse e prekte herë pas here pa teklif, fliste me një zë të thellë e të mbytur, që përgjuesit i krijoi përshtypjen se, i pakënaqur, shfrynte e shante. Kur edhe ajo bënte të njëjtën gjë, e zbuste disi me finesë. Aty ku ish ulur, nuk mund të shihte asnjërin, por gruan filloi ta imagjinonte të butë më shumë se sa të bukur, me lëvizje të hijshme dhe delikate, me tipare të tërhequra, por të ngrohta. Burrin të ashpër, me flokë të kërleshur e shpatullgjerë.

 Aq sa bezdisej, aq edhe kuriozohej të dëgjonte. Mundohej të shquante format shprehëse të emocioneve, habitoret dhe urdhëroret. Këtë interes ia ngjalli e qeshura shpotitëse e burrit, që pasoi me zërin ankues, ndonëse jo fort të qartë të së shoqes. Atë përshtypje i krijoi, sepse nuk mund të dilte aspak në përfundime të sigurta për aq kohë sa nuk kuptonte asgjë nga çfarë mërmëritej. Gjithsesi, ish gati të vinte bast që po grindeshin. Me siguri burri kërkonte diçka dhe gruaja kundërshtonte. Por një pllaquritje e shpejtë në faqen e saj dhe ca fjalë të ëmbla shoqëruese në anglisht, "You are so sweet", e vunë në dyshim dhe e bënë që ta hidhte poshtë mendimin e zënkës.

"Ehu", i tha vetes dhe e hoqi mendjen prej tyre. Hodhi vështrimin përtej xhamit dhe shqoi fytyrën e vet në rendje. Hijet e pemëve të dendura ia sollën të qartë pasqyrimin; përveç hundës së vogël fare, sikur të mos kish hiç, çdo tipar tjetër iu shfaq si në pasqyrë. Flokët e ngrira tel e të ngritura lart, buzët e holla, që vareshin për poshtë si lidhëse këpucësh, syzet me skelet të trashë dhe veshët e vegjël, por të hapura anash, sikur t'ia frynte një erë e tërbuar nga pas, që nuk i linte të rrinin puthitur me pjesën prapa. Kish mësuar ta pranonte veten siç qe, nuk brengosej më për pamjen aspak të hijshme, si dikur djalë i ri, por atë moment jo vetëm që nuk i pëlqeu ajo që pa në qelq, por u brengos e lëvizi i nervozuar. Trupin thatim e anoi në të majtë, ndërsa këmbët, që i vareshin në ajër, si një fëmije në karrigen e lartë, i mbështeti te pjesa e ngritur poshtë sediljes. Mos ndoshta ata të dy pas ishin tallur gjithë rrugës me të? Me siguri e kishin vënë re që në stacion dhe, kur kish hipur në autobus, e kishin shqyrtuar mirë e mirë pamjen e tij si djalosh i plakur. Ndjeu vapë. Në gushë iu formuan ca bulëza djerse, që i fshiu shpejt me një pecetë letre. Dielli që u shfaq sërish ia shtoi edhe më sikletin e nxehtësisë, por nuk guxoi ta hiqte xhaketën. Mjaft material kishin ata prapa për t'u zgërdhirë me të, nuk donte t'u shtonte edhe shpatullat imcake.

Autobusi i bardhë me vija të verdha hyri në një rrugicë dykalimshme, por të ngushtë, që kornizohej nga shtëpi të bukura me çati të kuqe, oborre të përparmë të vegjël, por të përmbytur në bar e lule, ndonëse prag dimri. Dredhoi mes ngushticave që krijonin pemët e mbjella në gji të asfaltit, dy pëllëmbë larg trotuarit, si barriera të gjalla për shpejtësinë e makinave. Sinjali i kuq për ndalimin e autobusit në stacion u ndez, por, kur shoferi hapi dyert, askush nuk zbriti. Mes çiftit të vetëm të asaj hapësire gjatoshe u shtuan mërmërimat, ndërsa burri u ngrit, doli në mes të korridorit që krijonin ulëset nga të dyja anët, tundi dorën në ajër, që ta shihte shoferi, dhe kërkoi ndjesë në holandisht:

 - Na falni, zotëri; e shtypëm gabim! Do zbresim te stacioni tjetër, - dhe pa u mbushur mirë me frymë, iu kthye gruas në të njëjtën gjuhë: - Zemër, prapë e ngatërrove?

E shoqja u justifikua me faktin se ai dredhim itinerari për shkak të punimeve e kishte bërë goxha konfuze dhe jo rrallë e kish ngatërruar atyre ditëve stacionin që i binte më afër me shtëpinë.

Autobusi u nis sërish dhe çifti heshti për pak. Pas tridhjetë sekondash, gruaja e shtypi sërish butonin e verdhë, me një rreth blu në zemër. Për pak mbërrinin.

Ëmbëlsia me të cilën iu drejtua shoqërueses dhe fakti që ata e dinin gjuhën e tij, por pëshpëritnin në atë tjetrën, të ashprën dhe të pakuptueshmen, ia poqën edhe më shumë dyshimin, burrit me kokën e vogël, se ata e kishin vënë në shënjestër dhe ishin tallur me të gjithë rrugës. Ndërsa fjalët në holandisht i tingëlluan krejt ndryshe nga e qeshura shpotitëse e pakmëparshme dhe mërmërimat acaruese. Pra, vërtet nuk po grindeshin.

Një tjetër bashkëbisedim i mbytur, e folur që tingëllonte përbuzëse dhe zëri kundërshtues i gruas, ia përforcuan mendimin se qendra e thumbimeve të të panjohurit ish pikërisht ai. Ndërsa ajo, me siguri, nuk e pranonte përshkrimin që i bëhej. E ndjente. Ia thoshte ai timbër i veçantë, që i bëhej se krijonte një mur elegant refuzimi dhe kundërshtimi. Ndoshta ajo i përkiste asaj race të paktë njerëzish, që nuk duan të lëndojnë kënd, nuk shajnë, madje-madje janë të prirur ta marrin gjithmonë në mbrojtje "viktimën". Por fakti që kish zgjedhur të rrinte me atë burrë thumbues, nuk e justifikonte tërësisht pozicionin e saj. Partnerët në krim dënohen njëlloj, edhe ai që nuk e ka prekur këmbëzën.

Autobusi mbërriti në vendndalim. U qëlloi të treve të zbrisnin në të njëjtin stacion. Burri me xhaketë rrëmbeu çantën e laptopit dhe u ngrit. Mbështeti dorën e djathtë mbi kokën e ndenjëses, duke u mbajtur fort, që mos ta rrëzonte inercia e frenimit, rrotulloi përgjysmë trupin në drejtim të daljes dhe hodhi sytë e mëryer nga çifti. Ata të dy kishin mbërritur te dera dhe po prisnin të hapej. I pari zbriti burri, për përmasat e shpatullave të të cilit nuk kish gabuar aspak. Ndërsa për flokët po. Të gjata, ngjyrë lajthie, të dendura e të krehura hijshëm; një lidhëse e hollë e errët ia mblidhte bisht, që zgjatej deri në mes të shpinës. Gruaja iu duk tepër elegante brenda xhinseve, xhaketës sportive dhe atleteve të bardha. Aq mundi të vërente ashtu në këmbë, në pritje për të dalë.

Zbriti pas tyre, harkoi para autobusit, që ende nuk ish nisur, e te vijat e bardha i parakaloi. Ndonëse nxitoi ta shtrinte hapin e të largohej sa më shumë prej tyre, distanca u thellua jo më shumë se tre metra. Ashtu i vogël, me çantën që i valëvitej sa para-mbrapa deri te kërcinjtë, dukej vërtet si djalë shkolle.

Qetësinë e lagjes së përgjumur, që kridhej në heshtje edhe gjatë orëve të ditës, e thyente veç dialogu i çiftit, që tashmë nuk druhej të fliste me zë më të lartë. Tonaliteti i burrit i hynte në vesh si gërvimë acaruese, aq sa iu pështjellua stomaku e ndjeu nevojën të villte. I kontraktoi me zor muskujt e barkut dhe hidhësinë që i mbërriti deri në grykë e gëlltiti prapë me një neveri që iu shtua edhe më shumë kur mendoi se tjetri tani po i komentonte ecjen, me trupin si kallëp të drejtë e të ngrirë, si shkop i thatë lëvizës. A nuk ia kishin thënë këtë gjë shumë herë të tjera? Po, ata që nuk ngurronin të vinin çdokënd në siklet, duke shkrirë talentin e humorit, ironisë, por më tepër atë të pacipësisë.

Mendoi njëherë t'u largohej e të hidhej nga krahu tjetër i rrugës, por për dyqind metra arrinte në shtëpi dhe i erdhi ligsht kur mendoi se ato zigzage mund të bëheshin sërish objekt talljeje. Ja një e qeshur kumbuese e burrit, që e drodhi. Balli iu mbush prapë me djersë. Nxori pecetën e letrës nga xhepi i xhaketës dhe i fshiu me të shpejtë. E qeshura e burrit nga pas u shoqërua me nxitim hapash... Vërtet?! Po shpejtonte ta arrinte?! Mos po e ekzagjeronte? Pas talljeve, çfarë mund t'i bënte tjetër? Jo, nuk po gabohej, madje ai tani po e thërriste:

- *Meneer, meneer!*[1]

- Çfarë? Çfarë kërkon më shumë nga unë? - iu kthye me tërbim, sapo ndjeu dorën e tij në sup.

Burri përballë ngriu një çast kur pa atë fytyrë

---

1. Zotëri, holandisht

të djersitur e të nxirë nga zemërimi, sytë që gati shkreptinin dhe dorën e djathtë lart, në pozicion gati për të qëlluar, edhe pse ishte sa gjysma e tij me trup.

- Ju ra karta e autobusit nga xhepi, - i tha dhe ia zgjati.

Burri i vogël e mori, fshiu djersët me kurrizin e dorës, mërmëriti nëpër dhëmbë një "më fal", që më shumë u mor me mend se u dëgjua, ktheu shpinën, shpejtoi hapat dhe treti si akullorja nën diell.

Lidhëset

Qytet i bardhë. Shtëpi të bardha. Çati të kuqe. Dritare njëra mbi tjetrën. Poshtë gjarpërojnë kalldrëmet e gurta. Këtu luhet jeta, dramat, romancat, komeditë, monotonia, përditshmëria... Në njërën prej tyre ndodhet shtëpia ime dhe në katin e dytë dhoma e gjumit.

Ime shoqe po fle. Po, po. Po fle. E paqtë. E bukur. Kam një copë herë që e kundroj nga ky minder i vogël prej druri, që duart e saj të bardha, si pa gjak, e kanë veshur me damask me lule e me shumë jastëkë. Drita që shpon dritaren pas shpinës sime duket sikur është krijuar enkas për t'i shtuar nurin; ja, ndalet mbi fytyrën e saj dhe e ledhaton, mbi buzët e kuqe, hundën e vogël dhe flokët që i derdhen valë-valë mbi jastëk. Sa e bukur është në gjumë! Rri e vështroj e nuk ngopem. Ndonjëherë hedh sytë jashtë. Është kaq ndjellës ky qiell i kristaltë sot. Gati-gati si gruaja ime. Ka edhe diell, ndriçon fort, por nuk ngroh aspak. Duart më janë bërë akull. I afrohem engjëllit tim dhe e prek. Edhe ajo i ka të ftohta. Shumë të ftohta. Bëj ta mbuloj, por pastaj pendohem. Dua t'ia shoh ende duart. Sa bukur i rri unaza e martesës në gisht. Më kujtohet ditën kur ia vura. Pa shumë bujë. Pa ceremoni. Por ah si i ndrisnin sytë. I ishin rrëmbushur nga lot të vegjël lumturie, që i vërtiteshin brenda qepallave e humbnin po aty. Dy qiejt e saj të vegjël i thithnin përsëri brenda vetes si pluhur reje. Ja në këtë dhomë ia dhashë edhe puthjen e parë si të martuar. Çfarë magjie! Sikur s'e kisha puthur kurrë. Drithërimat erdhën e m'u mblodhën në stomak e u derdhën nëpër dhomë si flutura të blerta. A ka flutura të blerta? Si nuk ka? I shoh sa herë puth time shoqe.

Sa e paqtë fle. Kthehem prapë te minderi rrëzë dritares. Me kujdes. Pa zhurmë. Nuk dua t'ia tremb prehjen. Është kaq e bukur! Oh zot!

Prit. Ç'po ndodh në oborr? Qeni po leh fort. Shët, i paudhë! Do ma zgjosh të bukurën! Nejse, le të lehë. Fundja ajo është mësuar. E do atë qen. Edhe ai e do. Sa herë e sheh në oborr tund bishtin e kënaqur, i afrohet vrik, ngre dy putrat e para, ia vendos mbi bark dhe i gëzohet ledhatimeve të saj. Shpesh bëhem xheloz për këtë qen mistrec. Mua s'më do hiç. Tash bën mirë ta mbyllë gojën, se po më nervozon. E shkallmoi derën fare. Eh, çdo ta vras! Uh, ç'thashë?! Jo, se s'dua ta trishtoj të bukurën time.

Ajo fle kaq e paqtë. Po ngrihem të rregulloj pak dhomën. U bë paksa rrëmujë para se engjëlli im të mbyllte sytë. Ja këpucët e mia, një atje e një këtu. Njërës i mungon lidhësja. E shoh varur në cep të krevatit. E marr, edhe këpucën, ulem sërish në minder e pa zhurmë nis ta shkoj kryq nëpër vrima. Jo, prit. Po e thur keq. Viola ime i lidh ndryshe, bukur. Ngrihem sërish. Marr këpucën tjetër e shoh si e ka bërë. E studioj pak dhe e kuptoj stilin. E fus në fillim te vrima e parë nga sipër dhe e nxjerr tek e fundit, duke u kujdesur që te pjesa e fillimit ta lë gjatësinë aq sa më duhet për ta lidhur. Pastaj e kaloj nga lart-poshtë e kështu e shkoj deri në fund. Shyqyr që nuk kanë shumë syza këpucët e mia, tri nga njëra anë e tri nga tjetra; s'më marrin kohë. Herë pas here shoh të bukurën time. Po të zgjohej tani, do shqyente sytë nga habia. Më ka mësuar keq; ajo më shërben për gjithçka.

Dielli është përplasur te xhami i dritares së shtëpisë përballë dhe reflekton tek unë. Po më verbon. E mbyll perden përgjysmë, aq sa e fsheh reflektimin tinëzar. Po dëgjoj hapa. Shkallët e drunjta që të ngjisin në katin e dytë për në dhomën tonë rënkojnë. Duhet të jetë mamaja. Vjen e thërret Violën për ta pirë bashkë kafen e pasdites. Ajo s'e di që unë kam ardhur kaq herët. Tani do jetë kthyer edhe ajo nga e motra. Shkon gati çdo ditë atje. Qajnë hallet bashkë. Qëkur u vdiqën burrat, në krye të gjashtë muajve nga njëri-tjetri, nuk ndahen më. E di që shpesh ankohet edhe për mua. Jam pak gjaknxehtë e marr flakë shpejt. Kjo nuk i pëlqen as të bukurës sime, por më fal, se më do. As sime mëje, që rri me gjak të ngrirë sa herë u derdhem të dyjave si furtunë. Por bie shpejt. E dua gruan. E dua edhe mamanë. Do çuditet kur të më shohë në shtëpi. Zakonisht në këtë orë jam në studio. Gdhend në dru peizazhe nga qyteti im. Turistët i pëlqejnë shumë. Shiten mirë. Kam pasur fat deri tani.

Por më shumë fat kam me Violën time. Është e butë dhe e urtë, si qengj. Nuk më kthen fjalë. Thuajse kurrë. Pret të qetësohem, pastaj më flet qetë-qetë. Dhe unë i kërkoj falje. Pendohem që e bëj të vuajë. Se e dua. Por sot u acarua ca. Sytë blu i morën ngjyrën e Osumit kur turbullohet nga llumrat e shirave të rrëmbyeshëm. U fye. Ngriti zërin e m'u hakërrye se do ikte, do më braktiste, se ishte lodhur nga skenat e xhelozisë dhe sherret bajate... Por më mirë t'i dal nënës përpara e t'i them mos ta shqetësojë Violën. Ka nevojë të qetësohet. Fundja po dal edhe unë të harroj pak mendjen. Po shkoj andej nga turizmi, ta pi ndonjë birrë me çunat.

Nëna më këshillon t'i jap ndonjë paracetamol dhe çaj të ngrohtë, se mos po e zë gripi. I them se do t'i ziej lule bliri pasi të zgjohet, se s'dua t'ia prish gjumin tani. E këshilloj edhe atë mos ta trazojë nja dy orë, derisa të kthehem unë. E gjora grua! Mezi i ngjit dhe i zbret shkallët me këmbët e buhavitura nga diabeti, por për Violën nuk përton. E do nusen. Ma ka ndritur shtëpinë, thotë.

E mbaj nga krahu e zbresim të dy. Ajo rehatohet para televizorit dhe ua nis telenovelave turke. Shpesh qan me to. Ndonjëherë e shoqëron edhe Viola, megjithëse nuk para i pëlqejnë serialet. U hedh ndonjë sy më të rrallë, teksa qëndis apo thur me grep çentro, që turistët i pëlqejnë shumë. I shes unë te studioja ime, që shërben edhe si kinkaleri.

Dal. Rrugica më nxjerr fare pranë "Shtëpisë së bardhë", bar-restorantit legjendar të qytetit. Aty marr në të majtë e për pak gjendem përpara studios sime, por nuk kam ndërmend të punoj sot pasdite. Lë pas çezmën, "Gojën e luanit", që rrjedh ujë të freskët, dhe gjendem në xhiron e madhe, që e quajmë me emrin modern 'pedonale' - një shëtitore në vijë të drejtë, mbushur me bare nga njëra anë e nga ana tjetër lulishte, një rrugë e re paralele e përtej shtrati i lumit, që sa vjen e shteron. Deri tek turizmi më përshëndesin dhjetëra duar që ngrihen nga lokalet e mbushura plot me vendas dhe të huaj, por nuk ndaloj të takoj asnjë. Madje as që i shquaj kush janë, veç tund dorën në ajër në mënyrë instiktive dhe mjaftohem me aq. Çunat e mi me siguri janë mbledhur tek tavolina jonë, në cep të tarracës. Çunat e mi - kështu i quaj miqtë me të cilët mbush përditshmërinë. Ja ku janë, i dallova prej këtu. Njëri mungoka. Vjen shpejt edhe ai, tek ne e ka kokën. Ku do mbytet tjetër?

- Ej, e dëgjuat? Kish vrarë gruan në Greqi ai komshiu im. E shoqja zhgërryhej me pronarin, atij i binte bretku duke mbledhur ullinj. I kapi bashkë e u futi thikën në bark të dyve. Greku shpëtoi, ajo e hëngri, - dëgjoj Gazin, që as nuk e ndërpret fare bisedën që të më përshëndesë. Fundja, para pak orësh ishim bashkë te studioja ime. Zëre se s'jemi ndarë hiç.

- Koqja, - hidhet Graniti. - Le të hajë burgun përjetë tani. Po lëre o vëlla, në qoftë se ta dredh, pse e mbyll jetën mes hekurave?! Dhe fëmijët i lë rrugëve...

- Mirë ore ia ka bërë, ia puthça dorën, se janë bërë gratë e sotme si buçe rrugësh... - kërcen si gjeli majë plehut Klodi, që vjen e na bashkohet ndonjëherë, por nuk i përket grupit tonë. - Po të ma kishte bërë mua, aty ia kisha marrë shpirtin, në vend.

Ngrihem nga tavolina. Nuk më pëlqen biseda. Kaq vite që kërkojmë të ndryshojmë mentalitetin e në qytetin tim ende flitet për banalitete dhe e shikojnë gruan si plaçkë. Dëgjoj zërat e çunave nga pas, që më pyesin ku po iki. Ua bëj thjesht me dorë e largohem. Me siguri do më marrin në telefon pak më vonë. U pendova që shkova.

Këmbët më çojnë nga stadiumi. Në krah të bibliotekës më ndal një biçikletë te këmbët.

- O byrazer, nga vete kështu kaq i menduar? Gjysma e mijëshes peseqind është...

Është vëllai i vogël i Violës. Sa merak e ka, se nuk ia thek hiç as për punë e as për studime. Megjithatë xhepat plot i rrinë; e ndihmojnë dy vëllezërit që ka në Itali. Ja shpejt do niset edhe ai. Ama gjithë ditën majë biçikletës e sheh ose nëpër lokale, sa me një vajzë, me një tjetër.

I them se kam pak punë dhe e heq qafe shpejt. Nuk ia kam ngenë sot. Vërtet! Sot nuk dashkam të rri me njëri. Kot dola. Më mirë kisha ndenjur në shtëpi me Violën. Me të bukurën time. Sa paqtë që fle. Më ka ngelur në sy imazhi i saj i fundit. Zhytur në gjumë të thellë, e pashqetësuar nga asgjë. Si më tha? Do të lë, ma hëngre shpirtin me xhelozitë e tua! Po, vërtet, ç'pata unë sot që shpërtheva?! Se si m'u duk kur po ngjiste kalldrëmin përpjetë. E pashë me sytë e mi që ai tipi po e ndiqte nga pas e kjo i buzëqeshte vesh më vesh. Dhjetë minuta kisha që isha kthyer në shtëpi, si rrallë ndonjëherë, se zakonisht nuk shkoj fare në drekë, dhe kur nuk e gjeta aty u bëra gati t'i telefonoja. Pa rënë ende zilja e parë, zgjata kokën te dritarja. E ja, aty e pashë. Më pa edhe ajo dhe atëherë shpejtoi hapin. Sa hyri në derë, iu derdha i pezmatuar. "Më pyeti si mund të shkonte te kisha", më tha dhe ajo i ishte përgjigjur. Kaq. Asgjë më shumë. E mua m'u duk se po më gënjente. Dhe u çmenda. Bishë u bëra. U tërbova dhe e qëllova. Ajo u ngjit sipër, në dhomën e gjumit dhe hapi dollapin të merrte rrobat e veta. "Ma hëngre shpirtin...". Aty u përleshëm... pastaj i thashë më fal, të dua shumë, ndaj bëhem xheloz, mos më braktis... dhe ajo fjeti... Do jetë zgjuar tani. Ose e ka zgjuar mamaja. Nuk i rrihet fare pa Violën. E do shumë. Edhe Viola e do. Më mirë po kthehem në shtëpi. Do t'i them të vishet bukur e do ta nxjerr për darkë jashtë. Do gëzohet. Rrallë dalim të dy. Ditët i mbush me punë e darkat me shokët. Bëjmë logje Kavaje deri në orën njëmbëdhjetë. Pastaj kujtohemi që kemi gra e fëmijë në shtëpi. Nejse, unë vetëm grua kam. Dhe ma kanë zili të gjithë. Është e bukur dreqi. Ndaj e lë në shtëpi. Punoj unë edhe për të. Ajo më ndihmon me qëndismat. Ndonjëherë del për ndonjë Monblan me mikeshat. Sa i pëlqen kjo ëmbëlsirë e mbytur në shllak dhe arra. Sa herë ajo del, unë mbyll dyqanin dhe e kontrolloj nga larg. Sigurohem që është vërtet me shoqet dhe kthehem i qetë në punë.

Ja, më mirë po kthehem. Kot ta vras kohën rrugëve. Nëse nuk është zgjuar, akoma më mirë. Do shkoj ta zgjoj me puthje e do t'i them të veshë atë fustanin që ia bleva vjet për ditëlindje.

I bardhë. Deri në fund të këmbëve. Si zanë Tomori duket. Të vërë edhe perlat që i bleva në Ulqin. Se e kam shëtitur çdo verë. Gjë mangët nuk i lë, ndaj edhe tërbohem kur mendoj se mund të ma marrë dikush. Ajo më thotë që më mirë ta dua pak më pak e ta lë të marrë frymë pak më shumë. Ja, qëparë i premtova se s'do t'ia marr më frymën. Kam besim tek ajo. Tani... herë-herë do t'ia kontrolloj telefonin, por jo kaq shpesh. E kuptoj që e teproj ndonjëherë.

Kujtova telefonin e ja ku po më merr. Jo, nuk qenka Viola. Më çanë trapin edhe këta. Përditë bashkë jemi e nuk guxon robi të zhduket një pasdite të rrijë me gruan. As po e hap fare. Nuk kthehem as tek turizmi. Madje, do filloj të shkoj më rrallë. Më mirë të dal me Violën. Edhe ajo ka nevojë... Po ç'dreqin paska kjo zile që nuk pushon? Pa prit! Qenka mamaja. Me siguri do më thotë të ble bukë. Por s'ka ç'na duhet buka sot. Do ta marr edhe mamanë për darkë e nesër dal vetëm me Violën. Do festojmë sot. Do festojmë shndërrimin tim. Do bëhem më i mirë për to. Nuk do ta ngre më zërin. Më dhimbsen të gjorat kur tulaten ashtu nga frika, por nuk e kontrolloj dot, është më e fortë se unë. Por do filloj të numëroj deri në dhjetë. Do më mjaftojë aq për të kujtuar se sa i dua e që s'duhet t'ua nxij jetën. Sidomos të bukurës sime, që më sheh në dritë të syrit.

Edhe pak edhe marr kalldrëmin e rrugicës së shtëpisë. Pa prit, meqë erdha deri këtu, po hyj pak në studio. Çelësat i kam me vete. S'po e ndez hiç dritën e përparme, se s'dua të më hyjë kush në dyqan. Po kaloj direkt te dhoma pas kthinës, ku shtrihem herë pas here drekave. Po përse u ndala këtu? Dreq o punë, sa i hallakatur jam. Fundja ka kohë ende për darkë. Ende nuk ka rënë errësira. Po sikur të çlodhem veç pak? Ja, një sy gjumë të shkurtër e pastaj do shkojmë ku të duan ato. Ose ta zgjedhë Viola më mirë. Asaj i kam rënë më qafë sot. Debil! Kokrra e debilit je. Legen. Mat forcën me një grua. Por do ta zgjidh sot. Do t'i kërkoj falje njëherë e përgjithmonë.

Po ç'është kjo rrëmujë kështu? Unë e mbylla derën. S'kam nerva t'u shërbej në këtë orë turistëve. Le të shkojnë në djall. Pa prit. Me siguri diçka ka ndodhur. Po dal të shoh njëherë.

Ej, ej, se ma thyet dyqanin! Prisni. Ç'janë këta të marrë që po i bien me kaq forcë derës? Ma shkallmuan fare. Sirena, drita. Me siguri ka ndodhur ndonjë aksident. Ja policët që ma bëjnë me shenjë nga xhami i derës, që është zbukuruar me kortinkën që ka bërë Viola. Artiste e kam gruan. Shpirti im. Me zor po pres ta shoh, t'i ulem në gjunjë e t'i kërkoj falje. Prisni ore, se erdha. Kush është ai fatzi që ka ngrënë kokën sot? Jo, se njëherë m'u futën me makinë deri këtu brenda, por qe natë për fat e unë isha ngrohtë-ngrohtë në krevat me Violën. Erdha, erdha!

* * *

Këtu qenka shumë ftohtë. Lagështi. Ata policët injorantë as që ma vunë veshin kur u thashë se nuk kisha lënduar njeri. Ç'lidhje kisha unë me ngjarjen? Unë isha te dhoma kur ndodhi çfarë ndodhi. "Po, te dhoma jote e gjumit", më thanë. Po, se e përdor edhe si dhomë gjumi atë kthinë të studios, po ç'lidhje ka kjo me ngjarjen? Le që s'e mora vesh as çfarë kish ndodhur. Pashë mizëri njerëzish dhe policësh. Dallova edhe vëllain e Violës, që po mundohej të çante turmën e të vinte të më ndihmonte. U pendova tani që u solla ftohtë me të qëparë. "Kriminel, o kriminel", i ulërinte policit që po më lidhte prangat dhe çante me bërryla për të m'u gjendur pranë, por ca të tjerë e penguan. "Do ta paguash. Do ta marr shpirtin me duart e mia!". Ja kështu ulërinte. Nuk e dija që më donte kaq shumë, sa të rrezikonte veten për mua. Tani mund të ishim bashkë në qeli, me gjithë ato fjalë të ndyra e kërcënime që i tha policit.

Sa do jetë shqetësuar Viola. Me siguri i ka treguar i vëllai ç'më ndodhi. Do jetë duke qarë bashkë me mamanë. Sytë e bukur po qajnë për mua. E di, jam i sigurt. E tani do jetë bërë pishman që më kërcënoi me ikje qëparë. Do, s'do, do rrijë tani, se s'mund ta lërë mamanë vetëm, derisa të dal unë. Ama, sa mirë i paskam shkuar lidhëset e këpucëve! Një ndryshe, një ndryshe. Sa bukur është kjo e majta, që ka bërë Viola. Po e heq edhe njëherë, ta shkoj nga e para... kam kohë boll këtu sa t'ia gjej anën e ta bëj fiks siç e ka bërë ajo. Unë i vë varëset në qafë, se mezi ia gjen atë yçklën nga mbrapa, ajo më vë lidhëset... ia vura një varëse edhe para se të flinte, ia shtrëngova fort, mos i binte... varëse... lidhëse... qafë... Viola... Violaaaaaaaaaaaa...

Violaaaaaa... Lidhëse... dy lidhëse të lidhura fort... hekuri i dritares... varëse... qafë...

Pritja

Ulur mbi cungun e manit të djegur nga rrufeja, që dergjej në tokë para haurit, plaku numëronte ngeshëm tespihet, me vështrimin tretur larg. Mali i lartë, prej aty dukej i gjithi i veshur me ngjyrën e qiellit të mëngjesit. Po atë ngjyrë blu, por pak të turbullt, kishin edhe sytë e tij, poshtë të cilëve vareshin dy qese të rreshkura, si rripat e rërës së lagur që krijon zbatica në plazh. Fytyra e rrudhur plot njolla kafe dhe hirtësia e lëkurës flisnin qartë për vallen e vdekjes në qeliza.

Një mizë e madhe i erdhi vërdallë dy-tri herë e ndali mbi jakën e bardhë të këmishës. Plaku e largoi i bezdisur me dorë e instinktivisht shtroi me pëllëmbën e djathtë, si të shtrinte ca rrudha të paqena, jelekun gri. U hodhi një sy pantallonave: krëk! Ashtu siç i kishte merak: të hekurosura, me vijën e hollë të ngrirë me niseshte. Si dikur dhëndër. Kish mbathur edhe po të njëjtat këpucë të dhëndërisë, lustruar me bojë të zezë e të lidhura bukur, ndonëse tash shputat i lëvrinin lirshëm brenda tyre. Pas pesëdhjetë e pesë vjetësh i kish nxjerrë nga cepi i dollapit, ku i kish ruajtur si sytë e ballit, mbështjellë me napë të bardhë e toptha pambuku brenda, që t'u ruante formën. Eh, sa e largët i dukej ajo ditë e lumtur dhe emocionuese, kur i kishte veshur për herë të parë e ish nisur të merrte nusen. Kish qenë djalë i pashëm e më të bukurës së fshatit ia kish vënë syrin e ia kish prishur mendjen.

Dielli la malet dhe u nder në kupë të qiellit fiks mbi kokën e plakut. Fshehur nën hijen e haurit bosh dhe qershive që kuqëlonin në degë, vazhdonte të numëronte rruzaret e herë pas here luante kokën në shenjë zhgënjimi.

- Ehhhhh, - një pasthirrmë dëshpërimi ia hodhi përpjetë gjoksin thatim, - nuk erdhi as sot, e flamosura!

Futi rruzaret në xhepin e jelekut, kapi shkopin, mbi dorezën e të cilit ishin gdhendur gjashtë germa, nistoret e gjashtë emrave, dhe u ngrit ngadalë. Priti një hop sa 'mizat' t'i largoheshin nga kockat e t'i çmpiheshin këmbët. Pastaj u çapit për nga shtëpia.

- Xha Bajram, u bë ca kohë që të shoh krekosur e të veshur si për të parë, - e ngacmoi duke qeshur Mjaftonia përtej gardhit. - Apo pret të të vijë kush?

Plaku tundi kokën në shenjë bezdisjeje:

- Eeee, e pres dikë, e pres, por kur të vijë, do ta marrësh vesh.

Gruaja e re, ndërkohë që u hidhte grurë të vjetër pulave, vazhdoi:

- Hajde ta pish një kafe, hajde. Ja, sikur ka ardhur edhe Behari. Ia mori shpirtin ajo vijë uji, që i hapet sipër te ledhi.

Dikur, xha Bajrami bënte humor me emrat e asaj familjeje, me të cilën kish një jetë gëzimet dhe hidhërimet. Sa ish gjallë miku i tij, babai i Beharit, e ngacmonte shpesh: "Po ty more Mahir, sikur të kanë folur në vesh. Mirë që fëmijët i quajte njërin Behar e tjetrin Shkurt, atë të madhen Pranvera e të voglën Vjeshtori, por edhe nuset i more me emra të 'qëndisur': Mbarime dhe, sikur të mos 'mjaftonte', të erdhi edhe Mjaftonia në derë".

Të gjithë qeshnin asokohe me batutat e tij. Nuk i mërzitej askush. Ishin ditë të gjalla ato. Pasi mbaronin punët e fshatit, mblidheshin bashkë në verandat e njëri-tjetrit mbrëmjeve të beharit apo rreth oxhakut a mangallit dimrave. Pastaj, koha e korri pa mëshirë atë gjallëri: pleqtë e shtëpisë përbri dhe gruan e xha Bajramit i përpiu mortja, ndërsa të rinjtë i rrëmbyen rrugët e largëta të dynjasë. Veç ai, Behari dhe Mjaftonia i mbanin hapur ato dyer. Në gjithë atë lagje të fshehur mes pemëve të qershive, mollëve, bajameve, arrave, fiqve, kumbullave e gjithfarë frutave të bekuara nga ajo natyrë e bukur, kishin ngelur veç katër shtëpi me dhjetë frymë.

Xha Bajrami ndali një çast. S'e kish fort me qejf të dëgjonte kukurisjet e Mjaftos, siç e thërrisnin shkurt, por edhe të sherrosej me vetminë kish goxha kohë derisa t'i falej Orfeut në darkë. Nëse do mundej. Që pas vdekjes së plakës, muret e shtëpisë lagështoheshin veç prej frymës së tij dhe nuk e zinte më as gjumi i mallkuar. Fëmijët kishin ngelur iniciale në dorezën e shkopit të drunjtë dhe zëra të dobët përtej telefonit. As për t'i hedhur një grusht dhe të ëmës nuk ishin kthyer në fshat. Ua kishin lidhur këmbët dokumentet, si të mjerit Nazmi, budallait të fshatit, që ish lidhur me litarin e gomarit që të kalonte lumin dhe e kish marrë rrjedha bashkë me kafshën. Gomari ia kish dalë të shpëtonte, ndërsa i gjori Nazmi kish dhënë shpirt ngatërruar mes rrënjëve të një peme.

Agimin e priti ulur, veshur e mbathur si për festë e me dorën e djathtë mbi shkop, sikur priste të ngrihej nga çasti në çast. Kur gjeli këndoi pesë herë, mori kalldrëmit të avllisë për poshtë dhe shkoi u ul si gjithmonë te mani i djegur. Behari, që kish vënë para tufën e deleve, as që e pa. "Eh more bir, veç ty s'të ka marrë koka erë si gjithë të tjerët... ikën nga sytë këmbët... i përpiu dheu i huaj...", mendoi plaku, teksa shihte atë burrë me stap në dorë e që i shfrynte "Brrrrrr" gjësë së gjallë. E kish parë që kërthi e i qe rritur para syve.

Xha Bajrami ngriti vështrimin nga qielli. Hëna, që ende nuk kish vendosur ta linte qiellin, u nda në dy thela nga një re e hirtë si pendë pëllumbi. Plakut i pëlqeu ajo lojë zaptimi. Reja e vogël këmbëngulëse, që s'po i ndahej asaj monedhe të argjendtë, iu duk si vetja. Ja ashtu, me kokëfortësi e durim dilte e priste edhe ai çdo ditë e i lutej diellit, qiellit, natyrës t'ia plotësonin dëshirën që ajo t'i avitej bukur-bukur, siç donte ai. Ta gjente ulur aty, mbi manin e shkrumbuar, të veshur e të krekosur, dhe si një grua e djegur për burrë ta mbështillte në krahë. E ai do t'i dorëzohej pa një, pa dy, mjaft që ajo të shfaqej.

Por nuk qe e thënë. Hëna u fsheh, dielli dogji mbi çatinë e haurit, qershitë u skuqën edhe më nga zemërimi që s'i prekte kush me dorë e Xha Bajrami, i lodhur, gjithë duke nëmur nëpër dhëmbë: "Nuk erdhi as sot, e flamosura!", u çapit ngadalë për në shtëpi.

"Nuk vjen mortja kur e lyp, por kur i teket", belbëzoi me gjysmë zëri, ndërsa varte shkopin pas derës. Atë çast, në pasqyrën e vogël në krah, njollosur nga koha, vuri re si shkarazi qimet e bardha nëpër faqe e mjekër. "Lahu, rruhu e bëhu si pëllumb", nënqeshi, "Në dasmën e parë e në të fundit, njeriu duhet të shkojë i kopsitur", i foli vetes si të kish dikë përballë. "Nuk të lë të më marrësh pa u kullandrisur, moj lanete. Me këmishë, jelek e këpucët e lustruara do fle çdo natë, derisa të vish. Këtë shkop andaj e var këtu, të të tremb, që të mos qasesh sa të bëhem gati!", tha dhe zbathi këpucët. Pastaj vari gjithë kujdes jelekun, këmishën, pantallonat me vizën e ngrirë dhe hyri në banjë. I shkoi shkumën fytyrës, i hoqi briskun, u shpërla dhe hyri në dush. Uji i vakët sikur ia çlodhi kockat. U ndje mirë dhe për herë të parë pas shumë kohësh pati dëshirë të shtrihej e të merrte një sy gjumë. U ter ngadalë me peshqir, veshi robëdishambrin e varur pas derës e shkoi në dhomën e gjumit. I pëlqeu t'i qetonte aty eshtrat, në shtratin bashkëshortor, ndryshe nga netët, që i shtynte në dhomën e ndjenjës, përballë televizorit.

U shtri në krahun e majtë, ku dikur flinte e shoqja, pranë krevatit të vogël, ku ishin përkundur me radhë të vegjlit. Nuk kish pranuar ta nxirrte kurrë nga dhoma, edhe kur ata u rritën dhe kërkuan ta çonin në hajat, ta shtronin me degë fieri, që të ruanin frutat për dimër.

Zgjati dorën e filloi ta tundte, siç bënte në të ritë e vet nëna e fëmijëve. Gërvima rënkuese e shtratit iu bë si ninullë e mbylli sytë...

"Erdhe Bajram?", e pyeti e shoqja.

Përdhunimi

Salloni ish kredhur në një gjysmerrësirë të ëmbël e sapo kisha nisur të nanurisesha lehtë në krahët e Orfeut. Aty, në kanape. Duke fantazuar figurina e mandej lloj-lloj historish, si dikur fëmijë, me hijet që flakët e qirinjve vizatonin nëpër mure e tavan. Si përtej kësaj bote ndjeva çelësin të futej në bravë, rrotullimin dy herë, mbylljen e derës së jashtme dhe avitjen e tij përmes korridorit deri në sallon. Ja ashtu, nëpër atë kalamendje mes gjumit dhe zgjimit, prita të më afrohej e të më puthte, siç bënte zakonisht. M'u duk se zgjati shumë ajo pritje, sikur fjeta e u zgjova disa herë.

Pritshmëritë janë fantastike për të shkatërruar gjithçka, ndaj hapa sytë si e trembur. Im shoq qe mbështetur te muri që vesh shkallët, që të ngjisin lart për te dhomat e gjumit. Krahët e lidhur kryq poshtë kraharorit, kokën e mënjanuar lehtë në të majtë, rrinte e më këqyrte. E ka zakon këtë. Sa e sa herë përgjatë njëzet vjetve të bashkëjetesës e kam kapur në befasi me atë ngulje sysh, që i ndjej si një rëndesë e ëmbël nga lart, aq sa më zgjojnë.

Kur pa se i çela "bajamet e majit" - kështu m'i ka emëruar sytë - m'u afrua, u përkul e më puthi: "Bebushja ime, sa e paqtë dhe bukur fle", më pëshpëriti lehtë.

Ndjeva duhmën e uiskit. Nuk më la kohë as ta pyesja për të shuar merakun nëse i kish dhënë vetë makinës apo ish kthyer me taksi; fundja e kisha përpara syve e kjo qe më e rëndësishmja. E flaku tej batanijen e hollë që më mbulonte, m'u hodh sipër e më mbyti me të puthura.

Iu përgjigja atij përvëlimi të shpejtë si zgjimi i papritur i një vatre vullkanike. Duart e shkathëta dhe fryma mbi lëkurë, gjithçka e nxehtë prej alkoolit dhe pasionit, më ndezën deri në rrënjë të flokëve. Me padurimin e një të urituri përpara panines që avullon, më zhveshi krejt, ndërsa për veten nuk e priste puna. U lirua nga rripi dhe zinxhiri i pantallonave aq sa i duhej e hyri brenda meje mes spazmash e klithmash si luan i plagosur. Nga bota e Orfeut, brenda pak minutash kalova në atë të kaosit fillestar, por... në më pak kohë, do kridhesha në një tjetër gjendje.

Kur çka vlonte brenda u derdh jashtë, ai u plandos mbi mua e nuk lëvizi më. Pesha e tij erdh e m'u rëndua mbi trup. Rrëshqita ngadalë e u çlirova. U kruspullosa në atë pak vend të mbetur bosh në kanape. Ishim frymë më frymë.

Ia ledhatova lehtë fytyrën e ia shtrova bashkë me të tjerat një cullufe floku rënë mbi ballë. Asnjë reagim. Ndoshta nuk do ta kuptoni llavën e nxehtë që më pushtoi atë çast kraharorin e u derdh jashtë me shkulmim. Një tjetër lloj llave. Si ajo që të djeg përbrenda kur befas të kaplon një zemërim pas një lëndimi, fyerjeje apo tradhtie. Ai më zhveshi jo vetëm nga rrobat, por edhe nga përjetimi i shkëmbimit të asaj energjie të ëmbël pas aktit, vështrimit në sy, që flasin aq shumë, e atij emocioni të epërm, ndonëse trupat kanë rënë. Më veshi me heshtje. Me harresë! E ndjeva të huaj, të largët; një burrë të kënaqur, por të papërfshirë.

   U ngrita. Hodha në trup penjuarin, fika qirinjtë e ngjita shkallët për në dhomën e gjumit, duke tërhequr zvarrë veten e përdhunuar.

Bardhë e zi

- Bëni ç'ju them! - i urdhëroi me zë të ulët Fata të bijat, që i qenë mbështjellë te këmbët, të tria, me sy të buhavitur nga të qarët. Lindur vit më vit nga njëra-tjetra, më e vogla tani njëzet, të këputura i përgjëroheshin hijes së rëndë të së ëmës.
  Perdet e mbyllura i jepnin dhomës një zymtësi muzgu të vranët, kur jashtë shndriste dielli i asaj të diele vere. Edhe filamenti i llambës varur në mes të tavanit dukej sikur po jepte shpirt.
- Mam... jo... nuk mundem, - iu lut për të disatën herë ankueshëm e përvajshëm e vogla, por kur pa se vrenjtësinë e syve të së ëmës nuk e zbehu as shkëlqimi i lotëve, që ia kishin qullur faqet, mbuloi fytyrën me duar, u plas në dysheme e qau me gulçe, por pa zë.
  E madhja iu derdh mbi trup dhe e shtrëngoi fort, ndërsa tjetra, e mesmja, që sapo qe shkëputur, shihte në heshtje skenën, mbështetur pas derës së dhomës, pa guxuar ta hidhte vështrimin tjetërkund. Nuk dinte kujt t'i jepte të drejtë; të rreshtohej nga krahu i motrave, apo

i së ëmës? Gjithsesi, cilado të ishte zgjedhja më e mirë, nuk sillte asnjë çlirim për të, se njëlloj po i plaste shpirti.

- Eja, - e kapi nga krahët e madhja të motrën dhe u mundua ta ngrinte. - Nuk kemi ç'bëjmë. Ndoshta mami ka të drejtë. Duhet të dukemi andej, sa të përcjellim Entelën. Pastaj... - por s'e mbaroi dot fjalinë. Ngashërimi e mbyti sërish dhe ia preu fuqitë.

Tjetra iu bashkua të motrave prapë, u pleksën si lëmsh i ngatërruar mbi prehrin dhe krahët e njëra-tjetrës dhe vajtuan mbytur në kor.

Të gjorës nënë iu moleps topth në fyt dhimbja tek i shihte që vuanin. E dinte që po u binte më qafë, por fati po ua shqyente kraharorët, jo ajo, që e dinte se me nafakën nuk hahej dot askush, ashtu siç e dinte edhe që miku mbetet mik edhe në kohë të vështira. U mundua të mblidhte forcat, ngriti gishtin tregues në ajër, si të donte ta dirigjonte vetë fatin nga ai çast, dhe i grishi vajzat:

- Boll më, hajde, lëvizni... Tani! Me siguri e kanë vënë re mungesën tuaj e s'dua të na mbijë ndonjë në derë. Vishni fustanet, kapni flokët dhe shkoni. Po ju erdhi për të qarë, qani, askush nuk do ta kuptojë; çupat qajnë në dasma, - e mbylli arsyetimin me zërin që i thyhej aty-këtu nga gjoksi i lodhur nga ofshamat, që ia këpusnin fjalët në mes.

Por asnjëra nuk lëvizi. Ishin gati t'ia puthnin këmbët e zbathura e të rreshkura së ëmës, t'i përgjëroheshin, le të bëheshin gur, veç mos t'i shtynte, mos t'i detyronte të shkonin atje ku gjitonia gëzonin, ndërsa atyre u pikonte shpirti helm. Si mund të shtireshin në sy të dasmorëve e aq më tepër para nuses, shoqes së tyre, si të ishin të lumtura për të, kur në të vërtetë donin ta çanin kupën e qiellit me kujë, të thyenin e përmbysnin krejt botën?

E vogla zuri veshët të ndalte veç për pak muzikën e lartë që vinte nga oborri ngjitur, por e ëma ia mori duart ngadalë në të sajat, e pa në sy e i tha:

- Bardhë e zi është kjo jetë, moj bijë. Bardh e zi. Mes tyre kalojnë ngjyrat e tjera. Si thua, t'ia nxijmë sot Entelës ditën e saj të bardhë? Hajde, fshini lotët e shkoni. Bëhuni motrat që ju ka quajtur gjithë jetën.

...

Dera u hap dhe u mbyll me shpejtësi pas shpinës së vajzave. Puhiza e lehtë ua valëviti fustanet nëpër këmbët që mezi i hodhën përtej pragut. Dielli ua vrau sytë e nëpër këmbë iu rrotullua qeni plak, që s'kish më zë as të lehte e as të angullinte. Përtej avllisë, muzika buçiste në kupë të qiellit, ndërsa dasmorët, kërcenin e këndonin të dehur nga hareja.

"Po vijnë krushqit, po vijnë krushqit", u

ngatërruan në kor zërat shpues e të argalisur të fëmijëve.

Motrat zvarritën sandalet drejt lesës që mbyllte shtegun e vogël që lidhte dy oborret, ndërsa e ëma, që ende s'kish zhveshur këmishën e natës, i ndoqi vjedhurazi pas perdes, të sigurohej që po bënin si u tha e u zvarg deri te dhoma e ndenjes.

Sapo shkelën matanë avllisë, motrat ndalën një çast, u panë në sytë e shtrënguan duart, siç bënin kur ishin të vogla; fytyrat u morën një trishtim të ëmbël e nga larg nusja i pa e i thirri pranë.

Nëna u hoq ngeshëm deri pranë shtratit, u ul në cep të tij dhe shtrëngoi dorën e të shoqit. E kish shpenzuar gjithë energjinë me të bijat e tani nuk nxori dot zë as t'i fliste. Një çast e pati zili; flinte aq i qetë dhe i patrazuar nga gjithë ç'po ndodhte rrotull tyre. Dikur do ta kish marrë situatën në dorë e vetëm me një vështrim do i kish bërë të bijat të bindeshin menjëherë... Qenë kujdesur për të gjithë mëngjesin. E kishin ndihmuar të ëmën ta ngrinin, pastaj ajo, e vetme, i kish bërë një banjë me ujë të ngrohtë, e kish sapunisur mirë e mirë, e kish shpërlarë e parfumosur, e kish veshur dhe të katra bashkë e kishin shtrirë prapë në shtrat. Në xhepin e vogël të xhaketës, mbi zemrën që e tradhtoi natën në gjumë, pak pasi ishin kthyer nga ahengu i nuses, i futi të vetmen shami të bardhë të mëndafshtë... Për vete kishte kohë të ndërrohej e të mbështillej me petkat e zisë.

- Të mbarojë dasma e do të lë të shkosh tek të tutë - i tha dhe e qau me një "oi", që ia dëgjoi veç shpirti.

Ankthi i një qyteze

Banorët e një qyteti të vogël e të qetë, që ngrihet mbi shtratin e një lumi të vdekur, u vunë në hall e s'po i japin dot dum. Pikërisht ky problem filloi t'i nxjerrë nga shtëpitë, t'i bëjë bashkë, grupe-grupe, në tri lokalet e sheshit kryesor, që e vjell qendrën historike në katër rrugica. Në fillim të njërës ndodhet e vetmja kishë e qytezës, bri saj godina e komunës, më poshtë një pastiçeri, ndërsa tek e fundit i vetmi klub nate, që më përpara u mbyll se u hap. Tashmë i janë futur punës me kokë ta kthejnë në muze, ku do paraqiten gurë të gjetur nga arkeologët nga lumi i dikurshëm e marrina të këtij lloji. Në fakt, qendra historike veç histori nuk ka. Në mes të saj, skulptura e një gruaje me futë, që ushqen pëllumbat - kujtim nga kohë të largëta, se qytetit edhe pëllumbat i fluturuan larg një ditë e nuk u kthyen më.

Por u kthye Petro. Dhe i zhyti në mendime e i vuri në hall të gjithë. Deri atëherë, në qytet thuajse nuk ndodhte asgjë. Pak prej banorëve shijonin mëngjeseve ndonjë kafe me briosh në lokalet e qendrës, ndonjë akullore pasditeve apo patate të fërguara dy herë në dhjamë viçi darkave. I merrnin me radhë, për të ndryshuar pamjen dhe për t'u bërë qejfin të tre pronarëve. Të moshuarit zakonisht e pinin kafenë në verandat e shtëpive të tyre, me kokën zhytur nëpër gazeta apo libra. Kënaqeshin kur shihnin të njohur të kalonin rrëzë gardheve; i përshëndesnin me dorë dhe i ktheheshin sërish monotonisë. Ata pak të rinj, që nuk kishin shtegtuar ende, u hipnin makinave apo biçikletave dhe arratiseshin të dëfrenin në qytetin ngjitur, rreth njëzetë kilometra larg. Ndërsa familjarët e tjerë, pas pune, i vinin kyçin derës deri të nesërmen.

Atmosfera gjallërohej disi në pak orë mëngjeseve dhe pasditeve, kur fëmijët shkonin dhe ktheheshin nga shkolla. Asgjë tjetër nuk ndodhte. Asgjë nuk përbënte lajm. As vdekjet nuk e tronditnin atë qytet të krishterë. Përkundrazi, i shihnin si një rast më tepër që të vishnin rrobat më të mira; shkonin në kishë për ceremoninë mortore e pasi përcillej kush i kish lënë shëndenë kësaj jete, ktheheshin nën çatitë e tyre, të kënaqur që nuk kishin qenë ata në udhëtimin e mbramë.

Qetësi. Një qetësi e shurdhët, a thua se edhe vetë qyteza kish vdekur bashkë me lumin. Deri ditën kur Petro, djali i vogël dhe i vetmi i mbijetuar i familjes Marzi, u kthye pas njëzet vjetësh. Në shtëpinë e prindërve, përballë kishës. Ky po ishte lajm e çfarë lajmi se...

Petro mbeti jetim dhjetë vjeç. Prindërit dhe i vëllai vdiqën ndërsa ngjiteshin me teleferik në pistën e skive në një nga malet e Gjermanisë. Kabllot u këputën dhe kabina mori rrokullimën mbi pishat gjigande, u plas mbi borë e rrëshqiti për më shumë se dyqind metra, duke marrë para edhe disa skiatorë. Veç Petro doli gjallë prej atij aksidenti të tmerrshëm. U rrit nga tetoja, që jetonte po në Gjermani, dhe nëpër klinikat e psikologëve, për të mposhtur makthet. Kur edhe tezja vdiq, pak ditë para se ai të festonte ditëlindjen, vendosi të kthehej e të vizitonte shtëpinë e prindërve. Tashmë ish gati burrë. Një tridhjetëvjeçar i hijshëm, shtatlartë, me krelat biondë që i binin paksa mbi supe, sy plot dritë, në ngjyrën e një mëngjesi të ngrohtë vjeshte; jeshilë përzier me një të verdheme të çuditshme, por tepër të veçantë. "Sydjalli", do ta quanin më vonë në qytezën ku u lind.

Derën e shkyçi një pasdite të vonë pranvere. Era e pluhurit dhe mykut i shpoi hundët. Teshtiu fort. Hapi të gjitha dritaret, tërhoqi dhe i flaku përdhe çarçafët që mbulonin gjithçka përbënte atë shtëpi, ku nuk jetonte askush që prej ditës që kishin dalë të katërt bashkë. Dy herë e kish vizituar me tezen dhe nuk ish rikthyer më. Për asnjë arsye të veçantë. Veçse i dukej e kotë.

Asgjë nuk e priste në atë shtëpi. Asnjë. Edhe ato pak kujtime që ruante nga koha kur të vetët ishin gjallë, mundohej t'i fshinte shpejt. Të gjitha e çonin në atë skenë të tmerrshme që e torturonte edhe pas kaq shumë vitesh. Ndaj mundohej ta mbyllte mendjen e të harrohej pas kënaqësive të shpejta, që nuk i përbënin asnjë kokëçarje më pas; ndonjë cigare hashash, gota me miqtë e vajza të rastit, që e mbanin larg qurravitjeve për më shumë angazhim apo krijimin e një familjeje. Familje? Jo, kurrsesi! As nuk e çonte nëpër mend. Frika e një humbjeje të re e turbullonte dhe e rikthente njëzetë vjet të shkuara. Jo! Argëtimi ishte i vetmi shpëtim. Veç ashtu dilte nga ankthi dhe tortura. Fakti që brenda atyre mureve mund të përjetonte dhimbjen, nuk i krijonte asnjë shqetësim të veçantë; njëlloj e ndjente kudo të ishte.

Petro u kthye befas, bashkë me hallin e banorëve të qytezës. Se ankthi ashtu të mbërthen, në befasi, nuk të lë kohë të mendohesh. E ashtu sulmoi burra e gra, të rinj e të moshuar. Secili i ndryshëm nga tjetri. Më të moshuarit nuk u zinin besë veshëve për çfarë dëgjonin. Ulur nëpër kafene, hidhnin vështrimin nga kisha, pastaj nga shtëpia e Petros dhe psherëtinin. Disa prej tyre qeshnin nën zë, por hallin e mbanin në vetvete. Do ishte e zorshme çka do pasonte. Bela e madhe u mbiu para porte.

Burrat do ndiheshin të mbikëqyrur e përgojuar, ndërsa gratë të frikësuara dhe me antena ngritur gjithë kohës. Duhej ta mprihnin nuhatjen dhe vigjilencën.

Në një nga ditët e "mbledhjeve të mëdha", pasi rrufiti me zhurmë kafen e me sytë nga kisha, një nga të moshuarit tha:

- Ehhh, u desh ta dëgjonim e shihnim edhe këtë përpara se të dilnim për herë të fundit nga shtëpia e zotit.

Disa psherëtima u bënë iso fjalëve të tij, ndërsa Piko, që të gjithë e thërrasin "i marri", u çua gjithë gaz në këmbë e deklaroi me pompozitet:

- Unë dua të më nxirrni nga dera përballë!

Fabiola, gruaja e pronarit të barit, që po i shërbente birrën e tretë brenda një ore, iu hakërrye:

- Yt, i pafe! Ti edhe portën e pasme të shtëpisë tënde e ke tepër!

Qëkur ishin përhapur fjalët se në shtëpinë e Petros punimet do mbaronin për pak ditë, ajo kish nisur të dilte në punë e të shërbente vetë në lokal.

"Unë kam këmbë e duar", i kishte thënë të shoqit, "nuk ka pse të paguajmë leshverdhën e shpërlarë. Do punoj me ty".

Të mbajturit me të madh si zonjë e rëndë e kish harruar pa një, pa dy. Si vjedhurazi ia hidhte sytë të shoqit e kërkonte të zhbirilonte se ç'mendonte vërtet ai për atë hall që e kish zënë qytetin. "Zoti e pastë në mëshirën e vet!", ish lutur ai për Petron, ditën kur diskutuan për herë të parë në lidhje me atë çështje, por, thellë-thellë, ajo ndjeu një gëzim dhe entuziazëm të fshehtë të të shoqit, që ai u mundua ta fshihte. Që prej asaj minute e hetoi orë e çast. "Nuk do t'ia ndaj më sytë", mendonte e tunde kokën ligsht dhe e frikësuar.

Qyteza nuk ishte më ajo e para. Njerëzit nisën të shkonin më shpesh në kishë dhe, si pa dashje, hidhnin edhe ndonjë sy nga punimet e shtëpisë përballë. Të rinjtë filluan të shëtisnin rreth e rrotull sheshit kryesor, bishtnonin për nga kisha e jo pak prej tyre ndalnin e bënin ndonjë dorë muhabet me Petron e pashëm, sa herë e gjenin jashtë në ndihmë të punëtorëve. Pas disa gurgullima të qeshurash, ai i rikthehej punës, ndërsa djemtë e vajzat shëtitjes.

Dita e madhe erdhi një pasdite të premteje të larë në diell. Nëpër ajër u shpërnda si vetëtimë lajmi e shpërtheu në veshët e të gjithë qytetasve: "U hap! E vari tabelën e kuqe, sydjalli! Vajzat i ka sjellë nga Gjermania!".

Shtrati i lumit të vdekur gjëmoi. Njerëzia vërshoi në shesh. Shumë bënin kryqin mbi gjoks e kapnin faqet me duar, të tjerë murmurisnin nën zë e disa thjesht hetonin se në cilat fytyra do kapnin një shenjë ngazëllimi të fshehtë, si e tyrja. Herë shihnin kishën e herë portën përballë, ku dy vajza të hijshme, të veshura me kostume elegante të zeza, funde të shkurtra e papione të kuqe, mbanin në duar tabakatë me gotat e shampanjës.

 - Këtë e morëm vesh, - u hodh njëri nga tri pronarët e lokaleve, - por hallin tonë nuk e zgjidhëm. Tani, kur të shkojmë kësaj rruge, do themi "për nga kisha", apo "për nga bordelli"?

Shpirti im

Një tufë pëllumbash rrahën krahët plot zhurmë. Si të qorrollisur fluturuan andej-këtej brenda stacionit, ku ishin burgosur me apo pa dashje. I ftohti i athët jashtë i kish shtyrë të ndiqnin ajrin e ngrohtë brenda binasë së madhe të nëndheshme, ku gjarpërojnë metrotë e gëlltisin brenda barqeve të tyre të hekurta mijëra njerëz çdo ditë. E ndoqi me sy trazimin e tyre dhe atë fluturim të hutuar, shoqëruar me gugatje të trembura. I tillë kishte nisur mëngjesi edhe për të. Dy prej tyre, të bardhë, u shkëputën nga turma dhe iu ndalën para këmbëve. Afroheshin e largoheshin ritmikisht, me hapat e tyre të vegjël e duke rrotulluar kokën sa andej-këtej, me ndjenjën e pasigurisë. Ai më trimi, që printe, më trupmadh dhe me një njollë të vogël gri pranë syrit, duhej të ishte mashkulli. Femra e ndiqte e bindur në çdo lëvizje. "A e gëzon kjo gjë?", mendoi, por nuk pati kohë të thellohej, se telefoni lajmëroi që në postën elektronike i mbërriti një *e-mail*.

Mbi ekran lexoi emrin e tij. U drodh. Tri ditë

më parë ishte larguar dhe i pat kërkuar që as mos t'i shkruante, as mos t'i dilte më përpara syve. E shtrëngoi fort celularin, pa vendosur dot nëse duhej ta lexonte a jo letrën e tij. Pikërisht atë çast, çifti i pëllumbave u ngrit në ajër, bënë një rrotullim shumë pranë saj dhe u nisën drejt bandës së tyre. U ndje edhe më e vetmuar se më parë. Me duart akull dhe zemrën e ngrirë, krejt pa mendje preku mbi ekran. Mesazhi u hap:

"Shpirti im,
Tash jam në tren, pikërisht në linjën ku u njohëm bashkë. U nisa për shërbim dhe kam kohë të të shkruaj.
Shpirt,
E di që je e mërzitur dhe kërkove mos të të shkruaj e mos të ta them më këtë fjalë, por unë prapë kështu do të thërras. Se ti je Shpirti im.
Është e vërtetë që edhe unë jam ca i lodhur dhe i mërzitur, me veten, me ty, me betejat e tua për fitore, me humbjet e mia, por kjo nuk e ndryshon atë që ndjej, nuk ma lehtëson peshën tënde. Se ti më je varur në qafë si një medaljon vezullues, marramendës, por i rëndë plumb; të tërheq pas vetes në çdo hap. M'i ke gllabëruar ditët, minutat, çdo çast të jetës. Je kudo me mua, edhe kur hija jote fluturon qiejve të tjerë. E kjo ka filluar të më peshojë, të më mbysë. Por s'di si të të heq qafe, vërtet s'di. Edhe ti je përpjekur

shumë herë ta bësh këtë gjë me mua, por nuk ia ke dalë. Përfundimisht jemi dy dështakë, siç thua ti.

Gjithmonë më thua se jam i zoti me fjalët. Më beso, këto nuk po i shkruaj as për letërsi, as që të të bëj ty përshtypje, siç kam bërë herët e tjera. Kam vendosur të të flas për gjithçka. Hapur. Të bëj një lloj harakiri, se nuk besoj se ka burrë tjetër në planet që do pranonte gjithë ç'e njollos figurën e tij. Por besoj se po të bëj shërbimin e fundit me këtë rrëfim.

E di që fillimisht do inatosesh, do të dhëmbë, do fyhesh, por më pas e vërteta do të çlirojë, do të shërojë e do ecësh përpara...

Është kaq e habitshme nuhatja jote. Më çudit, më mahnit, më shpartallon dhe kjo është një arsye më tepër pse kam frikë nga ty. Ndoshta është tipar i të gjitha grave, por ti ke një mprehtësi të frikshme dhe një arsyetim që e vesh si skenar për çdo rrezik që parandien. Dhe s'di si ia bën, por përfytyrimet e tua janë gati gjithmonë shumë pranë të vërtetës. Po, ti më akuzove drejtpërdrejt, sikur të ishe aty e të më shihje, që e kalova ditën me një grua. Të gënjeva, por po e pranoj tani: po, në fundjavë isha vërtet me dikë. Po shpirt, kalova kohë me një grua të bukur, si një shans për të shpëtuar dhe lehtësuar disi peshën tënde. Por prapë nuk isha vetëm. Ti ishe gjithë kohës aty. Më vështroje me sytë e errësuar nga trishtimi, pastaj, gjoja indiferente, më rregulloje jakën e këmishës, pastaj, e pamëshirshme, më fryje lehtë mbi qepalla, që t'i mbyllja e mos të shihja çfarë kisha përpara, e m'i zgjidhje lidhëset e këpucëve që të dukesha sa më qesharak përpara saj. Ishte grua e bukur, por ty s'të hoqa dot nga sytë. Folëm, shëtitëm, por në vesh kisha zërin tënd. Dhe të urreja ato çaste, se ndonëse ishe qortuese, siç ti shpesh je e që mua më gremis me atë gjendje, përsëri më rrëmbeje, nuk kisha forcë të të çoja në djall.

Kalova pak më pak se njëzet e katër orë me një grua, shpirt, me shpresën se do shpëtoja prej teje. Ajo ishte ndoshta më e bukur se ti, por sytë e mi e shohin mrekullinë veç tek ty. Ajo është më e gjatë dhe më elegante, por, ah o zot, sa më pëlqen kur përkulem të të përqafoj ty. Buzët ndoshta i ka më të tulta, por nuk më ka rrjedhur kurrë nektar më i ëmbël në gojë se nga buzët e tua e asnjë fytyrë tjetër nuk e vesh dritën aq verbuese sa ti kur buzëqesh.

Sot kam vendosur të t'i rrëfej të gjitha shpirt.

Pas shëtitjes dhe darkës shkuam në dhomën e hotelit. Ajo u zhvesh të bënim seks, por, ah o zot, ti edhe të veshurën e ke më shpartalluese se zhveshjet e çdo gruaje të këtij planeti. E si mendon, çka ndodhi? Përfundova duke bërë dashuri me ty. Se ti aq tinëzisht hyn në trupin e çdo gruaje që më afrohet. Ua rrëmben lëkurën, tiparet, duart, frymën... e ndihem kaq i paaftë që di të bëj dashuri veç me ty!

Kaluam gjithë natën bashkë. Ajo më pëshpëriti në vesh se isha dashnori më i zjarrtë që kish takuar deri atëherë. E më tingëlloi e sinqertë. Sa mirë që nuk e kuptoi se ai zjarr buronte prej teje. U tregua e ëmbël, e përkushtuar ose ashtu e shihja unë, se të shihja ty. Veç aty afër mëngjesit ndodhi hataja. Ju gratë jeni kaq të koklavitura, krejt të padeshifrueshme; s'di kur bëheni palë me njëra-tjetrën, mbështetëse, e kur dëshironi me gjithë shpirt "lodrën" e tjetrës dhe s'lini gur pa lëvizur sa e realizoni qëllimin tuaj. Orën nuk e di me saktësi, megjithëse jam i sigurt që as nuk të intereson, por po them me hamendje që ishte afër mëngjesit, se lodhja më pushtoi krejt trupin e sytë s'di si po i mbaja hapur. Në çastin kur propozova të dremisnim pak, ajo veshi një hije serioziteti në fytyrë e më pyeti:

- A je i dashuruar?

Kjo m'u duk pyetja më idiote që mund të më bëhej në ato momente. Fill atë sekondë u zhduke ti dhe unë vërejta fytyrën e lodhur të asaj gruaje, me flokët e shprishura dhe gjurmët e rimelit përhapur poshtë syve. U kujtova që shumë net me radhë, në përpjekje për të të ndëshkuar, ty dhe pushtimin tënd të pashpirt, kisha folur virtualisht me bionden, që tashmë kisha në shtrat, për poezinë, për yllin e errësirës, dashurinë, zjarrin që të djeg befas për një njeri, ndonëse nuk ia ke ndier kurrë aromën... shkurt kisha broçkullitur ç'kisha mundur për ta shtënë në dorë, në përpjekje të gjetjes së emocioneve të reja, mjaft të mos më vinin nga ti.

Ti ke nuhatur gjithmonë gjithçka... unë të kam gënjyer sa kam mundur. Ti i ke bërë përpjekjet e tua, betejat e tua, por përsëri je tërhequr e mundur, gjoja më besoje... e di që kurrë s'më ke besuar vërtet. Por të duhej edhe ty të shtireshe për të ruajtur krenarinë... dhe mua. Se ti nuk mund të rrije me një tradhtar të pandreqshëm. Dhe, duke dashur të mos më humbisje, ngadalë po humbje veten. Dhe ti e dije. Më shumë se gjithçka të mundonte pyetja: përse, kur më do kaq shumë, përse? Ta dish sa herë e kam bërë unë këtë pyetje. Kam veç një përgjigje: nuk di të jem ndryshe.

Në fakt, kur rashë në dashuri me ty, asnjë grua tjetër s'më hynte më në sy. As nuk doja të shihja kënd. Për një kohë të gjatë u bëra qeni yt besnik, por ti, duke njohur të shkuarën time të "lavdishme", ku çdo grua ishte një trofe më shumë, rrije gjithmonë si mbi prush. Të digjte edhe thjesht mirësjellja ime me gratë, një e qeshur me to, një humor i këndshëm, një buzëqeshje falënderimi etj... Asokohe më zbaviste në shpirt xhelozia jote. Më mbushte. Ndjehesha në qiell. Kisha pushtuar botën.

Kisha rrëmbyer zemrën dhe sytë e tu. Më dukej mrekulli që kish ndodhur, po aq sa e pamundur më dukej në fillim. Një grua si ti të binte në dashuri me mua?! Të më doje aq fort sa krejt qenia të drithërohej?! Të them të vërtetën, pa të njohur mirë, më dukej se luaje për të mbushur kohën. Për një grua të bukur e të mençur si ti, mësuar me radhën e gjatë të mëtuesve, kjo duhej të ishte veç zbavitëse. Por drithërimat e tua sa herë të prekja, lëngëzimi i syve kur më shihnin, ëmbëlsia, përkujdesja e gjithë përkushtimi yt më bindën se vërtet u dashurove me mua. E unë tallesha përherë: si mund të biesh brenda me gjithë papuçe me një burrë si unë, që veç di të flasë bukur? Ti inatoseshe përherë me këto fjalë. Inatoseshe seriozisht; të errësoheshin sytë e qaje. Të ngrija në krahë, rrotullohesha e të përsërisja pareshtur: të dua, qaramanka ime, të dua!

Ti je një fëmijë i rritur, madje shpesh më dukesh fëmi-fëmi, kaq e pastër dhe me zemrën plot dashuri. Përballë pastërtisë tënde fillova të shihja më qartë qymyrin që kish bllokuar tubat e mi. Çdo ditë e më tepër më përplasej kjo gjë para syve, sa u lodha duke u ndjerë pis. E këtë gjë, krenaria ime prej burri nuk ia falte dot vetes. Në të njëjtën kohë, ti kërkoje e kërkoje, gjithnjë e më shumë kërkoje nga unë. Duhej të isha veç i yti, të kisha sy veç për ty, të jetoja për ty. Ndonëse t'i përsërisja gati çdo ditë këto patetizma të ëmbla, që vërtet i ndjeja, ti nuk ngopeshe ose më saktë nuk më besoje. E u lodha edhe me dyshimet e tua, me dhe pa vend.

  Tash unë jam në tren drejt të njëjtit qytet ku të tradhtova herën e fundit. E ti me siguri ke marrë metronë për në punë. Nuk di si i ke përballuar këto ditë larg meje, por ma merr mendja në një farë mënyre. Ta njoh ndjeshmërinë dhe vuajtjen e atij shpirti të bukur. Por, ku e lashë? Ah, po, se u koklavita ca nëpër mendime. Te hataja afër mëngjesit, pasi më pyeti në isha i dashuruar. Nuk di pse ajo kukulla bionde pretendonte se unë isha përfshirë tërësisht me të. Tani...hëm... - nuk e di pse - në fakt, nuk është e duhura për t'u thënë. Edhe ti vetë më ke treguar se sa të ndjeshme janë femrat e një natë pasioni për to nuk është ekuivalente me atë të një burri. Ne jetojmë çastin, ndërsa gratë i mbledhin si rruaza plot shkëlqim këto përjetime dhe i fusin në fillin e gjerdanit të ndjenjave. Ndaj historia e nxehtë e një nate nuk duhet parë aq ftohtë nga ne burrat sapo kthejmë shpinën e harrojmë gjithçka. Me vete marrim vetëm ekstazën dhe masturbimin e trurit: jam burrë i suksesshëm dhe i dëshirueshëm. Thellë-thellë brenda vetes e kuptoja që kur më flisje për këtë gjë, ti ua qaje vërtet hallin edhe atyre grave që mund të kisha lënduar me joshjen dhe pastaj largimin tim. Nuk fliste veç egoizmi yt moralist, për të më futur mua brenda shinave. Jo, e ndjeja dhe të adhuroja për zemrën si xhevahir i çmuar që ke.

Sa shumë më ke mësuar shpirt! Me çiltërsinë, mençurinë, sinqeritetin dhe me krejt qenien e bukur që je! Por unë nuk jam burri që të meriton. Unë jam një trap e gjysmë, ndonëse para teje nuk e kam pranuar kurrë. Se më ka trembur humnera prej së cilës të shihja. Ti rrëzëllitëse nga lartësitë më bëje hije e kjo gjë më tmerronte, më fuste në dhe, më ç'burrëronte.

Gjithsesi, kur më pyeti në isha i dashuruar, edhe unë, si ajo, mora pamje serioze. Kush e di, ndoshta edhe mund të jem nxirë në fytyrë, se nuk më pëlqente ta pranoja, aq më tepër përpara një gruaje tjetër, që isha jo i dashuruar, por i çmendur pas teje. Pas teje. Dhe ia thashë. Pa m'u dridhur qerpiku i thashë që doja një grua më shumë se veten, mirëpo, meqë për veten nuk kisha edhe aq shumë respekt, rrezikoja edhe atë ta mbysja me mosrespektin tim. Asaj në fillim i qeshi fytyra. Nuk e mbaj mend rendin e fjalëve që thashë, por me siguri kujtoi se çdo germë ishte për të. Veç kur përmenda emrin tënd, ajo u bë bishë. Nuk kam parë kurrë një grua të transformohet aq shumë sa ajo. Krejt tiparet i humbën e në atë gjysmerrësirë shihja veç një egërsirë, që po më shante e mallkonte, ndërkohë që, ashtu lakuriq, më gjuante mbi gjoks me duart e mbledhura grusht, uronte që të vdisja sa më shpejt e ti të shpëtoje prej meje. Po, po, ti. Nuk po qante më veç hallin e vet, se si e kisha mashtruar për gjithë ato net me radhë, kur ndërsa ti flije si qengj, unë i shkruaja fjalë dashurie deri në orët e para të mëngjesit, se si i shprehja padurimin për ta takuar e të ndjeja buzët e saj mbi të miat, se sa më impresiononin vargjet e saj (idiote), se si... plot gënjeshtra të tjera. Ja shpirt, kështu i mbushja netët sa herë rrija i vetëm në sallon, me televizorin ndezur. Por më erdhi mirë që edhe asaj i erdhi keq për ty. Ndoshta jo. Nuk e di se çfarë ndjesie më shkakton keqardhja, në fakt, gjithsesi, u ndjeva mirë që ajo u bë palë me ty.

Pasi shfryu gjithë zemërimin, u vesh shpejt e shpejt, e mbushi edhe një herë gojën plot: "Vdeksh!" e përplasi derën pas vetes. A më beson po të them që në të vërtetë më erdhi keq për të? Si edhe për veten. Ndihesha si dordolec veshur me rroba grash në mes të një fushe, ku nuk trembja sorra e shpendë, por vetë gratë! Ato që më duan dhe më mallkojnë, më urrejnë, ato që dua, por nuk di se si duhen dashur. E vetmja dashuri e madhe e imja, në të vërtetë, je ti shpirt! Edhe ty të humba. Humba veten. Se jam frikacak, shpirt. Të dua, por jam i dobët. Të dua, por jam pjellë e hënës, nuk di të jem i plotë.".

Dita e nënës

Sot është e shtunë. Por jo për Els. Për të, kjo ditë mban emër tjetër: "Dita e Nënës". Prej më shumë se tre vjetësh nuk e sheh as si pushim, as si lodhje, as si zbavitje... për të është thjesht dita e nënës. Zgjohet herët, nxjerr shëtitje qenin, e ushqen, derdh ujin e akuariumit, e pastron dhe u hedh oriz peshqve ngjyrë okre, që e ëma ia ka lënë amanet. Pastaj bën dush, vishet, i kap flokët tuç majë kokës së vogël e të rrumbullakët dhe i hipën makinës.

Asgjë speciale nuk përjeton përgjatë udhëtimeve dyorëshe të ditës së nënës, një në vajtje e po aq në kthim. Nuk dëgjon muzikë, nuk e mërzit bllokimi i beftë i autostradës, nuk e hutojnë retë lozonjare përtej shevroletit të vogël, nuk e entuziazmon dielli e as e trazon shiu, edhe kur bie aq me furi sa fshirëset e xhamave mend këputen. Els i përballon me një qetësi të habitshme të gjitha. Madje, jo, "i përballon" nuk është fjala e duhur. Ajo thjesht frymon njëjtë në çdo gjendje të natyrës dhe ngjarjeve që i ndodhin papritmas. Grimasa e fytyrës së hequr, ku mollëzat i zëvendësohen nga dy majucka kockash, nuk ndryshon thuajse kurrë. E ftohtë dhe pa shprehi emocionesh, Els ka aftësinë t'ia plasë tëmthin kujtdo që rastësia ia vë përballë.

Në udhëtimin e sotëm e shoqëroi një vapë e pazakontë për këtë fillim pranvere. Por Els as që e vrau mendjen. Ndezi kondicionerin dhe e gëlltiti asfaltin si përherë: e qetë. Mbajti anën e djathtë të rrugës, pa e ngarkuar motorin e makinës me më shumë se nëntëdhjetë kilometra në orë, edhe kur humbiste mes kamionëve të mëdhenj.

Zakonisht mbërrin në orën nëntë në qendrën ku e ëma jeton prej një mijë e njëqind e pesëdhjetë e pesë ditësh, ndër të cilat Els e ka vizituar njëqind e gjashtëdhjetë e pesë herë. Shifrat janë ato që e shkundin disi nga monotonia. I pëlqen të numërojë dhe llogarisë. Se numrat janë të ftohtë, si ajo. Ndaj edhe ka zgjedhur të punojë në një bankat e Brukselit.

Edhe sot e parkoi makinën fiks në të njëjtën orë. Zbriti qetë, mori një çantë të madhe nga bagazhi dhe u drejtua nga stoli ku pa nënën që po rrezitej në diell, në shoqërinë e një infermiereje. Lulet e sapoçelura e kishin zbukuruar kopshtin, që qarkon ndërtesën e gjelbër, me çati të kuqe.

- Mirë se erdhe, Els! - e përshëndeti gruaja elegante, veshur me të bardha.

Vajza e përshëndeti lehtë me kokë, u ul pranë së ëmës dhe fiksoi çantën mes këmbëve. Infermierja i la menjëherë vetëm. E dinte që Roz, gjashtëdhjetetrevjeçarja me flokët më të bukur në gjithë klinikën, do ishte në duart e së bijës për disa orë.

Roz herë e njeh, herë jo. Zakonisht, gjatë ditëve me diell ndjehet më mirë dhe arrin të kujtojë edhe ngjarje nga e kaluara e largët.

- Nuk do më përqafosh? - e pyeti vajzën.

Els u kthye nga ajo dhe ia lidhi duart lehtë rreth qafës.

- Nuk do më puthësh?

Buzët e holla ia prekën lëkurën e butë të faqeve për dy sekonda.

Pastaj vajza u kthye në pozicionin fillestar, në krah të djathtë të së ëmës.

- Më mori malli, - e theu heshtjen disaminutëshe Roz dhe harkoi bustin nga e bija.

Iu duk më e hequr se herën e fundit që e mbante mend. Të paktën profilin e kish tërheqës, të mprehtë, por seç kish diçka që e trazonte. Ndoshta se ashtu e kish parë më shpesh gjatë jetës. Els, që nga koha kur kish filluar klasën e tretë, e kish shmangur qëndrimin përballë saj e ajo, kur vajzën e zinte gjumi, i hynte lehtë në dhomë dhe e vështronte teksa flinte kruspullosur si fetus, me njërën faqe ngjeshur pas jastëkut. Ato ishin çastet kur mund ta shijonte të bijën,

edhe pse sytë i mjegulloheshin nga lotët.
- Si je?
Els nuk foli. Zakonisht nuk fliste. Kujdesej për të ëmën, bënte gjithçka i kërkonte, ia rregullonte sirtarët e dhomës, ia merrte rrobat dhe ia kthente të lara një javë më pas, e dëgjonte, e ushqente në ditët e saj të vështira, madje edhe e pastronte si fëmijë kur ajo ndynte në tesha, por heshtjen e tradhtonte rrallë. Njëlloj edhe me stafin. Përgjigjej kur duhej doemos, por nuk pyeste thuajse kurrë, për asgjë. Tashmë të gjithë ia kishin kuptuar tipin dhe nuk e ngacmonin përtej domosdoshmërisë. Ndërsa Rozën e donin shumë. Ishte grua e gjallë, e ngrohtë, edhe pse shpesh binte në errësirën e egër të demencias, që e torturonte për ditë të tëra.
- U bë kohë që s'ke ardhur.
- Kam ardhur çdo javë!
- Ah, s'e kujtoj dot. Por ç'të shtyn të vish çdo javë?
- Ti. Ma ke kërkuar që në fillim.
- Ah. Po të mos ta kërkoja, a do vije?
- Varet ç'do më kërkoje.
- Kaq e akullt je gjithmonë me mua?
Els nuk u përgjigj. E ëma e përqafoi dhe e mbajti një copë herë ashtu.
- Po, po, më kujtohet që gjithmonë ftohtë je sjellë me mua. Si janë peshqit e mi? Po Maksi?
- Vetëm ti mund t'i vësh emrin e burrit një

qeni.

- Në fakt, ai këlysh i dashur nuk e meritonte.
- Atëherë përse e quajte ashtu?
- Se më pëlqeu ideja ta tridhja Maksin pa më zënë ligji e ta tërhiqja nga litari sa herë mundesha. Por kam bërë mëkat ndaj këlyshit tim të dashur.
- Edhe ndaj meje!

Roza e vari mjekrën deri në gjoks. Sytë iu rrëmbushën e nuk foli dot më.

- Nuk e vrave mendjen aspak se sa herë të thërrisje emrin e tij nëpër shtëpi, mua do më vinin kujtime të hidhura? Vetë zgjodhe të shpëtosh duke harruar... - i tha Els.

Asnjë gjurmë inati, zhgënjimi, hidhësie në fjalët e saj. I tha ashtu thjesht, me një sintaksë të pastër, rrjedhshëm, por pa asnjë ngjyrim emocional.

Roz, nëse do ish e kthjellët gjithë kohës, me siguri ato çaste do ish habitur që e bija po i fliste aq gjatë. U ngrit me mundim nga stoli. Hodhi dy-ti hapa të vegjël me shpinë nga vajza dhe ndaloi. Siç ishte, shtriu krahun pas vetes dhe nderi dorën në ajër. Els e kuptoi. Ia zgjati të vetën dhe ia shtrëngoi lehtë. U vunë në një hap dhe u nisën drejt dhomës.

- Ndihem e lodhur, - tha gruaja kur hynë brenda.

Hoqi pantoflat dhe u shtri në shtratin e ulët. Els sistemoi teshat e lara e të parfumosura në dollap dhe mbylli perdet. Dhoma mori një nuancë blu të errët. Pastaj u ul në kolltukun pranë krevatit, kryqëzoi krahët dhe ndenji një copë herë ashtu. E ëma ktheu kokën dhe ia nguli sërish sytë profilit të saj, që tashmë, në gjysmerrësirë dukej edhe më i bukur.

- Dje dëgjova fshehurazi mjekët. Nuk më ka ngelur edhe shumë kohë. Nuk e di nëse do t'ia hedh verës, - tha me gjysmë zëri.

Els nuk lëvizi asnjë muskul. Humnera brenda shpirtit, ku gremiste gjithë emocionet, kish ende shumë vend. E pangopur ajo gropë e thellë, që thithte dhe e 'shpëtonte' përgjatë ditëve.

- Els, - tha me zë të përvajshëm. - Bëra gjithçka munda.

- Ti nuk bëre asgjë.

- Ndoshta s'bëra më të mirën, por atë që dita po.

- Ti dite të bëje kuleçë të mirë mëngjeseve, pa e hequr cigaren nga buza, dhe të boshatisje shishet, derisa të zinte gjumi në divan.

- Unë mësova të flisja me peshqit, se ti nuk më flisje kurrë.

- Se ti ishe gruaja e tij!

- Dhe unë e zhduka nga jeta jonë sapo e kuptova.

- Dhe e kuptove shumë vonë.

- Se ti nuk më flisje, nuk më tregoje.

- Se ti ishe nëna dhe duhej të më kuptoje.

Dhe ishe edhe gruaja e tij dhe duhej ta dije ku të humbiste burri netëve kur të zhdukej nga krevati. Vajte more edhe një *Bichon Frise*[1]. Trembëdhjetë vjet që dëgjoj emrin e tij nëpër shtëpi.

- Oh, hesht, për hir të zotit! - ulëriu Roz.
- Kjo ndodhi pesë vjet pas përpjekjeve të vazhdueshme për të të ndihmuar. Por ti nuk doje. Nuk doje të ndihmoheshe. Dhe unë ndihesha si e paralizuar përballë heshtjes tënde. Ftohtësisë tënde të frikshme. Sigurisht që e kuptoja, por s'dija më si të të ndihmoja. Asgjë nuk të sillte më pranë meje, as seancat e gjata me psikologët, asgjë. Dhe dikur mendova se po të përballeshe çdo ditë me emrin e tij, do të mbyste zemërimi e do shpërtheje. Ah sa gjatë e kam pritur atë shpërthim. Le të më urreje, veç të shpërtheje, të zbrazeshe, të nxirrje jashtë krejt vrerin që të mbyste. Doja të të shihja të qaje, të ulërije, tek përpëliteshe në krahët e mi duke urryer tët atë, mua, zotin, gjithçka. Le të urreje. Ajo do të shpëtonte, urrejtja e derdhur jashtë. Doja të më kapje nga dora e të më tërhiqje rrugëve si e çmendur, në kërkim të atij kopili që ta vrisnim të dyja. Do isha bërë kriminele për ty, veç ti të shpëtoje...!
- Mjaft! - ulëriti për herë të parë pas njëzet

---

[1]   *Racë e vogël qeni*

vjetësh Els. - Mjaft! Isha e vogël dhe e trembur. Ai më kërcënonte se do na vriste të dyjave. Tre vjet ferri u përpëlita me frymën e tij të pështirë mbi vete dhe... dhe... dhe...

Els nuk po mbushej dot me frymë. Roza u ngrit ngadalë, ia kapi duart dhe e shtyu të fliste, por vajza e largoi. U ngrit, hapi perdet, penxheren dhe futi hundën në hapësirën e vogël që krijohej nga ajo dritare që hapej nga lart-poshtë. E ëma e ndoqi nga pas. Mblodhi fuqitë, e kapi nga shpatullat dhe e ktheu nga vetja.

- Fol!
- Zhduku!
- Fol, bija ime, fol! - iu nemit zëri Rozës dhe trupi iu këput si gjethe në krahët e së bijës.
- Të urrej! Të urrej! - i ulëriti së ëmës në fytyrën meit. - Nuk të mjaftoi që më shkatërrove jetën, që më le në duart e tij, por tani kërkon edhe të shpëtosh njëherë e përgjithmonë, duke më lënë vetëm.

E tërhoqi trupin e lëshuar të gruas deri te shtrati dhe gati e shkuli fillin e lidhur me butonin e urgjencës. Menjëherë në dhomë hyri infermierja dhe dy burra veshur me uniformë blu, që u turrën për tek e sëmura. Els rrëmbeu çelësat e makinës dhe ia mbathi.

Rrugën për në shtëpi e përshkoi mbytur në lot. Nga pas derës e priste shtrirë Maksi, qeni plak, që sapo kish dhënë shpirt.

Heshtja

Lora shëtiti sytë nga njëri cep i sallonit tek tjetri dhe iu pështjellua. Fytyrat e zymtuara, kostumet e zeza dhe pëshpëritjet e njerëzisë që kish pushtuar shtëpinë, iu dukën më pak patetike dhe shtirane se vetja. Mbështetur supin në anë të bufesë së kristaleve, që tani silleshin rrotull në duart e vizitorëve, u mundua të kapte tek çdo njëri nga një shprehi ndryshe, të fshehtë, që zbulonte padashje një tjetër ndjenjë nga ajo që po shfaqnin. Nuk mund të ishte e vetmja aty që ndihej e tradhtuar nga ai, i ati, buzëqeshja e të cilit tani kish ngrirë në fotografinë e madhe, rrethuar nga shiriti i zisë, pranë librit të madh, ku të njohurit shkruanin copëza kujtimesh me të ndjerin. Por, përveç dhimbjes, në portretet e tyre nuk lexoi asgjë tjetër. Gilio kish ditur t'i ish pranë gjithë botës, por jo familjes.

Po ku kish humbur i vëllai, që s'po e shihte kund? Ai i ishte përgjëruar të rikthehej në shtëpi e t'i bënin nderimet e fundit babait. "Të paktën sa për sytë e botës", qe lutur. Dhe ajo pranoi. Jo për sytë e botës e as për të atin, por që mos e linte vetëm të vëllanë. Timi dhe ajo ishin binjakë, por ai qe i butë, më pak luftarak se e motra dhe falte shpejt. Në shumë gjëra i dukej se ngjante kryekëput me të atin, por, fatmirësisht, nuk ish indiferent si plaku dhe e donte familjen. Ama, Lorës i pëlqente që ngjyrën e hirtë në të kaltër të syve e kishin marrë të dy prej Gilios, ashtu si shtatin e lartë dhe krifën e dendur e të zezë të flokëve. Madje edhe fërkimin me mollëzën e gishtit tregues të asaj bulëze të mishtë në buzën e sipërme sa herë hutoheshin, nga ai e kishin mësuar, kur i ati humbte në poltronën e tij me sytë diku jashtë dritares, si një pushim planifikues për largimin e radhës.

 Sa e kish dashur e vogël! Ngjishte hundën në xhamin e dritares dhe e përpinte me sy rrugën për orë të tëra me shpresën se do shihte makinën e tij të merrte kthesën për në shtëpi. Pastaj, mungesat e gjata iu shtruan në shpirt si gjurmët e një të humburi në shkretëtirë, që s'i kish mbuluar ende asnjë stuhi rëre.

 U përmend, kryqëzoi krahët nën gjoks dhe hodhi edhe njëherë vështrimin mbi të tjerët. E njëjta panoramë si ajo e para shtatë vjetëve, kur ja, si sot, shtëpia qe mbushur po plot, pas varrimit të nënës. Mungonin veç pak fytyra dhe... Gilio. Po njëlloj: kristale të mbushura me alkool, njerëz që lëviznin si hije brenda kostumeve të zeza, pëshpërima të vagullta, portrete të përvajshme... Iu rrëmbushën sytë. Sa nuk i kish plasur shpirti atë ditë; e kish mbajtur veten mos ulërinte e t'i shporrte të gjithë, të zhdukeshin, ta linin vetëm në dhimbjen që po ia shqyente gjoksin. Nuk donte të shihte askënd, aq më tepër të atin, që thellë-thellë, për të, ish shkaktari i asaj tragjedie, ndonëse qe munduar ta mbulonte diellin me shoshë me përkujdesjet ndaj së shoqes ditëve të lëngimit të saj në shtrat.

* * *

"Hesht! Ki pak respekt për të, të paktën... sapo e përcollëm!", e urdhëroi i ati kinse me tone të buta, kur Lora e tërhoqi në studio dhe ia përplasi në sy gjithë ç'i shpërthente nga brenda rropullive të përziera me helmin e dhimbjes, humbjes dhe përçmimit...

"Mjaft? Boll kam heshtur përpara teje! Kemi heshtur të gjithë... edhe kur këtu mbetej veç hija jote... e rëndë, e rëndë, ndërsa ti bridhje nëpër botë për të kapur shkëlqimin e radhës. Se mami na e kish ndaluar të ankoheshim për ty... që nuk ishe kurrë në shtëpi, se "...babin e duan të gjithë... Babi ka punë të rëndësishme, që...". Pastaj mbyllej në dhomën e saj e veç qante... Dhe ti më kërkon tani të hesht?! Duhet të kisha folur kohë më parë, por nuk e bëra, se shpresova që do ta bënte ajo vetë; do të të linte ty dhe mjerimin e saj. Luftën e saj nuk mund ta bëja unë, ndonëse u përpoqa plot herë...".

"Për hir të zotit, Lora! Jo sot! Jo tani! Shtëpia është plot... kanë ardhur ta nderojnë për herë të fundit mamin! A ke sy në ballë? Mblidhe veten. Bëje për të, në mos për mua!".

"Për ty?! Vërtet?! Për ty, ajo na kish hequr të drejtën e fjalës e na shpallte 'non grada' në sallon nëse guxonim të thoshim qoftë dhe një fjalë pas urdhrit: "Hesht!". Nuk hesht më, jo! Ajo që ma mbyllte gojën, tani nuk është më! E di? Gati-gati më dhimbsesh... jo, të mëshiroj, se edhe ti me një këmbë në varr je, dhe ashtu, si mami, nuk ke guxim t'i pranosh fajet e tua. Që bëheshin paturpësisht tonat, veç të shkarkoheshin nga shpina jote. Se e kishim fajin ne sa herë rebeloheshim për ftohtësisë tënde, kryeneçësinë dhe vendimmarrjet për ne, ndonëse nuk ishe kurrë në shtëpi. Nuk e kishe idenë për çfarë vuanim, qanim apo qeshnim unë dhe Timi. Por ti nuk e di çdo të thoshte të jetoje nën hijen tënde e gjithkush të priste nga ne të ishim gjeni, si babai. Një baba gjeni në letërsi dhe filozofi, që e mashtronte lehtësisht botën, por jo ne! As mamin! Se ti ke menduar gjithmonë se mund t'ia hidhje asaj, se gjithçka përligjej prej udhëtimeve për ligjërime universiteteve anë e kënd rruzullit, takimeve me lexuesit e tu, shkëlqimit të prozhektorëve të studiove televizive, të salloneve ku shtroheshin darkat e mirënjohjes për çka i sillje njerëzimit, botës. Hëm, botës... sa bukur ke folur, veç për këtë botën tonë të vogël këtu nuk dite të flisje kurrë. Në fakt, nuk të interesonte. Dhe, për t'u larë me veten dhe ne, na tundje përpara syve pamjaftueshmërinë e kohës dhe kartën e kreditit. Na mate gjithnjë me famë e para. Erdhe ndonjëherë në koncertet e mia? Po në ndeshjet e Timit? Ti as që e dije ku e kishim shkollën, ma merr mendja. Tani që ke nevojë për ne, kur bota të ka harruar, se s'ke asgjë të re ç't'i japësh, u kujtove gjoja të bësh rolin e babait e të burrit. Mendon se ky vit që i shërbeve mamit gjatë sëmundjes mund ta shlyejë mungesën e një jete? Ma ha mendja se po të kish qenë teze Beti gjallë, edhe tani do ishe diku larg".

I ati u mbajt te doreza e derës të mos binte. Një marramendje e beftë ia trohiti tokën nën këmbë, por Lora nuk u tund nga e vetja, se e përktheu si një përpjekje të shtirur për t'ia mbyllur gojën. Prej vitesh kish dashur t'ia përplaste në fytyrë të gjitha ato që i zienin brenda, por prania e së ëmës e kish penguar. Kështu, atë ditë, kur me të ëmën kish varrosur edhe një pjesë të shpirtit, nuk mund të përmbahej më.

* * *

Një dorë mbi sup e shkëputi nga kujtimet. Timi, si t'ia kish parë të projektuara në fytyrë imazhet e asaj kohe të shkuar, e afroi nga vetja dhe e përqafoi lehtë. Sa i ëmbël dhe i dashur ishte! Nuk e kish ftohur as karriera si avokat, vetëm se ndonjëherë e acaronte mania e tij për t'u dukur më i tërhequr dhe indiferent ndaj problemeve. Nuk u jepte zë vuajtjeve, ndryshe nga ajo që i bërtiste me të njëjtën forcë që e mundonin.

- Nga humbe? - e pyeti qortueshëm.

Vëllai s'u përgjigj, por e tërhoqi për dore drejt studios së të atit.

- Duhet të të tregoj diçka.

Tek e ndoqi nga pas si manare, në xhepin e jashtëm të xhaketës së tij dalloi cepin e një zarfi të bardhë. Mendoi se e kuptoi për çfarë bëhej fjalë, ndaj ia lëshoi dorën dhe ndali.

Timi iu kthye i çuditur.

- Ç'pate?! Eja pra, është e rëndësishme.

- As që dua t'ia di, nëse ajo që ke në xhep është ndonjë letër nga "babai ynë i dashur", - përplasi këmbën në vend, si fëmijë i xhindosur, pa harruar t'i vinte theks ironik fjalëve të fundit.

Timi e tërhoqi sërish dhe, kur hynë në studio, e këshilloi të ulej. Lora bëri siç i thanë, por nuk mundi ta përmbante veten. Iu bë se pa plakun, ulur në poltronin prapa tavolinës, në të njëjtin pozicion, si para shtatë vjetve, kur bota iu trondit nën këmbë. Ja ku ish, me duart mbështetur mbi rimeson e arrës, dëgjonte syshqyer shpërthimet e së bijës:

"Ti kujtoje se mami flinte e qetë pas gënjeshtrave dhe mungesave të gjata? Më thuaj, sa herë ke qenë në shtëpi kur ajo vuante? Veç unë, Timi dhe teze Beti ia shihnim sytë si të një drenushe të plagosur dhe nuk e ndihmonim dot. Po, ishim të pafuqishëm, se nuk e bënim dot atë që mund ta bëje veç ti. Nuk mund të zinim vendin e burrit që donte aq shumë e për të cilin qante. E më vjen të ulërij që, pavarësisht të gjithave, s'të hodhi kurrë poshtë. U rritëm me "Mos e gjykoni babin!". Mos të të gjykonim! Mos të të urrenim! Se ti ishe më i miri i botës e se ti...

"Gabohesh për babin. Ai ju do dhe mendon gjithë kohës për ju", më tha njëherë, mbyllur në dhomën e saj të errët, me migrenën që ia veniste zërin dhe shikimin. Sapo kish vdekur teze Beti... që e kish dërrmuar edhe më shumë... Tek ajo të paktën gjente një shpatull ku mbështetej e shfrynte dertet. Tani s'e kish as atë, ty jo e jo, unë dhe Timi shkollave... E pavarësisht të gjithave, mendonte ende për ty... babi, babi, babi... Sa desha ta merrja me shpulla në atë moment, që t'i hapte sytë, të shihte realitetin, të mësonte të vuante siç duhej, si ne, të ishte e vërtetë në dhimbjen e saj, në jetën që kishte e t'i jepte fund shtirjes dhe përkujdesjes së tepruar për ty.

Atë çast ia lëshova dorën dhe hapa grilat.

Drita e ftohtë e dimrit shkëlqeu mizorisht për migrenën e u derdh mbi shtrat dhe fytyrën e saj, rrudhur prej kontraktimeve të dhimbjeve. Vuri pëllëmbët mbi sy dhe m'u lut t'i mbyllja sërish. Jo veç migrena e donte atë errësirë. Por nuk lëviza nga vendi. Nuk iu binda lutjes së saj gati të heshtur, përgjëruese. Prita të bëhej urdhër, më bërtitëse, më ulëritëse, por jo. Nuk ma kërkoi më. Thjesht rrëmbeu jastëkun nga poshtë kokës dhe e shtrëngoi fort në fytyrë. Atëherë u zemërova edhe më shumë. Ja kështu kish bërë gjithë jetën; fshihej si struci e qante në heshtje. Nuk rebelohej, s'përballej dhe s'luftonte për t'i zgjidhur problemet. Sidomos ato që i vinin nga mungesa jote. Ia hoqa mbulesat dhe e tërhoqa të ngrihej. Le t'i mbyllte grilat, po të donte, por duhej ta bënte vetë! Të luftonte vetë me dritën për aq kohë sa kish bërë paqe me errësirën! Më pa e lemerisur, si të isha shndërruar befas në armiken e saj më të madhe, më...".

"Mjaft! Hesht, për hir të zotit, hesht!", rënkoi i ati.

Por lutjet e tij nuk e prekën aspak Lorën. Helmi i mbledhur në fund të shpirtit gjithë ato vite, tashmë i kish ardhur deri në grykë e ajo ia ndjente hidhësinë, shijen e tmerrshme, si ajo e refluksit të stomakut pas një nate të tmerrshme me alkool.

"Ti? Ti e përmend zotin?! Ti që s'ke as zot, as

dashuri... veç për veten! Madje dyshoj që e ke dashur ndonjëherë edhe veten! Thjesht je mbytur në megalomaninë e egoizmit tënd të frikshëm. Tani që ke rënë nga vakti, shqetësohesh për frikën tënde e më e shumta mëngjeseve lutesh që mos të të ngacmojë prostata, të mundesh të pshurrësh të paktën pesë a gjashtë pika... Ja ç'je tani: një grumbull kockash jashtë përdorimit!".

"Mjaft! E pacipë! Si je shndërruar kështu?!. Ti, ti... gjithë jetën u sakrifikova për ju; për ju dhe nënën tuaj...", shfryu kërcënueshëm me gishtin tregues, por shpejt e uli, heshti dhe veshi prapë akullsinë në fytyrë. Nuk qe ndier kurrë më i fyer se në ato çaste dhe buzët iu drodhën nga zemërimi, por nuk deshi ta rëndonte më shumë situatën me fjalë për të cilat ish i sigurt se do pendohej më vonë. Nuk e njihte më të bijën. Kish ndryshuar, apo dhimbja për humbjen e së ëmës e kish shndërruar befas në një gacë zjarri, që përshkëndijohet dhe lëshon xixa në përpjekjet e fundit për t'u rehatuar me flakët?

Pas një hopi, teksa ia dallonte atë dridhjen e lehtë të qepallave, siç i ndodhte së ëmës sa herë zemërohej, i tha:

"Sa i ngjan mamit! Nuk ke frikë të flasësh... Por, ndryshe nga ajo, zgjedh mënyrën më të shëmtuar të...".

"Oh, hajde tani, mos u përpiq të luftosh me kartën e fundit që të ka mbetur! Nuk të vlen të bëhesh i ndjeshëm dhe simpatik tani. Është tepër vonë. Pastaj, trime, ajo?! Veç trime për të pranuar të vërtetat nuk ishte!", iu mbyt zëri në drithërimë Lorës, që aq shumë qe përpjekur mos ta lëshonte veten.

"Lora, e shoh që je e mbushur dhe asgjë s'mund të ta heqë nga mendja atë që ka zënë rrënjë. Por diçka mos e harro: dashuria është edhe kur nuk e ke pranë dikë. Nënën tënde e kam dashur gjithë jetën e vazhdoj ta dua po njëlloj! Ndonëse ka vdekur, ajo për mua është këtu...!".

- Lora! - e shkundi i vëllai. - Je këtu, apo jo?
Vajza u drodh dhe u shkund. E vështroi Timin si guhake e iu deshën pak çaste të kthehej në realitet. Tani që i kujtonte, për ca fjalë i vinte vërtet turp nga vetja, por kjo nuk ia zbehte aspak zemërimin ndaj të atit. Edhe pse është e vështirë të mos ndjesh keqardhje për një të vdekur, nuk mund t'ia falte dot gjithë jetën e kaluar larg. Për veten, Timin dhe të ëmën!

- Hë pra, më thuaj, si është puna? - iu kthye të vëllait, a thua se gjithë problemi qëndronte tek ai.

- Po rrëmoja te sirtarët e babit për dokumentet e trashëgimisë dhe shih çfarë gjeta. Një letër e shkruar për ne të dy. Nuk e hapa. Doja ta lexoja me ty.

- Nuk më intereson asnjë germë e tij! - iu hakërrye e motra dhe brofi të ikte.
- Por, Lora...
- Asgjë Timi, asgjë! Ta thashë! Lexoje vetë po deshe!
- Lora! - ngriti zërin ai. - Letra është nga mami...!
- Çfarë?! - u kthye e habitur vajza, që kish mbërritur te dera. - E përse e zgjate kaq shumë për të thënë gjënë më kryesore?! - dhe ia rrëmbeu nga dora.

"Për bijtë e mi të shtrenjtë", dalloi shkrimin e së ëmës mbi zarf.

- Nuk e kuptoj, përse ishte te gjërat e tij? Ja pra, as këtë nuk ka dashur ta lexojmë, "babushi ynë i dashur", ndaj na e ka fshehur, - çakërdisi ajo, por ama zarfin e hapi me kujdes.

U ul sërish në karrige, vështroi dhimbshëm të vëllanë dhe e pyeti:
- Gati?

Ai pohoi me kokë dhe ajo ia nisi me zë të lartë:

"Të shtrenjtët e mi...

E desha babanë tuaj që në momentin e parë. Aq i bukur... krelat që i binin supeve dhe syzet me skelet të hollë i jepnin një pamje sa intelektuale, aq edhe joshëse... i freskët si ujë mali. Por unë e dija që dashuria është çka jep, ndaj kisha frikë. Frikë se s'do mundesha dot kurrë të isha e plotë për të. Për atë burrë, që mund të kish zgjedhur këdo, por më zgjodhi mua...

...

Teze Beti, që ju e thirrët gjithë jetën kështu, nuk ishte veç mikesha ime e ngushtë. Ajo ishte e dashura ime që para se të njihja Gilion... Por aq e fortë qe dashuria që kishim për njëri-tjetrin, sa Gilio pranoi ta ndante jetën me mua, ndërkohë që unë e ndaja edhe me Betin. Ata të dy pranuan për hir të dashurisë e s'mund t'u jem veçse mirënjohëse edhe përtej kësaj jete. Babai juaj, veshur me petkun e mirësisë dhe fisnikërisë, u kujdes gjithë kohës ta fshihte këtë gjë, për të cilën shoqëria do më kish paragjykuar dhe dënuar.

...

E di që e keni gjykuar Gilion, për veten dhe për mua, por dijeni se zgjodhi rrugën më të mirë për ne, por jo pa dhimbje për të. Zgjodhi të më rrinte pranë nga largësia, që unë të mund të ndaja kohë edhe me Betin, të cilën e doja po aq fort sa atë.

...

Jeta është e shenjtë, por shpesh i ngjan një zvoli në një arë të madhe... çfarë duhet të bëni me të? Nuk dua t'ju jap leksione, çdokush duhet të bëjë rrugën e vet, por diçka duhet ta dini: dashuria nuk kërkohet veç brenda guaskës së perlës që shkëlqen, por edhe në zemrën e një zvoli, ku krejt pa kuptuar mund të ngjizet filizi i një bime. Ajo është dashuria!

...

S'kam reshtur kurrë së dashuri ju të katërt, edhe përmes dhimbjes.

PS: Gilio më premtoi se do t'jua japë këtë letër pas

largimit tim. Më falni për çdo dhimbje që ju kam shkaktuar!

E juaja përgjithmonë!"

Lora lotoi një copë herë mbi supin e të vëllait. Pas çdo fjalie, bebet e syve i ishin tkurrur dhe zvogëluar nga dhimbja, po aq sa i zmadhoheshin nga habia. Nuk e kuptonte në po gëzohej apo trishtohej edhe më shumë. Një jetë... një jetë me akuza... me mëri...

Timi ia puthi lehtë faqet e njomura e pastaj dolën. Lora fshiu lotët, mbylli pas vetes derën dhe hodhi sytë përreth. Vallë do ta kishin dashur dhe nderuar të ëmën ata njerëz, po ta dinin të vërtetën e saj?

Rrëmbeu nga tavolina në korridor një gotë verë të bardhë dhe iu afrua fotografisë së të atit.

"Të kam falur!", dëgjoi zërin e tij të ngrohtë dhe shpërtheu në ngashërime.

Nishanet

Ai zgjati krahun dhe tërhoqi fillin që lidhej me llambën. Drita u derdh mbi shtrat, mbi dollapin e vogël prej druri, brenda të cilit flinin ca varëse bosh, dy jastëkë e një batanije e hollë, mbi tavolinën me një karrige, ku ishin hedhur rrëmujshëm tesha, mbi perdet e mbyllura në blu të errët, pickuar dendur nga ca fije të arta, që krijonin imazhe të papërcaktuara, dhe mbi moketin e vjetër, që fshinte pluhurin e kush e di sa kohëve.

- Ah, jo, fike të lutem! - tha Sonja dhe mbuloi kokën me jorgan.

Nuk e kish lejuar ta ndizte dritën edhe kur kishin hyrë në atë dhomë modeste hoteli. Ishin mjaftuar me ndriçimin e dobët të dy llambave të vockla, si lule, në tavanin e korridorit, dhe dy qirinjve fals, plastikë, fiksuar në mur, që i falnin ambientit një atmosferë romantike.

Edhe takimin me atë burrë e kish lënë pas perëndimit të diellit. Mëkatin e lidhte veçse me errëtinë. Nuk kish vend drita aty. E kish refuzuar ftesën për darkë, shëtitjen nëpër qytetin e zbukuruar apo në tregun e Krishtlindjeve, që gjallonte atyre ditëve të fundit të vitit. Jo! Brenda dëshirës së mishit që i vlonte po aq e ethshme sa ajo e shpirtit për të qenë me atë burrë, për t'ia parë feksjen e ëmbël të syve sa herë e vështronte, për t'ia ndierë drithërimat sa herë e prekte qoftë edhe përciptas në dorë, nuk i la vetes asnjë mundësi shijimi tjetërlloj përveç zhytjes së errët në mëkat.

Prej gati një viti përpëlitej mes takimesh në dritë të diellit, ku sytë e tij bëheshin të parezistueshëm, largimeve të herëpashershme, mallit, pastaj rendjeve prapë drejt tij kur lutjet për ta parë bëheshin aq të pamundshme të refuzoheshin, tërheqjeve pas pendesave, pjekjeve 'gjoja' të rastësishme, që organizoheshin vetvetiu nga të dy prej energjive të papërballueshme që vë në lëvizje forca e mendimit dhe mallit...

E ja, kur iu duk se po vdiste e nuk mund t'i rezistonte dot më tundimit, vendosi që atë lidhje ta mbyllte me mbylljen e vitit, por duke iu dorëzuar një herë të vetme e plotë kënaqësisë së mishit. Ndoshta kjo do ta ndihmonte të shpëtonte prej atij qerthulli të mundimshëm ku ish zhytur për muaj me radhë. Do ishte një lloj rrugëdaljeje. Ndoshta jo. Ajo s'mund ta dinte nëse pas asaj nate të kaluar me të dashurin, do t'i pritej bileta për në 'parajsë' apo 'ferr', por ferrin e kish të garantuar që tani. Njëlloj digjej nga flakët e tundimit, pendimit, vrasjes së ndërgjegjes, netëve pa gjumë, përpjekjes së fshehjes nga sytë e familjes, që të mos hetonin dhimbjen që i shkaktonte ajo lidhje jashtëmartesore... e nuk kish fare rëndësi për të në e kish konsumuar aktin e mëkatit fizik, kur sytë, mendja dhe shpirti i saj merrnin arratinë drejt një burri tjetër...

- Fike, të lutem! - përsëri ajo, tulatur brenda jorganit.

Ai e zbuloi ngadalë, e puthi në sup dhe i pëshpëriti me zë të butë:

- Veç pak. Dua të shoh diçka që preka.

Laura nuk kuptoi gjë, por nuk e kundërshtoi më. Fundja, kur kish dalë "lakuriq" përballë tij në dritë të diellit, ndonëse me tesha veshur, kur ai ia kish ndjerë zjarrin dhe dëshirën për ta pasur të tërin për vete, çfarë do ndryshonte nëse ia shihte edhe trupin, që deri ato çaste ish përpjekur t'ia fshihte sa të mundte?

Gishtat e tij nisën t'ia ledhatonin lehtë shpinën e vende-vende ndaleshin pak më shumë. Pikërisht atje i ngjiste buzët e ajo vibronte si shelgu në erë.

- Nuk dua të të tremb, por ke nja dy nishane që nuk më pëlqejnë. Duhet t'i kontrollosh urgjent, - i tha ai pas pak.

Ajo buzëqeshi.

- Gjatë gjithë kësaj kohe kam menduar se vdekja

mund të më vinte nga ti e jo nga dy çibukë të vegjël.

Qeshi edhe ai. I lehtësuar. Fjalët e saj e bënë të besonte se ishte në dijeni të tyre. Me siguri i shoqi ia kish diktuar më herët dhe ajo ish vizituar. "I shoqi" - mundohej të mos e sillte hiç nëpër mend atë burrë që e xhelozonte edhe pa e njohur fare, por, në këtë rast, iu bë qejfi që e mendoi si dikë të dobishëm. E harroi shpejt atë punë dhe e mbyti me të puthura...

* * *

- Dy melanomat duhet të ishin trajtuar më herët, gjithsesi je me fat që yt shoq t'i pikasi edhe në këtë fazë; të ka shpëtuar jetën! - i tha doktoresha pas ndërhyrjes.

"Hëm, im shoq", nënqeshi hidhur ajo, e mpirë nga lodhja dhe anestezia. Ai as që e dinte ku ishte Sonja në ato momente e ç'po hiqte, përveç nishaneve.

- Sidomos njëri prej tyre ishte shumë agresiv, por biopsinë do ta bëjmë për të dy. T'i pastruam thellë e besojmë se e keqja iku, por do presim edhe rezultatin e analizës. Do të telefonoj pas javës së parë të janarit. Ndërkohë shijo festat e mos i lag derisa të mbyllen plagët. Mjekoi herë pas here me jod, ndërsa penjtë, nëse nuk treten, mund t'i heqësh lehtësisht edhe te mjeku i familjes. Gjithsesi, po ta them që tani: je me fat!

"Jam me fat që vendosa të mëkatoj!", mendoi ajo dhe mbylli sytë.

Pas pak orësh do ishte në shtëpi duke përgatitur darkën e vigjiljes së Krishtlindjeve e duke menduar për atë, që nuk do ta mësonte kurrë që i kish shpëtuar jetën.

Kryqi

Ia ngula sytë ikonës së Krishtit varur në mur. Dy herë varur: një herë në kryq e pastaj edhe në mur. Thonë se u kryqëzua për ne njerëzit e po ne, për veten, zgjedhim ta mbajmë ashtu, duke ia shtuar vuajtjen. Krista, bashkëjetuesja ime, që edhe emrin e ka marrë nga njeriu i kryqëzuar përballë meje, ka zgjedhur vendin më të papërshtatshëm për ta vënë: kundruall divanit, ku zgjedh të shtrij kockat e të çlodhem pas pune, duke humbur në ndonjë ndeshje futbolli apo emisionet e "Discovery Channel". Por ai burrë aty, sipër televizorit, që duket sikur më vëzhgon gjithë kohës, edhe pse kokëvarur e syposhtë, më shqetëson. Kur e pyes se si mund të shihet me adhurim dikush që vuan, Krista përgjigjet: "Pikërisht, e adhurojmë se kujtojmë sakrificën që bëri për ne" dhe prek me dorë në fillim ballin, kraharorin, supin e majtë e pastaj të djathtin. Qesh. E gjitha më duket kaq paradoksale.

Dy vjet më parë, brunen me forma bombastike, të flaktë në besim dhe në seks, e ftova në shtëpi të kalonim natën bashkë. S'di si ia bëri, por prej asaj mbrëmjeje nuk iku më. Çdo ditë shtoi diçka të vetën në apartament: nisi me furçën e dhëmbëve dhe përfundoi me Krishtin në mur. Atëherë e qesëndisa pa të keq: "A nuk të mjafton një burrë?", por me kalimin e kohës m'u bë vërtet bezdisëse ta shihja aty.

Pas rreth një viti, tym siç u ktheva nga banka, ku një gabim trashanik drejtori ma faturoi mua për të mbrojtur dashnoren e vet, iu sula Krishtit. E shkula me gjithë gozhdë dhe e futa te sirtari i të linjtave të saj speciale, që i përdorte përherë e më rrallë. Mendova se ndoshta atij do t'i bënin më shumë përshtypje se mua, që, me thënë të drejtën, nuk më eksitonin më. Të nesërmen, në rendje e sipër, siç bënte gati çdo mëngjes përpara se të nisej për në punë, Krista vërejti se lutjen dhe kryqin e kish bërë symbyllazi përpara një vrime të vogël në mur. Vuri kujën.

"Ku e ke hedhur?", m'u hakërrye sipër kokës.

E kisha shtyrë zilen me pesë minuta e po kotesha në kënaqësinë që më falte mosbezdisja e një trupi tjetër në shtrat. Përgjumësh u ktheva nga ana tjetër, por ajo s'mu nda:

"Më thuaj ku është! Nëse e heq prapë, as mua s'më sheh më!".

Duke shfryrë, tregova nga sirtari i fundit i dollapit, ku tashmë më takonte vetëm një kanat nga gjashtë të tillë, dhe mbylla sytë. Pak para se të aktivizohej sërish alarmi në telefon, u zgjova nga goditjet e çekiçit në mur. Kur shkova në sallon, m'u duk se Krishti e liroi njërën dorë nga gozhda e më përshëndeti me gishtin e mesit. Mendova sa bukur do kish qenë po të ishte e vërtetë. Do ta ftoja për një birrë e, po të donte, mund edhe t'ia 'falja' besimtaren e tij të devotshme. Unë nuk mund ta mashtroja më e të shtiresha se më pëlqente prania e saj nëpër shtëpi.

...

Ja ku jam pas një viti: sërish përpara tij duke e kundruar dhe po njëlloj shtiak. Televizori flet me vete, s'di se çfarë. Ia ul zërin fare. Pastaj e fik. E kollajshme është jeta kur mund të gjesh zgjidhje kaq tak-fak vetëm me një telekomandë. Pse nuk kanë shpikur nga një të tillë për çdo gjë?

Ia ngul prapë sytë Krishtit. Befas, bezdia që më fal, fashitet e më pushton një mendim i ëmbël, djallëzor dhe, nëse ai zotëria që rri varur, vërtet arrin të shohë e gjykojë çdo gjë, tash me siguri po nënqesh: "A kopil, kopil!"... Ai e di sa po më shijon shejtanllëku që më mbiu në krye. Ja, mund ta krahasoj me atë shtjellë të ëmbël qetësie që të mbërthen pak nga pak pasi qetësuesi fillon veprimin gjatë etheve apo zjarrmisë; dhimbjet treten e trupi fiton kënaqësinë e prehjes.

Prej kohësh po e kërkoja edhe unë një lloj prehjeje, por s'po dija nga t'ia nisja. Aksionet që ndërtoja natën me sytë e fiksuara në tavan më dukeshin të zgjuara e të mundshme, por ditën e humbnin fuqinë sapo përballesha me buzëqeshjen e saj, sytë e trishtuara nga ëndrrat apo ngutin për në punë, ndërkohë që s'dinte ku kish kokën. Mbrëmjeve, kur mblidheshim në shtëpi, s'ia kisha ngenë diskutimeve të gjata e aq më keq të qaravet angushtuese, që i shtyja gjithmonë për të nesërmen. Por e nesërmja qëlloi të ishte larg...

U ngrita. Këtë herë e hoqa me kujdes burrin me mjekër dhe po mendoja se me çfarë mund ta zëvendësoja, kur në kokë më kumboi kërcënimi i atij mëngjesi: "Nëse e heq prapë, as mua s'më sheh më!". Por këtë herë më tingëlloi bukur. Ëmbël. Aq ëmbël, sa më vinte ta shtrëngoja veten fort e ta puthja, si të kisha fituar lotarinë apo banka të më kish dhënë atë shpërblimin e majmë pasi më kish shpallur "punonjësi i vitit". U deha nga imazhet që m'u shfaqën si në ekran. Nuk ëndërrova me sy hapur plazhe ekzotike me koktejle dhe vajza me bikini jo, kisha kohë për to... me radhë gjërat. Imagjinova zemërimin e saj që derdhej drejt meje duke tërhequr zvarrë valixhet. Madje, nuk pranonte as ta ndihmoja deri te makina...

Kërcitja e derës së jashtme më shkundi. Kapa me të shpejtë një nga kornizat mbështetur pas librave në raftin e poshtëm të etazhierit dhe e vara në mur dy sekonda para se Krista të shfaqej në hyrje të sallonit. Më hodhi një vështrim të shpejtë e tejet të lodhur dhe, pa më përshëndetur fare, më tha:

- Më lër vetëm dhjetë minuta në qetësi! Sot nuk kam nerva për asgjë!

Përshkoi dhomën mes për mes, u plas në divan, mbështeti shpinën mes dy jastëkëve, lëshoi gjymtyrët si t'i kishin shterur krejt fuqitë dhe mbylli sytë. Ngela si guhak para televizorit me Krishtin në dorë. Mendova se ishte momenti i duhur të zbrisja në "kavë", në bodrumin e pallatit, e të merrja pikturën që mikja e ngushtë ma kish falur për ditëlindje e që shalëgjata ime e kish hedhur në një cep, se gjoja s'vlente dy groshë. Por sa hodha këmbën, ajo, si t'i kishin hedhur ujë të ftohtë në fytyrë pas një alivanie, brofi përpjetë e ia nguli sytë me zemërim Krishtit që mbaja ende në dorë. Me sa duket, imazhet iu përpunuan ngadalë në kokë, siç na ndodh ndonjëherë ta kuptojmë me vonesë diçka që na është thënë. Kur fragmentet që kish parë rrëmbimthi u kristalizuan dhe formuan pazëllin e plotë, ajo reagoi në atë mënyrë, që unë prita të ndodhte sapo të derdhte hijen në sallon.

Të njëjtin vështrim të egër më hodhi edhe mua, që herë të tjera me siguri do më kish shkaktuar kaverna nëpër rropulli. "Nisi furtuna", mendova dhe prita shtrëngatën e parë. Drejtova trupin, në mënyrë krejt të pavetëdijshme nxora përpara kraharorin, për të përballuar si burrë shkreptimat e një gruaje dhe i zgjata "mollën" e sherrit. Dy metrat që na ndanin m'u duk se i kapërceu me një hap të vetëm. Ma rrëmbeu me tërbim "mikun", që nuk binte nga kryqi edhe pas shkapërdredhjeve nëpër ajër dhe i lëshuan sytë xixa. Unë, ateisti i pandreqshëm, iu luta zotit në heshtje që t'i jepte fund sa më shpejt. Nuk ishte e nevojshme të më torturonte gjatë me skena qurravitjeje, ulërimash apo, edhe më keq, me thyerjen e ç't'i zinte dora. E parandjeva që kështu do ndodhte, ndaj i ktheva shpinën. Fundja të bënte ç'të donte; e kisha hak. Dy vjet që përpëlitesha mes dëshirës për ta zhdukur nga përditshmëria ime. E po aq i kisha vjedhur edhe kohës së saj, që me siguri priste me padurim ditën kur do ulesha në gjunjë e do t'i propozoja mes lutjeve dhe betimeve për martesë. Hak e kisha, posi. Dy plus dy, katër vjet jetë njerëzore të humbura mes shpresave të kota: unë - që ajo ta kuptonte vetë se nuk e doja dhe ajo - që t'ia kuptoja padurimin për ta veshur me fustan të bardhë.

Befas m'u var nga pas e më shtrëngoi fort. Më rrëshqiti lehtë nëpër trup e më doli përpara. Ma kapi fytyrën me duar e më nguli sytë. Po ç'ishte ai vështrim i ëmbël, njomur nga bebe lotësh?

- Oh, nuk do ta fal kurrë këtë! - më tha me zë

të butë e m'i ngjiti buzët gjatë.

As u shkëputa, as e putha. Ngriva. Nuk po kuptoja asgjë. Natyra e saj shpërthyese nuk mund të më çudiste në këtë mënyrë. Le të mos ma falte kurrë po qe se kjo ishte ndarja që dinte të dhuronte. E mrekullueshme. E pra, e meritonte puthjen e lamtumirës. U çlirova. Nuk e putha; e thitha, e kafshova, e gjakosa, e mora në krahë dhe e hodha në divan. Bëmë dashuri për herë të fundit, bashkë me Krishtin, që s'e lëshonte nga dora.

- Nuk e mendova se do reagoje kështu, - i thashë teksa mbërtheja pantallonat.

Habia ende s'më kish lëshuar krejtësisht.

- Oh, zemër! Për një moment isha gati të thyeja gjithë shtëpinë. Do qe gabim fatal... - mbuloi sytë me pëllëmbë në formë pendese.

Miratova me kokë.

- Nuk ka më mirë se mirëkuptimi, - shtova.

- Eh, si mund të tregohesha mirëkuptuese kur gjaku më hipi në tru, se mendova që po më hiqje qafe. Por, kur befas pashë që Krishtin e kishe zëvendësuar me fotografinë tonë nga pushimet e para, kuptova çfarë ishte më e rëndësishme për ty.

Çfarë?! Ktheva kokën nga korniza që kisha varur në shpejtësi e sipër e m'u errën sytë nga buzëqeshjet tona, të stampuara vesh më vesh.

Zonja Ryjkebys

- Zonjë! Pashë një mi në bodrum.
- Oh, e gjora kafshë! Me siguri ka qenë i uritur. Bodrumi im s'ka shumë për t'i ofruar.
- Duhet të blejmë helm minjsh, zonjë.
- Oh, jo, jo! Ç'mund të na bëjë një mi i gjorë?!
- "Kafsha e gjorë" shumohet shpejt. Bodrumi do mbushet plot e do fillojnë të ngjiten deri këtu lart.
- Mos u shqetëso, e dashur! Asgjë e keqe nuk do ndodhë. Me siguri i gjori mi do ngordhë nga uria atje poshtë.
- Por kam frikë të zbres e ta pastroj bodrumin! Pse nuk merr një mace, atëherë?
- Oh, e dashur, mos ma hap atë plagë! Ti e di sa më dhemb kur kujtoj Sisin tim të gjorë. Ti ende nuk kishe ardhur të më ndihmoje kur e bukura ime mbylli sytë. Mjeku tha se kish pasur artrit dhe dhimbje të kyçeve, por ama vdiq nga mosha. Ishte racë tonkinese. Kaq e ëmbël, e dashur! Gjithë ditën në prehër; si nuk e kuptova që po vuante?!

Zonja vari kokën dhe u shkreh në vaj. Që kur

kish mbetur e ve, pesëmbëdhjetë vjet të shkuara, dashurinë e kish derdhur mbi macen e bardhë me sytë si pasqyrimi i qiellit shkrirë mbi det.

Por edhe kjo deri një vit e gjysmë më parë, kur një mbrëmje macja fjeti me të dhe nuk u zgjua më.

"Iku në paqe, siç ishte vetë e paqme", kish thënë kur kafshëzën e saj të dashur e futën ta digjnin në kremator. Me zemër të thyer e me atë pak hi ish kthyer në shtëpinë e heshtur.

Urnës me hirin e Sisit ia fshinte pluhurat çdo të enjte Alina, një topolake rumune, që kujdesej për shtëpinë e zonjës Ryjkebys. Gruaja nuk e kish problem urnën e maces, por, ndonëse kish kaluar një vit që punonte në atë shtëpi, nuk ish mësuar akoma me faktin që duhet të pastronte edhe pluhurat e zotit Ryjkebys.

Urna me hirin e tij e kish vendin në raftin e mesit të një biblioteke, në anën e djathtë të shtratit bashkëshortor, ku zotëria kish fjetur deri sa vdiq. Zonja Ryjkebys ishte thuajse gjithnjë në karrigen e saj me rrota; e bllokuar nga mosha dhe artriti, ndaj e kish të vështirë të zgjatej e të merrte diçka nga raftet. Me të kuptuar sikletin e Alinës me të shoqin, i kish thënë me shaka:

- Alinë e dashur. Ndonëse ai është i vdekur dhe mua s'më punon pjesa më e madhe e trupit, prapë jam xheloze ta lë burrin në duart e një gruaje tjetër. Më sill pak pecetën, e dashur.

Kur rumunia pastronte shtëpinë, gruaja, me lot në sy, merrte urnën mes duarve, ashtu si dikur fytyrën e tij, dhe e shpluhuroste, gati-gati duke e përkëdhelur. Përhumbej e niste të tregonte histori të bukura nga jeta me atë burrë të dashur e shakaxhi.

Alinës i vinte keq kur e shihte të trishtuar gruan e ëmbël e të sjellshme, që nuk ish ankuar kurrë për të në kompaninë e pastrimit. Të tjera zonja, që ajo i ndihmonte herë pas here, i hapnin probleme me e pa shkak, por jo zonja Ryjkebys.

Rumunia punonte nga e hëna deri të premten e për çdo ditë kishte një familje të ndryshme në patronazh. Zonja e vetmuar ishte e preferuara e saj, ndaj dhe nuk mërzitej kur ajo i tregonte për të tridhjetën herë për Sisin e dashur apo për Viktorin e saj të hijshëm. I vinte keq, sepse e dinte që java e gruas kalonte në heshtje, pa asnjë ngjarje dhe pa askënd me kë të shkëmbente dy fjalë. Ndonjëherë, një taksi e çonte te shtëpia e të moshuarve, ku rrinte me orë të tëra me bashkëmoshatarët, apo nëpër spitale për vizitat periodike. Këto ditë ishin të rralla, por më të bukurat për zonjën e vetmuar, përveç të enjtes, që ish e preferuara.

Alina dhe zonja Ryjkebys ishin bërë shoqe të mira, ndonëse pastruesja vazhdonte ta thërriste "zonjë", edhe pse Samanta Ryjkebys i kish kërkuar disa herë t'i drejtohej në emër.

Në ditët me diell e pinin kafen bashkë në oborrin e shtëpisë dhe Alina i bënte çdo të enjte një ëmbëlsirë, treçerekun e së cilës zonja e 'urdhëronte' t'ia çonte fëmijëve në shtëpi.

Ndonjëherë, Alina e vizitonte të dielave me fëmijët dhe zonjës Ryjkebys i dukej mrekulli. Ata zëra gazmorë që vraponin nëpër shtëpi ishin gjëja që ëndërronte më shumë. S'kish pasur fatin të bëhej me fëmijë dhe Viktori nuk pranoi kurrë të birësonin një. "Kemi njëri-tjetrin", i thosh përherë, por ja që edhe ai iku dhe gruaja ngeli si qyqe. Kur e pyesnin përse nuk shkonte të jetonte në shtëpinë e të moshuarve, përlotej:

- Dua shumë, por e di që Viktori nuk do donte kurrë të largohej nga kjo shtëpi, - thoshte e pastaj heshtte për ditë të tëra, duke shtrënguar në gjoks urnën me hirin e tij.

- Alinë, përse nuk vjen të jetosh me mua? - e pyeti një ditë, thuajse me zë të shuar.

Rumunes gati i ra nga dora gota që po fshinte. Ajo. Nuk iu përgjigj menjëherë asaj pyetjeje si rrufe në qiell të pastër dhe as Samanta nuk e ngacmoi më tej.

- Zonjë, duhet të marrim masa për minjtë! Dëgjoj prapë zhurma në bodrum, - iu ankua Alina sërish, dy javë pasi pa miun e parë, por zonja Ryjkebys vazhdoi me të vetën.

- Nuk mundem të vras asnjë kafshë, Alinë e dashur! E ç'mund të na bëjnë ca minj, që jetojnë

fshehur diku, ku ne as që na duhet të shkojmë?
- Duhet të lajmërojmë patjetër ndonjë firmë dezinfektimi, zonjë. E di ç'i ndodhi të njohurës së një shoqes sime në Rumani?

Ndërkohë që pastronte fletët e mëdha të një luleje gjigande, që gjelbëronte dimër-verë në këndin mes dy dritareve të mëdha, i rrëfeu me tmerr se si minjtë i kishin ngrënë dy gishtat e këmbës foshnjës së një familjeje të varfër, që jetonte në një ndërtesë të vjetër, gati si barake. Zonja Ryjkebys derdhi dy pika lot e u lut që foshnja të ishte rritur i shëndetshëm, por mendjen për minjtë nuk e ndërroi.

- Alinë! E bëjmë kështu: do pranoj ta dezinfektoj shtëpinë nëse ti vendos të jetosh këtu me të vegjlit e tu, - i tha gati me lutje.

- Zonjë! Ti e di që të kam për zemër dhe të jam shumë mirënjohëse për ofertën. Nëse do shpërngulesha këtu, do ishte ndihmë tepër e madhe për mua, sepse s'do paguaja më qira dhe... të kujdesesh e vetme për dy fëmijë...

Alina heshti një hop, u gëlltit e pastaj vazhdoi:
- Por ata e mbarojnë shkollën për tri muaj e nuk mundem t'ua ndryshoj pikërisht tani. Po të jetojmë këtu, do më duhet të udhëtoj çdo ditë një orë e gjysmë për t'i çuar në shkollë e po e njësoj për t'u kthyer, që është gati e pamundur për mua, se më duhet të punoj që herët në mëngjes. Nëse pas tri muajsh do jesh përsëri me

këtë mendje, do vij me shumë dëshirë të jetoj me ty.

- Oh, Alinë, sa më gëzove! Kam një jetë që më torturon mungesa e zërave të fëmijëve në këtë shtëpi. Tre muaj do jenë pritje lumturie për mua, - tha dhe hapi krahët, duke e ftuar Alinën në një përqafim të ngrohtë e të lagur nga lot gëzimi.

Një javë më pas, telefoni tringëlloi gjatë, derisa zonja Ryjkebys u përgjigj me mundim:

- Oh, Alinë, qenke ti?

Rumunia i shprehu keqardhjen që s'do mund të shkonte dot për disa javë. Kishte ndrydhur këmbën në një aksident në punë. Dikush do ta zëvendësonte e për këtë do ta lajmëronte vetë menaxheri, por ama kish dashur edhe ta përshëndeste me atë rast, që zonja Ryjkebys të mos merakosej kur ta merrte vesh lajmin.

- Oh, Alinë, të shkuara! Do të më mungosh shumë, bija ime! - e mbyti dëshpërimin gruaja, duke e thirrur për herë të parë "bijë".

- Zonjë, mos e lejo pastruesen e re të zbresë në bodrum, - e porositi. - Më parë duhet të telefonosh një firmë dezinfektimi për minjtë. Më premton që do ta bësh? Të kam dhënë fjalën që pas pak javësh do jem aty bashkë me fëmijët. Mos u mërzit.

- Patjetër, e dashur! Të kam premtuar që përpara se ti të vish, do ta dezinfektoj. Ndonëse do më vijë shumë keq për kafshëzat e gjora!

* * *

Të dielën, më pesëmbëdhjetë qershor, e ngarkuar me valixhe dhe fëmijët që e ndiqnin, Alina hyri në shtëpinë e saj të re.

Dy javë më parë, pas një vizite te noteri, e lodhur, zonja ish shtrirë në shtrat me urnën e të shoqit në jastëkun e djathtë e kish vdekur.

Të enjten, tri ditë më vonë, pastruesja zëvendësuese u tmerrua kur e gjeti me minjtë që kishin nisur t'i hanin gishtat e dorës së varur mbi urnën e Viktorit.

Me përpikëri, çdo të enjte, Alina vazhdoi të fshinte pluhurat e shtëpisë, duke u ndalur gjatë te Sisi, zoti Ryjkebys dhe zonja Ryjkebys, mbi oxhakun përballë dritareve të mëdha, ndërkohë që në oborr dëgjoheshin zërat gazmorë të dy vogëlushëve të saj.

Vrasja e merimangës

Dje vrava dy merimanga. Të gjorat! Të parën gjuajta me shapkë merimangën e stërmadhe, fiks sa grushti. Pastaj, tjetrën, më e vogël, por me të njëjtën trashësi këmbësh dhe errëti toraksi. Të frikshme! Aq sa u trembem, aq edhe ndihem keq kur ua marr shpirtin. Nuk dua t'i heq qafe, më besoni, por ankthi dhe tmerri që më kap kur i shoh, ma errësojnë gjykimin e atëherë ngre krye ana ime e errët, që është gati të vrasë, veç të shpëtoj. Pa vetëdije, frika më bën të rrëmbej çka më zë dora e ta përdor si armë kundër këtyre qenieve të pafajshme, që rastësia apo fati i keq i hedh në rrugën time. E pas kësaj, nis e vajtoj përbrenda, si për jetën e merimangës, ashtu edhe për reagimin tim të trembur e të pandërgjegjshëm.

Dje vrava dy merimanga. Ah, po, e thashë.

E dyta u shfaq pak minuta pas të madhes. Ndoshta po e kërkonte. A e njohin njëra-tjetrën merimangat nga era? A prodhon aromë trupi i tyre kur ndjejnë rrezikun t'u qaset? Si mua? Kushdo që ma njeh aromën, do mund të më gjente veç me hundë aty ku jam fshehur nga frika. Mendoj se e njëjta gjë ndodhi edhe me merimangën e dytë, se përshkoi fiks të njëjtën trajektore rruge dhe ndali pikërisht në vendin ku u shtyp e ngordhi e para. Po e kërkonte? Ndoshta qe i dashuri? Kam dëgjuar se meshkujt janë më të vegjël në trup e se femrat i hanë burrat e tyre. Ndoshta merimangës së madhe i erdhi keq për të, ia fali jetën dhe u largua. Apo e donte? Se edhe keqardhja një formë dashurie duhet të jetë, prodhim i saj, e fortë apo e zbehtë qoftë; besoj se, edhe në kundërvënie të natyrës, tek çdo qenie mund të gjesh pak dashuri.

* * *

M'u kujtuan merimangat kur hodha edhe njëherë sytë te çelësat e shtëpisë. Poshtë tyre një copë letre, shkruar shkurt. Po veproj njëlloj si merimanga e madhe? Po ia mbath, duke ia 'falur' jetën? Apo po e vras? "Ti je kanceri im", më vijnë në vesh fjalët e tij, me atë zë që e adhuroj, që më dridh ende, edhe pas pesë vjet bashkëjetese.

Shtëpia duket në rregull, e sistemuar dhe asgjë nuk do ta padisë mungesën time. Ja, pranë çelësave, në cep të raftit të bibliotekës, fle aparati fotografik, që Alan ma dhuroi për përvjetorin e parë të njohjes. Edhe furça e dhëmbëve në banjë, edhe vitaminat brenda dollapit me pasqyrë, tharësja, tualetet, rrobat në gardërobë... gjithçka në vend të vet. Më të domosdoshmet i ngjesha në valixhen e vogël, të tjerat po i lë këtu. Kur të kthehet, atij nuk do t'i bëjë përshtypje asgjë. Do mendojë se kam dalë me ndonjë shoqe apo se puna po ma merr shpirtin. Do hezitojë të më telefonojë për ndonjë orë, por, kur akrepat të kalojnë dhjetën, do rrëmbejë celularin: "Hej, lepurushe, u bëra merak, mirë je?". Nuk do ta zërë vendi kur t'i përgjigjet ai zë i çuditshëm gruaje, që nuk është imi. Se nuk do ta marrë me mend që nuk e kam të fikur telefonin, por veç kam transferuar thirrjet e tij në sekretari. Do provojë prapë e prapë dhe më pas do më shkruajë në mesazh të njëjtat fjalë, vetëm se këtu do shtojë: "Më telefono sapo ta ndezësh celularin". Do kruajë kokën, siç bën sa herë është nervoz, do shkojë te frigoriferi e do marrë një birrë të ftohtë. Aty do t'i bjerë në sy tenxherja mbi sobë. Do ta hapë; bamjet, të preferuarat e tij, do ta tundojnë ta lërë mënjanë kanaçen që i ka lagur paksa dorën dhe i kënaqur do mbushë një pjatë. Në fillim do mendojë të më presë, të hamë bashkë, por ai s'e di se kur kthehem e nuk do mund të durojë aq sa zgjat mosdija.

Ndërsa do shijojë gjellën e aromatizuar me koper, që gati e trullos nga kënaqësia, do mendojë se sa me fat është që më ka, mua, që e plotësoj në gjithçka: e duroj, kujdesem për të, pastroj, hekuros, gatuaj, e dëgjoj, e mbështes, nuk bëhem xheloze, urtohem kur nxehet, rebelohem, por ëmbël dhe shkurt, bëhem bishë përballë kujtdo që e cenon, e mbroj si fëmijë, e përkëdhel si bebe, ia plotësoj tekat si një të burgosuri që është privuar nga të mirat e jetës për një kohë të gjatë...

Ja, do fusë një lugë tjetër në gojë e... befas, fytyra do t'i erret, buza do t'i dridhet lehtë, do ta kapë një nga ato krizat e befta që ia provokojnë kujtimet. Ç'dreqin pata që gatova bamje?! Ndërsa ai do mallkojë veten që nuk më priti, se prania ime do ta ndihmonte të mos zhytej në atë gjendje; nuk do t'i dilte para fytyra e vrenjtur e së ëmës, që tund lugën e drunjtë në ajër dhe i ulërin Alanit-fëmijë: "Mjaft, se ta hoqa me këtë kokës! Më çave veshët! S'kam dëgjuar kalama tjetër të kërkojë bamje me lesh e gjemba, veç ty!". Vjehrra ime i urrente bamjet e s'i gatuante kurrë, ndërsa Alani, që u dashurua me to pasi i hëngri një herë te komshija, nuk guxoi t'i kërkonte më. Vetë, mësova nga interneti t'i gatuaja, se në shtëpinë time nuk i njohin fare. Doja ta kënaqja me çdo kusht "bebushin tim" kur dëgjova historinë e tij të dhimbshme. Siç kam mësuar të bëj sa e sa gjëra për të.

Alan - është emri që ka zgjedhur vetë. Atë që i vuri e ëma, për të cilin u mendua sa një pulitje qepalle, e ndërroi në gjendje civile para se të merrte malet, të kalonte nëpër shtete e vështirësi që nuk i kish hasur më parë dhe të ndalonte në këtë vend, që nuk i sillte asgjë nga i tiji; edhe mungesa e maleve në Belgjikë e lumturoi.

E urrente atë emër edhe më shumë kur kujtonte zgërdhirjen e së ëmës sa herë i tregonte:

"Si e ke emrin, e pyeta praktikantin, që u fsheh pas gjinekologut gjatë vizitës, sikur do ta haja. Syrja, por më thonë Syro, më tha. Ha-ha-ha-ha! Dhe ja si e more emrin, more bukurosh. Që të bëheshe edhe ti doktor, si ai; të kujdesesh për mua kur të plakem, por me këto mend që ke, varrmihës e të tepron. Të paktën do më hapësh varrin! Ha-ha-ha-ha!".

E qeshura e saj i kumbon akoma e hidhur, e frikshme, njëjtë si rastet kur ia shqiptonte emrin në nerva e sipër, kur shapka i fluturonte mbi kokë apo kur ia skuqte mirë të ndenjurat. "Syroooo", i jehonte në kokë zëri kërcënues, që paralajmëronte furtunën... e njëlloj përjetonte të dridhura edhe kur thjesht e thërrisnin shokët me atë emër, se asgjë nuk e nxirrte dot nga ai pus i errët ku kish rënë, në errësirën e frikshme ku përplasej mureve të gurta jehona e egërsisë: Syrooooo! Ndaj e ndërroi; të shpëtonte nga hijet e së kaluarës.

Po unë? Përse po ia mbath? Njëjtë! Të shpëtoj nga hijet e së shkuarës, së tij, tonave!

Hedh edhe njëherë sytë përreth dhe drejtoj cepin e letrës të dalë paksa jashtë raftit, derisa konturet e tyre njehsohen. Kur do t'i vërejë vallë çelësin dhe letrën, ku shkruhet thjesht: "Mos më kërko!"?! Tashmë e ka mësuar, besoj, se edhe unë rebelohem. Ja kështu, pa buja të mëdha, pa drama, pa sherre e qurravitje.

Po sikur ta gris letrën e në vend të saj t'i nis një mesazh? Kjo do t'i kursejë vuajtjen deri në zgjidhjen e enigmës. Apo t'i shkruaj edhe dy fjalë për dashurinë? Se sa e kam dashur, sa e dua ende, sa e urrej që e dua ende. Jo, jo! Më mirë jo! Përse duhet të mendoj gjithmonë për të? Mjaft më!

Frika! Frika! Frikë nga merimangat, frikë nga rrjetat e pasigurive, frikë nga... frikë se u dashurova edhe me mungesën sa me prezencën e tij, me hijet sa me dritën e tij, me tradhtinë po aq sa me besnikërinë...

Po, po, me tradhtinë. Ndërsa besnikëria ishte si ajo salca me të cilën spërkasim sallatën sipër, për t'i dhënë shijen e duhur. "Ti je kanceri im!". Më mirë të më thoshte: "Ti je salca ime, që mbulon hidhësitë e gjithçkaje tjetër që përbën këtë jetën time sallatë!".

Kur e njoha në fillim, shqiptari i parë me të cilin u miqësova, më mahniti kokëfortësia e tij për t'ia dalë mbanë, sinqeriteti, ajo e folur e shpejtë dhe e rrëmbyeshme, pa e vrarë mendjen për theksin, pa u munduar të hiqej dikush që nuk është. U njohëm kur i jepja mësim për IT. Sa qesha atë ditë kur më tha se bënte bukë, kishte furrën e vet, por i pat shkrepur në kokë të mësonte softuerët. Për qejf. Dhe i mësoi. Kur kursi gjashtëmujor mbaroi, më solli një ëmbëlsirë me çokollatë, dy byrekë (një me kos, vezë dhe djathë e tjetrin me spinaq), siç bëhen në vendin e tij, dhe më ftoi për darkë në fundjavë. Pranova. E për këtë nuk më ndihmuan shijet e mrekullueshme që më ofroi, por më pëlqente tipi i tij i hedhur, koka me kaçurrelat e pabindura, tiparet mesdhetare, madje edhe ai barku që i kërcente paksa mbi rripin e pantallonave më dukej i lezetshëm.

Në atë takim të parë më tha që ishte qejfli, por kish frikë nga martesa. Më vonë do ta kuptoja se kjo lidhej ngushtësisht me të ëmën, që s'kish gjetur karar me burrat. Katër herë qe martuar e kish bërë nga një fëmijë me secilin. "Dhe jo se i donte kalamajtë", më tha dikur me sy të brengosur, "por mendonte se ashtu mund t'ua lidhte këmbët burrave, duke u pjellë këlyshë. Po kush e mban një grua, që s'di të lidhë këmbët e veta? Qyqe e vetme ka përfunduar. Të gjithë ia lanë shëndenë, edhe fëmijët". Ia ndjeja neverinë dhe dridhjet e zërit sa herë fliste për të. Alani moskokëçarës, në dukje, i gjallë e plot humor, fikej përnjëherë. Ngurtësohej, i merrej goja, i dridheshin duart. "Njëherë më la në shtëpinë e fëmijës për një vit e nuk e di çfarë ndodhi që më mori prapë, por më mirë të kisha plasur kokën atje. Është më e kapërcyeshme dhimbja që të vjen nga të huajt", më tha.

Të atin nuk e zinte në gojë kurrë. Edhe kur e shtyva të më rrëfente për të, ma preu shkurt: "Nëse lind nga një buçe, zagari nuk pjerdh hiç për bastardin!". E unë nuk guxova ta ngacmoja më.

Frika se e lëndoja më bëri të heq dorë nga shumë gjëra e të shtoja disa të reja në repertorin e roleve të mia. Po, se mësova të bëhesha edhe aktore. Zbulova një talent të ri. Dhe çfarë aktoreje se! Aq sa arrija të gënjeja edhe veten. Për shembull, në qoftë se në fillim të miqësisë sonë buzëqeshja lehtë sa herë më tregonte për aventurat e tij, më pas, kur më marrosi dashuria, nisa të shtiresha se gjoja nuk xhelozohesha për ndonjë natë të nxehtë të rastësishme me gra të tjera. Kisha frikë, se ish treguar aq i sinqertë me mua e më kish thënë që nuk do pranonte kurrë që një grua ta lidhte, ta nënshtronte. Në fakt, nuk do ta quaja ekzakt shtirje sesa aftësi për t'ia mbushur mendjen vetes se kjo qe diçka e parëndësishme, se dashuria lind dhe derdhet prej shpirtit e jo prej mishit. Kisha frikë ta pranoja se thellë në brendësi jo vetëm më lëndonte, por ma gjakoste zemrën aq shumë, sa jam e bindur që një radiografi do t'i tregojë qartë njollat e tyre, si liqene të thara apo kore plagësh.

Por Alani gaboi diku. Një gabim i mrekullueshëm, për të cilin u ndjeva borxhlie, e mikluar, e rëndësishme, me fat. Ai theu betimin që kurrë nuk do jetonte me një grua. Për mua! Po, për mua harroi çfarë i kish bërtitur vetes me zë të lartë ditëve dhe çfarë belbëzonte mes lotësh në heshtjen e natës, kur mbulonte kokën me jorgan që të mos dëgjonte ofshamat e së ëmës në dhomën tjetër, që shkonte herë me një polic, herë me një shitës bulmeti, për një racion më shumë etj. Alanit i pëlqejnë gratë po aq sa edhe i urren. Por mua më deshi. Më do! Më do për butësinë, për kujdesin, por edhe për faktin që petku i aktores më është bërë si lëkurë e dytë, aq sa ai nuk arrin ta shohë.

"Alan, çfarë ndjen kur shkon me një grua tjetër?", e pyeta njëherë.

"Asgjë", m'u përgjigj, "thjesht shfryj bolet e kënaqem kur shoh se si picërrojnë sytë kur menjëherë pas seksit vesh pantallonat dhe ia mbath".

Një gogël ma lidhi nyje në fyt frymëmarrjen, që s'di në e fusja brenda me gojë a e nxirja me hundë. U ngatërrova. Gjithçka m'u ngatërrua, por më duhej të hiqesha e qetë.

"A mendon se ndonjëra prej tyre mund të jetë lënduar nga kjo gjë?".

"E përse? Edhe ato atë duan, të pallohen, të kënaqen.".

Pastaj kafshova gjuhën që mos ta pyesja: "A më mendon ndonjëherë kur je me ato?". Jo, s'duhej ta padisja veten. Duhej të hiqesha si e dashura që e ka pranuar që në fillim marrëdhënien e hapur vetëm nga njëri krah, ndryshe do ta humbisja. Por ai, sikur të lexonte mendimet e mia, më kapi nga beli, më pa drejt e në sy e më tha:

"Ti je krejt ndryshe. Ti je kanceri im! Veç ti mund të më shkatërrosh një ditë, se metastazat e tua më janë përhapur kudo, në shpirt, zemër, trup, mendje. Veç ty të dua!".

Por njëherë u rebelova. E prita gjithë natën. Telefoni i fikur më ndillte frikën e një kobi. Si e përhumbur, e trullosur, e ndërkryer apo e shituar nga magjitë e atyre orëve të liga të folklorit shqiptar, që ai shpesh m'i rrëfente netëve, u vërdallosa nëpër shtëpi pa ditur ç'të bëja. Ndihesha pa krahë, pa këmbë, pa gjak. E burgosur. Ai, gardiani im, më kish kyçur brenda e çelësat e qelisë i kish marrë me vete, i kish lidhur pas belit që t'i tringëllinin sa herë përplaste fort trupin pas një femre e të ndjente kënaqësinë e burrit që robinja që dashuronte e priste e pacenuar nga ndyrësitë e botës, ndërsa ai shfrynte epshet në mishin e dikujt tjetër. "Të dua, të dua vetëm ty", më zienin në kokë fjalët, që shoqëroheshin shkatërrueshëm nga ofshet e dy trupave të bashkuar, njëri prej të cilëve nuk ishte imi.

Pak përpara se të zbardhte, ai u kthye çakërrqejf. Në qafë mbante medaljonin e padukshëm të fitimtarit; e kish poshtëruar edhe një tjetër grua të padenjë, ndërkohë që ai, bashkë me prezervativin, kish flakur në kosh të plehrave edhe moralin e saj.

Më gjeti gjysmë shtrirë e duke u dridhur në pllakën e dushit, si të më kish kapur korrenti. Kisha kaluar në hipotermi prej ujit të ftohtë, që më binte mbi trup pareshtur. Nuk kisha pikë fuqie të çohesha, por vetëdijen nuk e kisha humbur krejtësisht. Kaçurrelsin tim të çakërdisur e mpiu frika një çast, pastaj, sikur dikush ta shkundte nga supet, më kapi me duart e fuqishme, më fshiu mirë e mirë, duke ma fërkuar trupin me sa fuqi kishte, më mbështolli me disa peshqirë e më nxori nga banja. Ndihesha krejtësisht e pafuqishme dhe e përhumbur, por ai s'më la të shtrihesha. Më shtrëngoi fort nën sqetull e më detyroi të ecja nëpër sallon, ndërkohë që tërhiqja zvarrë edhe një batanije të trashë, cepi i së cilës gjuajti mbi tapet shishen bosh të verës, që e kisha lënë mbi tavolinën e mesit. Sa kisha pirë? Më kish mjaftuar një shishe, mërzitja dhe uji akull që të mbërrija në atë gjendje, ndërsa ai të frikësohej për vdekje. Pas disa xhirove lart e poshtë, kur lëkura nisi të më merrte ngjyrë e gjaku të më qarkullonte sërish në vena, më shtriu me kujdes në kanape, më detyroi të pija një çaj të nxehtë kamomili dhe m'i nguli sytë.

"Do iki", arrita të belbëzoja me zë të shuar.

"Ti s'do shkosh askund!", më ulëriu në fytyrë. U ngrit, i erdhi përqark tavolinës i xhindosur e pastaj m'u përkul prapë para fytyrës: "Ç'ke? Çfarë të bëra?".

Nuk pata fuqi t'i flisja më. Rashë në gjumë, që çuditërisht më rrëmbeu aq ëmbël, sa mendova se po fluturoja në krahët e vdekjes.

Dita për mua lindi rreth dyshit, ndërsa ai, i frikësuar, më kish ruajtur gjithë kohën, ndërsa më vinte borsa me ujë të ngrohtë te këmbët. Nuk folëm më për atë ngjarje e as për motivet që më shtynë në atë gjendje. Veçse ai, jo vetëm që e kuptoi, por që prej asaj dite mësoi të fshihej. Por jo të më gënjente. Të paktën rolin e aktores nuk mund të ma merrte; më duhej ta varja edhe unë një medalje të padukshme në qafë.

Nga frika se mos ndërmendja sërish ikjen, nuk më zuri më me gojë asnjë takim me gratë e huaja. Madje për disa kohë hoqi krejtësisht dorë nga to. Nuk dilte më netëve me miqtë, vetëm me mua, më telefononte shpesh gjatë ditës e gjoja se binte fjala më tregonte ku ishte e ç'po bënte. Atë vit më zhveshi krejtësisht nga roli; nuk m'u desh të shtiresha, por ama edhe bisedat tona të lirshme morën fund. E unë prapë nuk ndihesha e plotë. Fakti që ngurronte të fliste me mua si më parë, më çonte drejt një tjetër boshllëku: mallit për

Alanin e parë, të shpenguar, të sinqertë deri në skutat e tij të errëta. Mos vallë ia kisha dashur atë anë të errët e nuk e kisha kuptuar? Kam dëgjuar për çifte që humbasin në qejfe të shfrenuara, që ngatërrohen me çifte të tjera, që ndajnë të njëjtin pasion për përjetime jo të zakonta dhe arrij t'i kuptoj, pasi përfshihen bashkërisht në ato eksperienca, por si mund ta pranosh anën e errët të dikujt, ku ti nuk je pjesë? Kjo më çudiste te vetja. Aq më tepër që nuk e doja aspak diçka të tillë, ma shpifnin ligjëratat e tij për neverinë ndaj grave e përsëri diçka më ngacmonte. A më ish kthyer në mungesë kjo gjë? Se mund ta nxjerrësh një të burgosur nga qelia, por nuk e nxjerr dot qelinë prej tij... a kisha rënë në këtë grackë edhe unë?

Frika! Frika! Frikë nga merimangat, frikë nga rrjetat e pasigurive, frikë nga... frikë se u dashurova edhe me mungesën sa me prezencën e tij, me hijet sa me dritën e tij, me tradhtinë po aq sa me besnikërinë...

Besnikëria kish vetëm një tipar: më dashuronte vetëm mua! A ishte e mjaftueshme?

...

Sigurohem ta kem fikur sobën. Bamjet në tenxhere duken të hatashme. Alani ia doli të më bëjë edhe shqiptare. Madje kam mësuar edhe gjuhën. Patriotët e tij qeshin sa herë më dëgjojnë: u tingëllon e këndshme shkodranishtja në gojën time, pavarësisht se ndonjëherë them "trap" në vend të "krap" apo ndonjë fjalë tjetër, që i shkrin gazit. Po, po, se kam mësuar të flas krejt si ai, të pres njerëz në shtëpi e t'u gatuaj "Jahni Shkodre me kumlla t'thata", "Lakuriq me kunguj", që nuk është as e ëmbël, as e kripur, me kungulleshka të grira, vezë, gjalpë dhe miell, apo "Tespixhen" e famshme me sherbet. As ai nuk mundi ta nxirrte dot qelinë nga vetja, ndonëse ish betuar se nuk do kish të bënte më me shqiptarë. Ndërsa unë u betova se, nëse thosha edhe njëherë që do ikja, do zhdukesha vërtet.

Nuk zgjati më shumë se një vit sforcimi i Alanit që mos të hidhej në krahë të tjerë. Dje në mbrëmje erdhi në orarin e zakonshëm e nuk linte vend për dyshim, por unë e ndjeva. Një parfum i ëmbël e i panjohur i përzihej me erën e duhanit dhe djersës. Nuk fola. Çfarë mund të thosha? A kishim bërë ndonjëherë pakt? A ia kisha parashtruar qoftë edhe një herë të vetme me zë të lartë kërkesat e mia për vazhdimësinë e bashkëjetesës? A isha tjetër grua nga ajo që ai kish zgjedhur ta donte? Isha përballur me frikërat e mia? A mund ta lija të më kalonte nëpër këmbë merimanga, pa pasur shtysën e fortë për ta vrarë? Doja vërtet të isha e vetmja grua që prekte? "Se prej shpirti është dashuria, jo prej mishi!" - më kumbonte në kokë. A mund t'i gëzohesha faktit që laku i hakmarrjes së tij të heshtur nuk fuste në listën e viktimave edhe fytin tim?

Alani më vështroi një hop, por hezitoi të më pyeste kur u shkëputa prej përqafimit të tij e nisa të rregulloja albumin e një çifti. Ndoshta e kuptoi atë çka kisha nuhatur, megjithatë nuk foli. U ul pranë meje. Prej kohësh pasionin për fotografinë e kisha kthyer në profesion të dytë. Atë set e pata pak të vështirë ta realizoja. Barku i stërmadh i gruas dhe buzëqeshja vesh më vesh e dy njerëzve që do bëheshin prindër, më turbulloi. Gjithsesi, kur po përzgjidhja me kujdes renditjen e fotove në album, Alani mori ca prej tyre, ua nguli sytë për disa çaste e duke u ngërdheshur i flaku mbi tavolinë:

"Ja geni, ja! Mendon se fëmija i tyre nuk do t'i ngjajë majmunit? Shihja surratin të atit!", tha me nervozizëm dhe shkoi të merrte një birrë.

M'u shemb tavani mbi kokë. Aty kuptova se, shpresat e mia që Alani do ta ndryshonte një ditë edhe vendimin për mos t'u bërë prind, kishin qenë të kota. Nuk donte që nga gjenet e tij, të trashëguara nga nëna e tmerrshme dhe një baba që s'e njihte, të vuante edhe një tjetër krijesë e pafajshme në këtë botë. Se për të, ADN-ja është më e fuqishme se gjithçka: "Një ditë natyra do flasë me gjuhën e vet të origjinës", thotë.

Pra, kuptova se, nëse vazhdoja të jetoja me atë burrë, që as njëzet vjetët në Belgjikë, larg familjes, nuk ia kishin zbehur zemërimin, mllefin dhe frikën, do të thoshte të hiqja dorë nga dëshira për të pasur fëmijë në krahët e mi. E gjithçka tjetër mund të fshihja, por jo këtë... jo këtë!

"Mos më lër kurrë!", më tha përpara se të flinte, teksa më mbështolli fort në krahë e futi kokën në gjoksin tim. Flokët biondë m'u ngatërruan me kaçurrelat e pabindura. Ndihej në faj, apo i frikësuar që s'kish arritur të ma fshihte tradhtinë? E si mund ta dija, nëse as nuk guxoja ta pyesja, as nuk guxonte të më jepte një rol të ri, atë të priftit, ku mund të rrëfehej. Edhe nëse do ta bënte, a kish kuptim?

"Dëgjove? Mos më lër kurrë! Ti je kanceri im, më duhesh që të mbetem gjallë. Trupi im ka mësuar të krijojë antikorpe në varësi të metastazave të tua. Pa ty vdes! Mos më vrit!", më puthi e iu dorëzua gjumit.

Hedh sytë rrotull për të fundit herë. Ndjej aromën time, që spërkatet në ajër si aromatizues dhome nga shtypja e gishtërinjve të hollë të frikës.

Frika! Frika! Frikë nga merimangat, frikë nga...

Por frika se në këtë shtëpi, gjiri s'do më kullojë kurrë qumësht, vret çdo frikë tjetër e merr përmasat e papërballueshme të ortekut.

Vendos të bëhem merimangë e ta vras burrin tim!

Mbyll perden, derën dhe dal në ajrin e freskët të buzëmbrëmjes brukselase!

Tatuazhi

Kjo ndodhi pranverën e kaluar. Protagonistët janë çifti Kembëll, që jetojnë ngjitur meje, në shtëpinë më të bukur të rrugicës sonë, në rrethinën më të qetë të krejt Brukselit, ku nuk ndodh thuajse kurrë asgjë. Veç lindjet dhe vdekjet na bëhen të ditura nëpërmjet kartolinave apo zarfeve që na fusin në kutitë postare, ku ftohemi të bëhemi pjesë e gëzimeve apo shërbesave në kishën në qendër të Lennikut. Atë mëngjes të vesuar mora një ftesë gjyqi... dhe ndryshe, jo me postë, por drejtpërdrejt nga Magda. Më çuditi!

Magda është shpirt njeriu, por ka një fiksim: rininë. Në të gjashtëdhjetat e me trupin sportiv, shtuar dhe ndërhyrjet plastike e trajtimet e shumta në fytyrë, duket më e re se unë, që sapo i mbusha dyzet e pesë. Punon në komunë, rehat-rehat, dhe gjithë çfarë bën është dërgimi i shkresave me e-mail për emigrantët e paktë të zonës. Pi çaj në verandën e godinës, rregulluar për bukuri me lule, tendë, tavolinë dhe karrige për stafin; orën e pushimit e kalon në palestër, që është veç dyqind metra larg, bën dush, kthehet sërish në punë e u tregon kolegeve për maskat më të fundit për hidratimin e lëkurës apo ushtrimet e reja të pilates. Të shtunave në mëngjes, bashkë me Rulandin, të vetmin burrë që ka dashuruar gjithë jetën - siç thotë - i bashkohen grupit të çiklizmit të komunës e me të tjerët u bien rreth e qark parqeve e pyjeve gjer nga dreka.

Të pacelebruar, bashkëjetojnë prej tridhjetë vjetësh, që kur Rulandi, tani shtatëdhjetë, kuptoi se donte Magdën dhe la gruan dy vjet pas martese. Magdës i pëlqen të ma tregojë shpesh historinë e tyre të dashurisë, teksa gjerbim çaj (nuk pihet kurrë kafe në prani të saj) herë në verandën time e herë në të sajën. Rulandi, që kujdeset për lulet, ligustrat dhe barin që vesh kopshtin si me tapet jeshil dimër e verë, sapo dëgjon rrëfimin e të dashurës, heq dorashkat e punës, vjen ulet me ne dhe shpesh e "korrigjon", sidomos kur Magda merr përsipër të tregojë përjetimet e tij.

- Jo, "Veshtull", jo, prit, - i ndërhyn dhe, pasi përkëdhel portretin e Magdës, tatuar në krahun e tij të majtë, jep variantin e vet të historisë.

"Veshtull" është emri që i ka vënë të dashurës që pas puthjes së parë dhe për këtë ka një shpjegim që të shkrin gazit sa herë e tregon me humor dhe që unë po ju lë ta merrni me mend prej kuptimit të fjalës. Ndërsa ajo e quan *Lucky man*[1] - se me asgjë më mirë se me praninë e saj nuk e ka përkëdhelur jeta atë burrë(!).

Por unë dhe Rulandi kemi një sekret. Para dy vjetësh, një mëngjes, e pashë strukur nën strehëzën pas shtëpisë, mbështjellë nga disa shtëllunga tymi. Po pinte duhan! M'u lut mos t'i tregoja Magdës, se do ia prishte gjithë ditën me fjalimet mbi shëndetin, plakjen e lëkurës dhe vdekjen. Veç një cigare në mëngjes tymos i gjori, me kafe, por ajo i bën namin njëlloj si të digjte një paketë. Sipas saj, cigarja po e po, por edhe kafja është armik për organizmin, sepse saboton thithjen e magnezit, hekurit dhe vitaminave, eliminon kalciumin nga kockat dhe than lëkurën. Si mund ta pranojë Magda një lëkurë që nuk shkëlqen?

Këto leksione i mban shpesh edhe në qendrën për emigrantët, ku punon si vullnetare dy pasdite në javë. Me shpirtin e madh, kujdeset sa mundet për këdo që e sheh në hall dhe vështirësi. Lumturia e saj është veç t'i bëjë të tjerët të ndihen mirë, ndaj nuk kursen asgjë nga vetja. Në ditë të ngrohta, shtron në oborrin e vet një tavolinë të madhe mbushur me gatime të shëndetshme, një damixhanë me lëng trëndafili, që e përgatit vetë, çajëra të ndryshëm, ca shishe

---

1. *Burrë me fat*

verë të kuqe të thatë dhe në krye të portës së madhe var një beze të bardhë, ku shkruhet me germa të mëdha: "Këtu hahet dhe pihet me qejf. Kushdo mund të urdhërojë". E kështu, të njohur e të panjohur, që kthejnë rrugën pas asaj ftese ta pazakontë, lëvrijnë me pjata dhe pije në dorë krejt pasditen e i falin alegri gjithë lagjes.

Do tregoja edhe më shumë për Magdën, grua krejt e pazakontë për mua, por më mirë t'i kthehem atij mëngjesi të lagësht nga vesa, kur më ftoi me seriozitet të merrja pjesë në gjyqin me Rulandin.

- Çfarë?! - desh më doli çaji jeshil nga hundët.
- Do divorcoheni? - e pyeta, edhe pse e dija që nuk ishin kurorëzuar kurrë.

Magda shpërtheu në të qeshura, ndërsa Ruli, siç i thërras shkurt, që atë moment po jepte e merrte me maçokun e bardhë të komshiut, që nuk linte rast pa u kacafytur me macen e tyre laramane, ktheu kokën dhe i hodhi një shikim të inatosur.

- Veç vdekja më ndan nga kjo, - tregoi nga partnerja, me sytë e vrenjtur si koha. - Edhe pse është acaruese, si ky maçok dënglashumë, që vjen e të bën ligjin në shtëpi, - dhe shtyu kafshëzën me inat, por bardhoshit nuk i bëri syri tërr e i ndenji mes këmbëve.

Magda qeshi edhe më shumë, ndërsa unë s'vendosja dot: t'i mbaja ison gazit të saj, apo zemërimit të Rulit?

- Po a ka më acarues se ty? - pyeti gruaja, por ai nuk foli më; mori laramanen në krahë e hyri brenda.

S'po kuptoja asgjë. Magdën e dua shumë, por nuk e di pse kam një qasje tepër dashamirëse ndaj Rulit, një ndjesi përkujdesjeje si për një fëmijë, sidomos kur e shoh në momente zemërimi. Ndoshta ngaqë reagimet e Magdës ndaj kërkesave të tij më duken disi të tepruara. Dhe ajo, që e njeh mirë "mbështetjen" time ndaj tij, më akuzon për tradhti gjinore, antifeminizëm dhe qesh me të madhe me përkufizimin e saj. Në fakt i bie pikës. Nuk kam qenë e s'do jem kurrë në mbështetje të grave veç për hir të atij feminizmi idiot, që kërkon qiqra në hell. Por të mos merremi gjatë me këtë temë, se s'ka vend në këtë histori.

I kërkova të më sqaronte.

- Do ta marrësh vesh po të vish në gjyq, - më tha. - Këtu nuk po të them gjë, se e di që do mbash anën e tij.

- Ja po ta them unë, - tha Ruli, që rrëshqiti paksa vetratën e verandës e zgjati kokën. - Po më hedh në gjyq, se nuk pranoj t'i fshij fytyrën.

I pashë me radhë të dy në sy, pa kuptuar asgjë nga ç'u tha. Magda fshehu një buzëqeshje të hidhur, ndërsa Ruli, hapi derën deri në fund, doli përballë meje, përveshi llërën e këmishës

deri te supi, përkëdheli tatuazhin dhe deklaroi:
 - Ky portret do vdesë me mua!
 - Ai tatuazh do fshihet me lazer se s'bën! - proklamoi Magda, që u duk se i hipën befas kacabunjtë. - Unë çfarë nuk bëj të mbahem e ta ruaj të freskët fytyrën, kurse ti më detyron ta shoh çdo ditë aty, në atë lëkurë të rreshkur... I pashpirt!

Sot, pas një viti, Lenniku ende bën thashetheme për gjyqin e çuditshëm. Fundja, diçka do ndodhte edhe në rrugicën tonë!

Shoferi

Xhorxhi është shofer ambulance. Në njëzet vjetët e fundit ka bërë veç këtë punë, që e ka përballur me skena nga më të ndryshmet. Është i kujdesshëm, i vëmendshëm, i shpejtë dhe i ndihmon me shpirt njerëzit, të njohur e të panjohur. Sa herë ka urgjenca, përveçse kthehet në një magjistar rruge, duke shfrytëzuar me shkathtësi jo vetëm avantazhet e kalimeve për rastet e emergjencave, por edhe kur ka bllokime rrugësh, ai duket sikur e ngre në ajër makinën, për ta çuar sa më shpejt në spital. Familjarët e të sëmurëve, që ulen shpesh para me të, ndërkohë që të dashurit e tyre marrin ndihmën e parë në pjesën e pasme, qëllon ta harrojnë hallin që i ka zënë nga mahnitja tek shohin Xhorxhin të dredhojë rrugëve. Se përveç të tjerave, ai u fal dhe një siguri të habitshme. Gjëja më e zakonshme që dëgjon prej tyre, janë urimet: "Zoti ta shpërbleftë që u përpoqe kaq shumë për ne!". E sa herë dëgjon këto, duke u buzëqeshur njerëzve dhe uruar shërim të shpejtë për të sëmurët, me vete shton: "Dashtë zoti, një ditë të vështirë më gjendet mua dikush kështu!".

E kështu, me dredhimin e ditëve, muajve, viteve, marrjeve dhe dërgimit të të sëmurëve sa lart-poshtë, Xhorxhi përsëriste pareshtur të njëjtin urim për vete.

Kohët e fundit, teksa ndien një therje të fortë në kërcirin e majtë, i ka shpeshtuar edhe më shumë lutjet. Frika e madhe e Xhorxhit janë dhimbjet dhe vetmia. Për të parën është pak më i qetë, pasi mjekët i ka miq dhe e di që do kujdesen për të, por, për të dytën, nuk duket asnjë zgjidhje në horizont. Tashmë që edhe e ëma i ka vdekur, derën e shtëpisë e hap dhe e mbyll veç ai. Kur nuk është turni i natës, e ndjen fort mungesën e një gruaje, ndaj përpiqet të marrë sa më shumë turne të tilla. Dhe nuk e ka aspak vështirë, se del gjithmonë një shofer që ka një festë me familjen apo që i duhet të rendë në maternitet se së shoqes i plasën ujërat e pas kësaj i duhen edhe ca net në shtëpi që të ndihmojë lehonën, e kështu me radhë. Madje, miqtë e kanë kuptuar tashmë nevojën e tij për të gjezdisur e humbur mendjen natën, ndaj kush e kush ta ndihmojë më shumë, duke përfituar edhe vetë një mbrëmje të rehatshme me birrë në dorë para një ndeshje futbolli.

Sot Xhorxhi ka porositur një tortë me pesëdhjetë qirinj. Nga puna e ka pushim, por gjatë dy javëve të fundit nuk ka reshtur së përmenduri ditëlindjen, ja ashtu si shkarazi, duke hedhur romuze për plakjen që po i qaset. Për dreq, askush nga kolegët nuk kish pranuar të zëvendësohej në punë. Se pesëdhjetëvjeçari e kish më mirë të gjendej mes njerëzve sesa ta kalonte atë përvjetor të rëndësishëm vetëm.

Pa, ç'pa, u ngrit në mëngjes, bëri një dush, u ra me krehrin e imët flokëve të shkurtër, bardhësia e të cilave, ndryshe nga bora që fillimisht rrëmben kreshtat, tashmë ka lënë rrëzat e po pushton më tepër territor në ngjitje, u vesh me rrobat më të mira e doli të pinte kafe në barin e lagjes. Të paktën aty nuk ndihet edhe aq vetëm, se të gjithë njihen me njëri-tjetrin dhe hedhin ndonjë fjalë apo batutë nga tavolina në tavolinë.

E përmendi edhe aty gjoja si në bisedë e sipër që kish ditëlindjen. Dikush i buzëqeshi, ngriti gotën e birrës lart dhe e ktheu me fund çka kish mbetur, ndërsa të tjerët o nuk e dëgjuan, o nuk e vranë mendjen hiç. Bëri një përpjekje të dytë të ngrinte zërin mbi ata që kish më afër, por u shurdhua nga e qeshura kumbuese e një gruaje të bëshme, që përpiqej të fitonte tre xhola te makineta e fatit.

"E ç'mund të presësh nga këta pijanecë, që ia nisin me alkool që pa gdhirë?", mendoi Xhorxhi, pagoi kafen dhe doli.

Po sikur të shkonte te lokali brenda spitalit? Shpejt e hoqi atë mendim. Më mirë vetëm se të lypte i dëshpëruar shoqërinë e të tjerëve. Por edhe sepse ishte gati i sigurt që ajo dorë e vogël njerëzish, me të cilët ndante më shumë kohë në spital, do t'i bënin një vizitë surprizë, siç ia kishin bërë po për pesëdhjetëvjetor Xhefrit para pak vitesh. "Atëherë është më mirë që nga dreka të jem në shtëpi", mendoi, "nuk i dihet se kur e gjejnë kohën". E në qoftë se Xhefrin e kishin kapur të papërgatitur, ai i kishte marrë masat. Ajo tortë e mrekullueshme me çokollatë, mbushur me shurup qershie dhe arra të pjekura, do t'i linte pa gojë miqtë e tij.

Kështu vendosi të bënte një shëtitje në parkun e madh dhe para dymbëdhjetës të blinte ca birra te "Carrefour" e të kyçej në shtëpi. "Erasmus", spitali ku punonte, nuk ish fort larg banesës së tij, ndaj edhe miqtë nuk do ta kishin të vështirë për një shkëputje.

* * *

Hodhi sytë mbi vargun e birrave rreshtuar mbi tavolinën e vogël të sallonit, ku edhe kish mbështetur këmbët. Gjysmë shtrirë, me njërën dorë pas kokës, rrëkëllente shishet e qelqta si të ishin ujë. Për herë të parë po i shijonte birra që në atë orë. Kur mendoi këtë, hodhi sytë nga ora e varur në mur: katër!

U trishtua. Askush nuk ish kujtuar deri atëherë, por shpejt e mblodhi veten: "Ka kohë". E me këtë mendim e shtyu deri afër mesnatës: "Ka edhe pak kohë".

Përtej mjegullës së cigareve djegur njëra pas tjetrës, u mundua të numëronte birrat, që s'i kish lëvizur që nga dreka. Secilës i veshi nga një fytyrë. Ja Stilli, shofer si ai, me të cilin bëhej më shumë. Duke u gajasur, siç dinte të bënte edhe për bisedat më bajate, shoku ngriti në ajër birrën dhe e uroi. Ja dhe Zhani, ndihmësmjekja më e re në urgjencë, që më tepër i pëlqente të punonte me Xhorxhin. Edhe ajo e uroi duke zbuluar dhëmbët e pastër, për të cilët kujdesej aq shumë. Pastaj Xheku... Piteri...

"Eh, budalla", i ra ballit me dorë Xhorxhi, "harrove t'u nxjerrësh tortën miqve" dhe bëri të ngrihej. Hodhi një hap, por tek i dyti, një dhimbje e fortë në kërci e pastaj në kraharor, e palosi më dysh. Balli iu përplas tek tavolina e më pas në parketin e vjetër, plot lagështirë, ku dhe u shtri sa gjatë-gjerë. Provoi të ngrihej, por s'mundi. Asnjë muskul nuk po u përgjigjej urdhrave të trurit. Nga gjoksi i doli një ofshamë therëse, sa nga dhimbja, aq nga stërmundimi për të mbledhur fuqitë. Me vështrimin në tavan, si i paralizuar, iu drejtua miqve: "E dija që një ditë, kur do kisha nevojë, do më gjendej dikush. Më çoni në spital, kam dhimbje të tmerrshme dhe nuk lëviz dot!".

Gjithçka tjetër e përjetoi si një ëndërr të bukur:

barela, miqtë që e ngrinin, sirena e ambulancës, sërish barela përmes korridoreve të bardhë, dritave që i vrisnin sytë e në fund, në sallën e reanimacionit, të gjithë mbledhur mbi kokën e tij, i kënduan këngën e ditëlindjes dhe u frynë pesëdhjetë qirinjve.

Silver Singles

Qielli u var papritur si plëndës i pisët mbi rrethinat periferike të Brukselit. U duk sikur maja e kishës dhe çatitë e shtëpive do ta shponin e ai do derdhte mbi ne mizorisht një lëng veshtullor, gri e të qelbur. Horizonti, që deri pak çaste më parë ish mbështjellë nga një e kuqe shenjtërie, u gëlltit e u zhduk në barkun e një reje të stërmadhe. Imagjinova një vjellje të furishme, si turfullima e një hakmarrjeje, gati-gati ndëshkuese për një javë të paqtë e me diell që na i kishte ngrohur zemrat.

- Shpejtojmë, - i thashë tim shoqi.

Kishim dalë për shëtitjen e pragmbrëmjes, por u detyruam të kthenim majat nga thembrat nga ai zemërim i natyrës.

Pak hapa larg derës sonë, komshinjtë dukej se po shijonin në hare të plotë atë çka mua më kishte nervozuar. Pak më poshtë, një fugon, që fillimisht m'u duk si ambulancë, kishte vënë në tokë shenjat e lajmërimit për kujdesin që duhej të tregonin makinat. Disa punëtorë, mbledhur kokë më kokë, diç diskutonin e herë pas here bënin shenja me duar e këmbë. Nuk po kuptoja asgjë.

- Ç'po ndodh? - pyeta fqinjët, pasi u përshëndetëm.

- Jemi pa energji elektrike, - tha njëra prej tyre gjithë gaz dhe me buzëqeshjen që nuk i ikën thuajse kurrë nga fytyra, sikur diçka magjike të kish ndodhur.

- Çfarë?! - gati ulërita e habitur unë, që mbart nga vendi im goxha eksperienca të hidhura me ikjen e dritave, por që e kisha harruar prej vitesh.

- Po, por veç pallatit tonë. Nuk e dimë ç'ka ndodhur, ndaj po presim të flasim me punëtorët.

Pas pak, defekti u gjet. Pallatit të vogël dykatësh, që u ndërtua para katër vjetësh rrëzë murit të shtëpisë sime, i ishte djegur kabulli i përgjithshëm e për këtë duhej të hapej një kanal në tokë. Kushtet atmosferike nuk dukeshin aspak të favorshme. Por punëtorët i morën të gjitha masat. Ngritën shpejt e shpejt një tendë të stërmadhe aty ku do punonin e na paralajmëruan që energjia do t'i hiqej pak më vonë gjithë rrugicës, për aq kohë sa të rregullohej gjithçka. "Ndoshta dy orë", shprehu me keqardhje të madhe më i moshuari i punëtorëve, pa e ditur se kish përballë dikë që ishte regjur me këtë punë e dy orë nën dritën e qirinjve mund t'i përjetonte si një çast romantik!

Meqë kjo gjë ndodhi papritur e lagjja nuk

kishte asnjë njoftim, punëtorët na u lutën të lajmëronim pjesën tjetër të fqinjëve për atë që do pasonte. U shpërndamë si ata fëmijët që mezi ç'presin të japin lajme, që të përfitojnë në fund ndonjë ëmbëlsirë.

Kur trokita në derën e zonjës Mari-Luizë, errësira ishte derdhur gati plotësisht, por shiu për çudi po tregohej kapriçioz. Sa më pa, fqinja lëshoi një pasthirrmë habie e pa pritur të hapja gojën, më luti të hyja brenda, duke bërë vetë përpara. Ishte hera e parë që shkelja në shtëpinë e saj. Mari-Luizë është e vetme. Jetojmë përballë njëra-tjetrës që prej gjashtë vjetësh, por kurrë nuk kam parë dikë t'i shkelë pragun. Është grua e bukur, pavarësisht viteve që i rëndojnë mbi shpinë. Flokët i ka në ngjyrën e grurit të pjekur fort, të shkurtër, por me forma e shumë të dendur. Kur e pashë për herë të parë, mbështetur me bërryla mbi parvazin e dritares e duart nën mjekër, duke ndjekur plot interes hyrjen tonë në shtëpinë e re, m'u duk se pashë kukullën time të fëmijërisë, të rritur e të moshuar, por ende e bukur. Gati të njëjtat tipare e kurorë flokësh, të ngritura përpjetë. E përshëndeta e më buzëqeshi me përzemërsi. Por aq. Deri ditën kur i trokita në derë, veç shkëmbenim ndonjë fjalë të shpejtë ashtu në këmbë; ajo mbështetur pas murit të garazhit të saj e me fshesën që s'e ndan nga dora dhe unë o duke hyrë, o duke dalë nga makina. Komshinjtë e tjerë, me të cilët isha miqësuar shpejt, më kishin këshilluar të mos e harxhoja fjalën kot e ta ftoja në shtëpi. As t'i shkoja për vizitë:

"Është e vetmuar dhe kjo gjë i pëlqen".

Kështu më thanë dhe unë s'e lodha mendjen më shumë. Ndaj besoj e merrni me mend habinë time kur më hapi rrugë të hyja, në atë shtëpi ku nuk kish shkelur askush më parë nga gjitonët.

- Eja, eja brenda, - më nxiti Mari-Luizë, duke parë hezitimin tim.

- Nuk dua të të shqetësoj, - i thashë, - veç të të them se...

- Jo, stop! - u kthye vrikthi nga unë e ngriti dorën lart, në formë urdhri. - Kemi të reja?

- Po, - belbëzova gati si e trembur.

- Atëherë nuk dua t'i dëgjoj, - tha dhe tërhoqi këmbët si me përtesë drejt sallonit, duke më bërë shenjë ta ndiqja. - Kohët e fundit marr veç lajme të këqija. Kam vendosur të mos dëgjoj më asgjë.

- Por... - u duk sikur iu luta, duke e ndjekur nga pas si manare e bindur dhe e ndrojtur.

Ajo ngriti sërish dorën lart. Autoritare.

E qepa. Ndërkohë e pashë veten brenda sallonit. Sa hijeshi dhe rregull! Muret të mbushur me piktura e foto. E çuditshme për një njeri të vetmuar. Ndoshta jo edhe aq e çuditshme. Gati në të gjitha fotot ishte ajo me dikë tjetër. Veç në dy foto të vjetra shiheshin katër persona.

- Deri në orën tetë jam e lirë, - tha dhe vështroi orën e murit. - Mund të largohesh dy minuta më përpara. Deri atëherë, do më pëlqente të të shërbeja pak çaj. Jam në qejf sonte.

M'u qesh me të folurën e saj sa solemne, aq edhe të çuditshme, por e përmbajta veten. Vendosa t'ia bëja qejfin e t'i vija pas avazit. Fundja, kur të ikin dritat, mund të ndiznim qirinj e unë mund të përdorja dritën e celularit për t'u kthyer në shtëpi.

Pasi shërbeu çajin dhe ca biskota, më pa drejt e në sy e më tha:

- Kam gjithë këto vite që pres të më vish për vizitë. Më gëzove sot!

M'u drodhën duart. Gati sa nuk e derdha filxhanin. Fjalët e saj më ranë si pelte e trashë dhe e hidhur në stomak. Aty kuptova që daljet me fshesë në dorë sa herë më shihte të parkoja makinën përpara dritares së saj, ishin një kërkesë e heshtur për ftesë; ftesë që s'e bëra kurrë. Nuk dija ç't'i thosha. Ç't'i përrallisja? Justifikimet ishin të kota. Sa bëra të hap gojën, Mari-Luizë tha:

- E sheh këtë në foto? - dhe tregoi me gisht pas shpinës sime.

Ktheva kokën dhe pashë fqinjën me buzët vesh më vesh, pranë një burri të thinjur e thatim, që i nderej një buzëqeshje e lehtë, gati e padukshme në fytyrë. Dukej foto e kohëve të fundit. Pa pritur të thosha diçka, vazhdoi:

- Lajmin e fundit ma ka dhënë Barti. Bart Brion. Para një viti. Që atëherë refuzoj të dëgjoj të reja.

- Çfarë ndodhi? - e pyeta me gjysmë zëri.

- Vdiq, - tha si shkujdesur, por gjithsesi e ndjeva një vibracion të lehtë në zërin e saj. - Jetonte në "Armonea Keymolen", e di besoj godinën me shtëpitë e vogla për të moshuar, aty pas kishës.

Pohova lehtë me kokë, për të mos e ndërprerë. Ajo rrufiti pak çaj dhe vazhdoi:

- Dy vjet ishim bashkë. E takoja në apartamentin e tij. Apartament i thënçin; një dhomë, me banjë e kuzhinë të vogël, por verandën ia kisha zili ama. Në ditët me diell uleshim jashtë e hanim drekë në tavolinën mbi bar. Ti e ke parë sa e bukur është natyra atje përqark.

Pohova sërish me kokë.

- Ai kishte plot njerëz, nuk ishte vetëm si unë, por zgjodhi të jetonte atje. I pëlqente kujdesi, vendi dhe shoqëria. E njoha një ditë të ngrohtë, teksa shëtisja andej. Të kam parë edhe ty nja dy herë te stoli përballë, me laptopin në dorë.

Qesha. Edhe mua më pëlqente shumë natyra në atë zonë. Mbrëmjeve pranverore, por sidomos atyre verore, kur dielli perëndon rreth njëmbëdhjetës, shpesh ulem e punoj në stolat poshtë pemëve të larta.

— Isha e lumtur me të, — vazhdoi. — Ishte i butë dhe shumë i dhënë pas meje. Por nuk më tregoi për sëmundjen. Ma tha një ditë para se të shtrohej në spital. Atje edhe vdiq. U bënë dhjetë muaj plot. Nuk e pashë më pasi më dha lajmin e hidhur. Nuk donte ta vizitoja në spital. "Dua të më mbash mend kështu si tani", më tha. Dhe iku.

— Më vjen keq, — i thashë, por sikur të mos ish ajo që më kish treguar atë histori të trishtë, u ngrit vrik në këmbë dhe me zë të çelur më tha:

— Oh, harroje. Dua të ruaj energji pozitive sot. Të dashurit e mi i ruaj këtu nëpër korniza, varur nëpër mure. Mjaft e kanë. Po të më varen gjithë jetën në zemër, me trishtim, nuk bëj dot përpara. Katër prej tyre kanë vdekur, të tjerët më kanë lënë. I pari më la im shoq. U martuam sa mbaruam gjimnazin. Pas dhjetë vjetësh martese, ia zuri bishtin një tjetër. Rrita dy djem e vetme, që nuk i takoj prej vitesh. Jetojnë në Amerikë. Mirë që i shoh në laptop herë-herë. I ka rrëmbyer jeta atje. Pasi më braktisi im shoq, nuk bashkëjetova më me askënd. Isha e re, por nuk doja që një martesë tjetër të ma ndrydhte shpirtin. Ja, edhe atë varur aty e mbaj. Tek fotoja e dytë, sipër, e sheh? Ishte i bukur. Nuk e hedh poshtë të shkuarën, por nuk e lë as të më mbysë.

Ishte hera e parë që rrija aq e heshtur përballë dikujt. Fqinja ime e vetmuar më kish lënë pa fjalë. Harrova pse kisha vajtur. Më përmendi një shkreptimë e fortë, që tundi edhe xhamat.

- Oh, më duhet të shkoj, - i thashë dhe renda të dilja, por pikërisht atë çast u fikën edhe dritat.

Nëpër errësirë shkreptiu një pasthirrmë po aq e fortë sa ajo që paralajmëroi shiun. Aty u kujtova që nuk ia kisha thënë Mari-Luizës lajmin për heqjen e energjisë. Fundja ajo vetë nuk më pat lejuar.

- Ç'është kjo hata?! - pyeti ajo e tramaksur.

Ndeza ekranin e telefonit dhe në dhomë u derdh njëfarë drite.

- Për këtë erdha, të të lajmëroja që do iknin dritat për nja dy orë, - i thashë gati me të qeshur, por ajo lëvizi si e çakërdisur nëpër sallon dhe nisi të ndizte qirinjtë gjithandej.

- E përse nuk ma the? - gati m'u hakërrye në fytyrë.

- Sepse ti...

Por nuk më la të vazhdoja. U turr nga laptopi dhe thirri:

- Dreq! Djalli e marrtë! Ky nuk mban as bateri. Në orën tetë do flisja me Albertin.

- Mund të lidhesh me djalin nga celulari im, - i thashë pafajësisht, si për t'ia lehtësuar dramën që po përjetonte.

Pikërisht atë çast shpërtheu në një të qeshur

trullosëse:

- Djalin?! - dhe ia shkrepi sërish të qeshurës. - Po, po, "djalin" nga *Silver Singles*[1]. Bëra abonimin *Premium* për tre muaj derisa e gjeta Albertin. Pagova pesëdhjetë euro, djalli ta marrtë! - tha ndërkohë që e qeshura iu shua e ia la vendin zemërimit. - Sot do flisja për herë të parë në kamera me të. Tani do mendojë se jam tallur e s'do më flasë më, - e mbylli bisedën e trishtuar.

Ndërkohë unë kisha dalë te dera, brenda tunelit të vogël që lidh shtëpinë e saj me atë të pediatrit në krahun tjetër. I urova fat me Albertin.

Shiu i rrëmbyer më vinte deri afër këmbëve, por, pa dalë ende në rrugë, hapa direkt *Google* në celular e shkrova: *Silver Singles. Best for hesitant divorcees*[2], lexova.

Dhjetë hapa deri në shtëpi, por u bëra qull. Nuk e shmanga që nuk e shmanga dot zemërimin e qiellit. Do ta kujtoj gjatë, bashkë me çajin e parë me Mari-Luizën.

---

1. *Beqarët e argjendtë (të thinjur, angl.)*
2. *Më e mira për të divorcuarit hezitues (angl.)*

Shkallët

Krak-kruk, krak-kruk hapen e mbyllen me forcë shurdhuese portat e hyrjes së metrosë. Njerëz që nxitojnë, të tjerë që vrapojnë të kapin trenat. Pesë hapa i ndajnë nga shkallët elektrike, pasi kanë shënjuar kartat apo biletat në stacionin "Schuman", që shtrihet e humbet nën tokë, poshtë damarëve të ndërtesës së Komisionit Europian në Bruksel.
Mes turmës që shtyhet, një mesogrua, së cilës mezi i dallohet koka me krifën e zezë të flokëve, duket se e ka marrë me nge. Hapat e saj janë të mendueshëm, të ngathët, të vegjël, tepër të vegjël. Duket sikur nuk e trazon asgjë, as nxitimi i të tjerëve, as radha që krijohet pas shpinës së saj teksa nxjerr mendueshëm biletën nga xhepi i palltos, as nervozizmi i disa të paduruarve, që pas dy sekondave pritjeje shmangen te kalimi tjetër, ndonjë edhe pa ia kursyer vështrimin inatçor. Akrepat lëvizin, s'kanë kohë të humbin; dikush nguset të kthehet sa më shpejt në shtëpi, një tjetër të marrë fëmijët në shkollë, të rinjtë ndoshta s'duan të vonohen në takimet e

dashurisë, djali me syze të trasha mbase s'do të humbasë vizitën te okulisti... apo një intervistë pune... ku i dihet. Veç diçka është e sigurt: të gjithë rendin pa e vrarë mendjen për hallin e tjetrit. Fundja, dy duar për një kokë; le t'ia bëjë secili sipas midesë apo kryqit që ka hedhur në shpinë.

 Dy vetratat hapen dhe gruaja, që me pallton e ngrirë duket sikur është mbyllur brenda një sarkofagu, shtyn si me përtesë trupin përpara. Pas saj hyn një flokëverdhë simpatike, rreth të njëzetave, veshur me sqimë e me lulen e Krishtlindjeve në duar. I rrezaton fytyra vajzës. Edhe majat e flokëve të sapolyer. Edhe ecja energjike, që e humbet ritmin sapo ndeshet me hapat prej breshke të gruas përpara.

 Ezmerja ndalon. Ndalon edhe biondja. Pas saj, sikur t'i kishin rreshtuar papritmas në një formacion ushtarak, frenojnë këmbët të detyruar edhe nja dhjetë të tjerë. Pas një grime, grupi prapa çoroditet. Një djalë i gjatë e prish reshtin, parakalon me të shpejtë nga e majta dhe turret poshtë shkallëve elektrike, që tashmë nuk rrëshqasin më. Kanë ndalur.

 Si me urdhër e ndjekin pas edhe të tjerët, me trok të rëndë, zhurmues, të rregullt. Ta merr frymën edhe veç kur e sheh nga sipër atë korridor të gjatë shkallësh, që humbet në thellësi të stacionit, ku metroja numër pesë vjell e gëlltit pafund frymorë.

Gruaja "në sarkofag" nuk lëviz. Edhe vajza me lule në dorë stepet të çajë përpara. Hareja e dukshme e asaj qenie të ëmbël përzihet me energjinë e gruas, e cila e ndjen. Kthen kokën pas e vështrimi i ndalet te gjethet e kuqe, brenda celofanit të tejdukshëm. I duhet t'i ngrejë sytë që të shohë fytyrën e 'fqinjës', që i buzëqesh lehtë. Por ajo nuk ka kohë t'ia kthejë buzëqeshjen. Këmbët e holla, që i dalin si cingla nga poshtë palltos, rrotullojnë majat nga e majta e kërkojnë hapësirë që të kthehen pas. Po, kthimi është shpëtimi. Të njëjtin harkim i merr edhe trupi i ngrirë, por pak e vështirë të bjerë në sy prej zhytjes në atë pallto si kub i trashë akulli. Bëhet gati t'i flasë vajzës, t'i kërkojë t'i hapë rrugë, që ajo të ikë, t'ia mbathë sa më parë, por befas një grumbull tjetër njerëzish shtyjnë nga pas e nxitojnë të kapin metronë, që dredh tokën nën këmbët e tyre. Gjymtyrët i paralizohen sërish e bashkë me to edhe zemra. Ankthi që e ka pushtuar i shfaqet në ballë në formën e bulëzave të djersës.

Njerëzit pas shtyjnë. Kordoni i formuar lëkundet e zvarritet si një i vetëm, si një gjarpër që dredhon rrëshqanthi. E detyruar, gruaja hedh përpara një të djathtë të vockël, të pavendosur. Shtati i imët i tkurret edhe më shumë; një fëmijë i traumatizuar.

I bashkohet me të njëjtin ritëm edhe këmba tjetër. Dora shtrëngon fort hekurin e lutet që mos ta tradhtojë... ta mbajë fort. Edhe një hap tjetër po aq të vockël. Djersa ia mbulon krejt lëkurën, duart rrëshqasin... Njerëzit që nxitojnë në krah të saj e shtyjnë, e ngjeshin pas xhamit anësor, që vesh dy krahët e shkallëve.

- Më falni, - i flet vajza nga pas. - A mund të mbahem te ju e t'i zbresim bashkë këto shkallë të tmerrshme? I kam frikë, por edhe më shumë më fusin ankthin kur nuk punojnë.

Gruaja duket sikur ngjallet, çelet si "Poinsettia" në duart e bukuroshes. Këtë herë i duket edhe më e bukur, si perëndeshë, që zbret nga qiejt enkas për të. Tund kokën në shenjë pranimi, por nuk flet. Vajza u bën shenjë dhe u hap udhë të paduruarve pas saj e, kur gjen hapësirë të mjaftueshme, vihet në krah të gruas. E fikson mirë lulen mes parakrahut dhe gjoksit, harkon trupin dhe përthyen gjunjët, që të shmangë diferencën e madhe mes dy trupave. Fut krahun e djathtë në të majtin e esmerkës dhe ia marrin shtruar zbritjes.

Turma pas krijohet sërish sa hap e mbyll sytë. Dikush nga fundi ngre zërin e ankohet për paralizimin e lëvizjes. Të tjerë justifikohen me vështrime, duke treguar me gjeste dy gratë. Zbritja zgjat një shekull. Te shkalla e fundit, biondja kërcen si vogëlushe, që shndërron në lojë çdo hap, shmanget në të djathtë dhe i lë hapësirë të derdhet përpara mizërisë së njerëzve. E tërheq paksa nga vetja gruan, që mos ta marrë me vete korridori lëvizës, dhe ia shtrëngon ngrohtë njërën dorë:

- Ju falënderoj shumë! Më shpëtuat nga ankthi që më mbërthen nga ky stacion dhe shkallët elektrike!

Gruaja i buzëqesh për herë të parë. Vështrimi i butë i ndalet te sytë blu, si qielli i Brukselit në ditë të paqtë, e më pas te "Poinsettia".

- Kjo lule ka origjinën time, nga Meksika, - i tha. - Kujdesu për të dhe zemrën e bukur që ke!

Vajza uli vështrimin e turpëruar.

- Ndërsa unë vij nga një vend, që e ka simbol të kuqen e kësaj luleje, ndërsa rrenat e bardha i përdor si qirinjtë, për të gënjyer sadopak errësirën. Nuk doja të ndiheshit keq. Më falni!

Gruaja u zgjat dhe e puthi lehtë në faqe:

- Rri e bukur, siç je!

Metroja e radhës mbërriti në platformë dhe ajo, me hapa të rregullt e të sigurt, zhytur në pallton e ngrirë, humbi mes turmës së njerëzve.

Vdekja... e gjuhës

Dyert e apartamentit të katit të katërt ishin hapur kanat. Njerëz me të zeza shkëmbeheshin shkallëve të hyrjes së parë të pallatit stërzgjatësh tek "Tirana e re", për të nderuar dhe dhënë lamtumirën e fundit xha Taqos. Pasi takonin zonjën e shtëpisë, që dukej se mbahej e fortë te kryet e të shoqit të ndjerë, burrat kalonin nga dhoma e pritjes, mbushur tym duhani, ku bashkë me kafen rrufisnin edhe lajmet e ditës dhe bëmat e politikës.

Kur dielli perëndoi, edhe vizitat u rralluan. E qara ngjethëse me ligje, sipas traditës, që labet e asaj familjeje e kishin mbartur edhe në kryeqytet, pushoi; nuk është mirë të vajtohet natën - thuhet. E përballë të panjohurës, gratë, frikacake nga natyra, priren të jenë më të dëgjueshme, ndaj edhe vajin e kafshojnë me dhëmbë kur urdhërohen nga "lart".

Më të shumtit u larguan. Të ndjerin po e ruanin familjarët, disa nga fisi dhe miqtë më të afërm të xha Taqos. Dy gra të shkathëta i organizonin njerëzit në grupe e i zbrisnin te restoranti poshtë pallatit për një çapë bukë, ndërsa më të rejat shpërndanin herë pas here kafe dhe ujë, për të përballuar syhapur natën e gjatë të fundit të vjeshtës.

 - Eh, i shkreti ti, - i foli që nga dera e dhomës xha Rakoja mikut të vet, që dergjej në xhenaze, me duart e qetuara mbi gjoks. - Dëgjove? S'e mbajte fjalën, - i tundi gishtin tregues, - më premtove që do luanim shah deri njëqind vjeç, - dhe sytë iu mbushën me lot.

 - Eh, ai s'dëgjonte mirë kur ishte gjallë, po të dëgjoka tani, - iu kthye Limja, që e kapi nga krahu dhe e drejtoi për nga dhoma tjetër.

Nja dy kukurisje të mbytura u dëgjuan nga këndi i kuzhinës, që ndahej nga salloni vetëm nga një banak i ulët, i cili shërbente edhe si tavolinë ngrënieje. Vajzat e kafesë kthyen shpinat e mezi e përmbajtën veten të mos shpërthenin në të qeshura nga fjalët e Limes.

 - Jam i indinjuar me të, - vazhdoi Xha Rakoja me të vetën, kur hyri në dhomën ngjitur. - Si guxoi e iku kështu kaq tak-fak? Të priste edhe një muaj të paktën, në të njëjtën ditë do t'i rrumbullakosnim bashkë tetëdhjetë e dy.

 - Epo nuk të pyet vdekja kur të vjen, o mik. Dhe nuk thuhet "i indinjuar", por i "zemëruar", - e korrigjoi shoku.

 - Ehu edhe ti, o Lime! Ja aty e kam mendjen unë tani, të hap fjalorin.

Ata që e dëgjuan, vunë buzën në gaz. Ajo hapësirë e vogël, që merrte pak më shumë volum dhe frymë prej hapjes tej e tej të vetratës së ballkonit, qe mbushulluar me burra, që pinin duhan vençe. Ata që nuk e duronin dot tymin, hynin e dilnin pa gjetur karar.

Një djalë i ri u liroi vend te divani, ndërsa të tjerët u shtynë e u ngucën derisa dy miqtë e vjetër u ulën pranë njëri-tjetrit. Dikush u zgjati dy jastëkë, që t'i rehatonin më mirë shpinat. Ishin më të vjetrit në atë dhomë dhe shokët e vetëm të Taqos, që s'kishin pranuar të shkonin në shtëpi e të çlodheshin, me gjithë këmbënguljen e familjarëve të të ndjerit. "Të çlodhemi? Po çlodhjen me të e kemi pasur. Një jetë që luanim shah të tre, por unë e Limja s'e mundëm dot asnjëherë Taqon. Ja, 'e mundëm' sot, në lojën e fundit...", dhe buza i qe dridhur teksa kish shqiptuar ato fjalë. Kish kapur shokun nga krahu e kishin dalë të merrnin pak ajër në sheshpushimin mes dy kateve.

Atëherë askush nuk i ngacmoi më, përveçse me përkujdesje. Kokat e tyre të bardha herë lëshoheshin të trishtuara mbi kraharor e herë zgjateshin nga dhoma e grave, ku dukej se flinte i pashqetësuar nga gjithë ajo zallamahi miku i tyre. Limja, si më i fortë dhe tre vjet më i vogël, mundohej t'ia largonte mendjen Rakos me çdo mënyrë.

I riu, që u lëshoi vendin, u zgjati nga një cigare. Xha Limja vuri pëllëmbën në gjoks në shenjë falënderimi, por nuk e pranoi.

- Më rrofsh, o bir! Mundohem ta evitoj, por sot do ta ndez. I kujt je ti? - i tha Rakoja, ndërkohë që tërhiqte duhanin nga paketa me njërën dorë, ndërsa me tjetrën u kalonte një shami të bardhë syve ende të përlotur.

- Ta shmang, thuhet, jo ta evitoj, - i ra me bërryl Limja, që pastaj u kthye nga djaloshi: - Më fal, se të hyra pa radhë!

- Po ti ashtu hyn gjithmonë, si pykë, o Lime. Taqoja të vinte hakut ty, po sot s'ngrihet dot i ngrati, që të ta ndreqë qejfin, - tha plaku dhe ndezi cigaren me çakmakun që i ofroi tetëmbëdhjetëvjeçari.

- Jam djali i vogël i Bardhës. Jetoj në Itali. Para dy orëve erdha për gjyshin, bashkë me mamin.

- A, ti je ai i Italisë. Sa merak të kishte Taqoja. "S'u ngopa njëherë me të", thoshte.

Djaloshi uli kokën si i turpëruar, la paketën mbi tavolinë, punë që ia kishin ngarkuar, siç duket, dhe u tërhoq pas pa u kthyer shpinën. Xha Rakos i pëlqeu ajo sjellje dhe i bëri shenjë me dorë që t'i avitej sërish pranë:

- Pa më thuaj, vërtet e mundje Taqon në shah kur vinte andej?

Ai buzëqeshi:

- Gjyshi ma mësoi shahun dhe i pëlqente kur

fitoja. Unë bëja sikur nuk e kuptoja që ai më linte vetë...

- Papapa, e dija, - i ra gjurit me pëllëmbë xha Rakoja, si të kish fituar një bast të madh.

- Ai ma mësoi edhe historinë e Shqipërisë. Më thoshte që kështu ishim copëtuar, sikur të na i kishin fituar trojet në një lojë shahu...

- Ndaj fokusohu në mësime, që të kthehesh një ditë e t'i shërbesh këtij vendi...

- Përqendrohu, more Rako, jo fokusohu, ç'e mëson djalin gabim? - ndërhyri Limja, që i kish ngrehur veshët nga ata të dy. - Ndërsa ty, mor bir, të lumtë, sa mirë e flet shqipen!

- Ore ç'mu ngjite si rrodhe, - iaktheu me nervozizëm shoku. - Lërna ore rehat, mos e ekzagjero!

- Mos e tepro, thuhet!

- Oreee, - shpërtheu xha Rakoja, që për pak harroi ku ishte. - Ka limit çdo gjë!

- Kufi, ka kufi çdo gjë, - vazhdoi tjetri, pa e prishur terezinë.

Dhoma shpërtheu në të qeshura. Të tjerët, që deri atëherë e kishin shoqëruar atë dialog me buzëqeshje fshehur cepave të buzëve, tashmë nuk e mbajtën dot veten. Xha Rakos i hipi gjaku në kokë. U ngrit me zor nga divani dhe u çapit drejt derës, por në mes të dhomës ndaloi dhe u kthye edhe njëherë nga shoku:

- Ç'të bëj që jemi këtu e s'dua ta agravoj

situatën, pa...

- S'dua ta përkeqësoj, thuhet, - ia ndërpreu prapë fjalën Limja.

- Ohuuu, - vrundulloi i pezmatuar ajrin me dorë. - Ti ke dalë mendsh! Hesht, se kemi ardhur te Taqoja, jo në simpozium shkencor, të purifikojmë gjuhën!

- Të pastrojmë gjuhën!

Të qeshurat plasën më të forta. Ata që rrinin në ballkon, mbështetur pas parvazit, zgjatën kokën brenda gjithë kërshëri, por edhe të tjerët, që deri atëherë ishin ankuar mes vedi për politikën, ekonominë e dobët të vendit, se si u kish marrë koka erë femrave, që kërkonin qiqra në hell, e të tjera halle që u rëndonin çdo ditë, u përqendruan te zënka mes dy miqve. Harruan ku ishin e pse ishin mbledhur. Burrat u ndanë në dy kampe: njëri me xha Limen e tjetri me xha Rakon. Nisën biseda të gjata për emisionet televizive, ku gazetarë e të ftuar përdornin vend e pa vend fjalë të huaja, ca për t'u treguar sa më interesantë e të mençur e ca për budallallëkun e tyre. Dhoma u kthye në seancë debati të zjarrtë. Vajzat, që herë pas here u çonin kafetë, ua bënin me shenjë të ulnin zërat, por askush nuk ua vinte veshin. Xha Limja, sikur të mos ia kish hedhur ai benzinën atij zjarri, u tërhoq nga diskutimet. U ndje vetëm pa Rakon, ndaj u ngrit ngadalë dhe u vu në kërkim. E gjeti ulur te kryet e Taqos

së ndjerë:
- Eja, - i tha dhe i futi krahun ta ndihte të ngrihej.
- Ku? - e pyeti shoku, pa lëvizur vendit.
- Nga dhoma tjetër! Nuk bën të rrish këtu.

Plaku u bind e të dy, pasi pinë nga një gotë ujë në kuzhinë, hynë sërish te dhoma e debatit.

- A, ja ku është profesori, ta pyesim, - tha njëri nga burrat dhe iu drejtua xha Limes: - A quhet injorant dikush që nuk e di mirë gjuhën?
- I paditur...

Por fjalën ia la në mes ngritja e kujës nga dhoma e grave. Kish aguar. Mbi atë vaj, që të shtinte të dridhurat e ta rrëqethte trupin deri në asht, u dëgjua një zë i hollë, por i fortë, që nisi t'i radhiste cilësitë e mira të ndjerit:

- Ti ishe perfekt, racional dhe prioritet ke pasur gjithmonë familjen...
- I përkryer, i arsyeshëm dhe përparësi ke pasur familjen... - i pëshpëriti shokut në vesh 'përkthimin' Limja.

Punishtja

- S'mund të dalësh në rrugë me një këpucë, - i tha Stiv Majer vejushës Mari, që po i qante hallin se, qëkur i kish vdekur i shoqi dhe ajo kish marrë në dorë frerët e biznesit, puna kish nisur rrokopujën.
- Ç'do të thotë kjo? - ia nguli ajo sytë mikut më të mirë të të ndjerit.
- Do ta kuptosh veç nëse ma lë mua administrimin ca kohë, por ama dua pesëdhjetë për qind të fitimit. Do jem i ndershëm me ty deri në qindarkën e fundit, por nuk të garantoj se do bëj të njëjtën gjë me të tjerët, - tha, duke pasur parasysh furnitorët, punëtorët, klientët e gjithkënd tjetër që lidhej me atë dyqan të madh qilimash, tapetesh, perdesh e gjithfarë cohash të tjera të përpunuara.

Maria, që për pak mbushte dyzet e dy vjeç, por s'kish punuar asnjë ditë sa ish gjallë i shoqi, sikur u tremb nga ndarja e fitimit, por, fundja, mendoi se nuk kish zgjidhje tjetër. Nëse edhe oferta e Stivit nuk e nxirrte faqebardhë, mund ta shiste biznesin, që kish pushtuar gjithë katin e parë dhe bodrumin e shtëpisë. Por kjo do të thoshte të hiqte dorë edhe nga vila e mrekullueshme në qendër të qytetit. S'kish nga ia mbante; do t'i shiste të dyja e me ato para mund të jetonte jo keq në një apartament të vogël sa të ish gjallë.

Nëse Maksi i ndjerë kish qenë tregtar i zoti dhe dinte ç'zgjidhte në udhëtimet e gjata që bënte për ta parë mallin nga afër, miku i tij qe më pragmatik e dinak. Detajoi në kokë një plan të mirëfilltë e, sapo futi në dorë kontratën, ia nisi punës me zell të madh.

Futi punëtorët ta pastronin bodrumin dhe nxori krejt mallin e vjetër në shitje me "nëntëdhjetë për qind ulje", por nëse një tapet kushtonte njëqind euro, e shiti për njëqind e dhjetë; ua bëri kokën dhallë zonjave të pasura, por cingune, që kërkonin mallin më të mirë për shtëpitë apo bizneset e tyre. Punësoi ca hallexhesha nga Lindja, që punonin bukur në tezgjah, një ekspert etiketash e u krijoi gjithë kushtet e punës në bodrum.

Maria u kënaq shumë nga zelli i mikut dhe shitja aq e shpejtë dhe me goxha leverdi e gjithë mallit stok, por e trembi qasja e punëtorëve të rinj.

- Me çfarë do t'i paguajmë, Stiv? - u merakos ajo.

Miku qeshi.

- Tani i kemi veshur të dyja këpucët, Mari, mos u shqetëso. Do shkojmë larg.

Gruaja, që nuk ia thekte edhe aq nga metaforat, u mblodh një grusht pas tavolinës së vogël të zyrës dhe e ndoqi me shikimin e trembur, teksa burri ecejakej lart e poshtë, me duart lidhur pas shpine. E ndjeu shqetësimin e saj e iu afrua. U ul përballë, e pa thellë në sytë që i lëviznin shpejt, pa mundur të përqendroheshin dot diku, ia përfshiu pëllëmbët në të vetat, mbështetur mbi rimeson e bukur, e i tha:

- Si të thoshte Maksi? Ti veç rri e bukur. Mos u shqetëso për asgjë. Dikur t'i zgjidhte ai këto halle, sot jam unë këtu... për ty... e për vete.

Marias iu përndez fytyra nga një e kuqe e papërmbajtur. Besimi që pati në fillim te Stivi, atë çast iu zëvendësua nga bindja se po përpiqej ta mashtronte e t'i merrte gjithçka.

U ngrit vrikthi në këmbë dhe ia tha hapur atë që mendoi.

Stivi picërroi sytë, u vrenjt, por, pas një hopi, ia dha të qeshurës me të madhe. Si të ish çmendur papritur. Gruaja u tremb. Donte të dilte me vrap nga ajo zyrë e mallkuar, por Stivi e mbuloi derën me trup. Edhe mbi palltonë e leshtë i dukeshin shpatullat e gjera e krahët e fuqishëm. E qeshura, pak nga pak, ia la vendin heshtjes dhe një vështrimi, që Maria nuk po e deshifronte dot. Vërtet që nuk qe edhe aq e zgjuar, por ndjeshmëria e thellë emocionale që kish, shpesh e gostiste me parandjenja të pagabueshme.

- Në fakt, nuk kam dashur kurrë të të mashtroj; as ty, as Maksin. Ajo që dëshiroja vërtet fort, ish t'i zija vendin e të kisha gjithçka kish ai. Ty të parën.

Maria u përplas mbi poltronën e rrjepur. Si s'e kish kuptuar më parë?! Nuk i pat dhënë kurrë një shenjë, sinjal. Vërtet e donte dhe e respektonte, por këtë e kish llogaritur si pasojë të miqësisë së fortë të dy burrave dhe vlerësimit që kishin për njëri-tjetrin.

- Maria, - i foli Stivi butë e me lutje, - ti nuk e di ç'do të thotë të duash gjithë jetën të jesh dikush tjetër e të kesh gjithçka ka ai. Kjo bëhet torturuese kur, për dreq, e do tjetrin fort. Maksin e kam dashur e nuk munda ta urreja as kur, të vegjël, ime ëmë më nxiste gjithmonë të bëhesha si ai, im atë ma merrte si shembull çdo natë e mësuesit në shkollë ma tundnin figurën e tij si virtytin e ndershmërisë dhe përkushtimit. Është e thjeshtë të jesh i ndershëm kur je mbrujtur kështu që në ngjizje. Meritat më takojnë mua, që edhe pse isha dinak me krejt botën, nuk u bëra kurrë i tillë me Maksin, deri ditën e fundit. Kjo qe lufta ime e përhershme: ta doja me gjithë shpirt, ndonëse doja të isha Ai.

Maria futi kokën mes duarve e mbuloi veshët. Nuk donte të dëgjonte më asgjë. E kishte dashur të shoqin. Kish dashur edhe Stivin, si mikun e tij më të mirë, por ato fjalë e tronditën.

* * *

Biseda 'u harrua' e puna po ecte më së miri. Bodrumi qe kthyer në një punishte e mirëfilltë. Punëtoret thurnin qilima e tapete, qepnin perde e mbulesa, një çunak i zoti u ngjiste etiketat false, që i përgatiste sipas porosive të Stivit, e ky i fundit i shiste si të ardhura nga "Qyteti i Jaseminit" apo vendet që shquheshin për të tilla zeje. Fitimet u shtuan po aq sa kënaqësia e Stivit, që tani po jetonte ëndrrën e vet, ndonëse i dhembte vdekja e shokut: qe bashkëpronar i biznesit, jetonte në një prej dhomave të vilës së tij dhe, herë pas here, darkonte me Marian, që akoma s'qe mposhtur. Mbathja e "këpucës tjetër", asaj të dredhive dhe zgjuarsisë, që nuk kish ditur ta vishte Maria, nuk u kish dalë keq.

- Përse s'je martuar? - e pyeti gruaja një mbrëmje. - Një burrë i pashëm si ti duhet t'i ketë pasur varg mëtueset. Edhe tani, që je në të pesëdhjetat...

Stivi ktheu me fund verën e mbetur në gotë, fshiu lehtë buzët me kurrizin e dorës dhe, pa e vështruar, tha:

- Se të dashuroja ty!

- Mund të kishe vdekur ti përpara Maksit, - ia ktheu ftohtë gruaja e hodhi pas krahëve një tufëz të artë flokësh.

- Po ja që jam gjallë e të kam përballë tani. Nëse do kisha vdekur, s'do ta merrja vesh, apo jo?

- Mund ta merrje vesh kur të mbërrije në ferr! - iu përgjigj Maria me mllef.

- Atëherë, pse më lejon të jetoj këtu? - e pyeti qetësisht ai, por gruaja u ngrit gjithë nerv, mori pjatën e vet e shkoi në kuzhinë.

I dashuruari e ndoqi pas, u mbështet te korniza e derës e priti që ajo t'i përgjigjej.

- Se dua të vuash sa më shumë! - foli më në fund, me të njëjtin zemërim si më parë.

- Pse do vuaj, kur kjo është ajo që dua?

- ...që jam këtu, fare pranë, por s'mund të më kesh!

- Oh, e dashur, jam mësuar me këtë ndjenjë që prej një jete, aq sa më duket se s'jetoj dot ndryshe.

Marias i hipën edhe më keq kacabunjtë me sinqeritetin dhe qetësinë e tij shpartalluese. Stivi kishte aftësinë që edhe dramën më të madhe ta zhvishte nga ngarkesa emocionale e kjo ishte gati-gati e përbindshme për vejushën. I ktheu shpinën e, pa e përshëndetur, u nis për në dhomën e gjumit.

***

- Hej, kujdes me atë tabelë, mos i mësho më tepër se ç'duhet atyre vidave, se do ta prishësh, - i foli zeshkanit me kapelë të zezë e një logo të ngatërruar mbi të, por pa mbaruar mirë fjalën, një krisje e thellë përshkoi dërrasën, pikërisht në vendin ku emri i tij bashkohej me atë të Marias.

- Ptu, - shau nëpër dhëmbë burri e u kthye nga Stivi. - Do bëj një tjetër, pa merak, më të bukur se kjo, e nesër e keni gati.

Stiv Majer shungulloi ajrin me një lëvizje nervoze të krahut dhe i ktheu shpinën punëtorit. Nuk kish oreks të bënte fjalë. Aq më tepër që e dinte se ato energji i duhej t'i shpenzonte me ndrikullën e bukur, që po e ndiqte gjithë skenën nga sipër shkallëve.

"Sa m'i ngre nervat, djallushi i vogël, me këtë qetësi olimpike, fiks si Maksi", mendoi Maria. Rregulloi shallin krahëve dhe rendi poshtë. Ia mori tabelën burrit nga dora, që atë çast po bëhej gati t'i hipte motoçikletës, e vështroi një copë herë dhe i tha:

- Tek e reja, korrigjo diçka. Hiqi emrat tanë dhe shkruaj vetëm: "Vila Majer". Im shoq... - këtu heshti një hop e hodhi vështrimin te Stivi, që shtangu nga ajo që dëgjoi, - ... me siguri ka harruar t'jua thotë.

I ktheu shpinën punëtorit, u mbush thellë me frymë e ndali hapat përpara Stivit:

- Zoti Majer, ju pres lart!

Më në fund, ai kishte gjithçka pat ëndërruar gjithë jetën!

Kujdes çfarë dëshiron!

Makina gërvishte kilometrat njëra pas tjetrës. Anash autostradës, që të çon aty ku puthet jugu i Belgjikës me veriun e Francës, natyra sapo kishte filluar të përtërihej pas dimrit të gjatë. Qytetet e vogla nga të dyja anët e rrugës, me kambanoret e kishave dhe çatitë e kuqe të shtëpive, shfaqeshin e zhdukeshin me të njëjtën shpejtësi. Një hare e ëmbël e kish pushtuar Gregun dhe Natalian. Ndiheshin si dy adoleshentë të sapodashuruar; me jetën, natyrën dhe njëri-tjetrin. Njiheshin prej pak muajsh, por ndanin goxha kohë bashkë. Për herë të parë u takuan vjeshtën e shkuar, në një galeri arti, ku ishin ekspozuar pikturat më të mira të disa maturantëve, që prisnin të diplomoheshin. Mes tyre edhe mbesa e Natalias dhe nipi i Gregut. Për çudi, të dy ishin fiksuar te piktura kubiste e Flavias bukuroshe, që i ngjante shumë në pamje gjyshes së vet. Gregu, i përthithur nga ngjyrat e ndezura, që ia sillnin çuditshëm një copëz realiteti në forma gjeometrike, as nuk e ndjeu kur e goditi me bërryl Natalian. Në fillim, asaj iu duk arrogant dhe i pasjellshëm, por, kur pa hutimin e tij, qeshi dhe iu afrua:

- Nuk do zemërohesha nëse do të më kërkonit falje, - i pëshpëriti rrëzë veshit.

Gregu sikur u përmend nga një ëndërr, por nuk kuptoi asgjë. Atëherë Natalia ia shpjegoi dhe shtoi:

- Por po jua fal, sepse jeni hutuar pikërisht nga piktura e sime mbese.

Buzëqeshën të dy. Me elegancën e një francezi, Gregu i kërkoi falje dhe si shpërblim i shërbeu një gotë shampanjë, që ia rrëmbeu në çast bukuroshes që vinte rrotull galerisë me tabaka në dorë. Që nga ai çast nuk ia shqiti më sytë për asnjë sekondë Natalias dhe fytyra i ndriti nga kënaqësia kur kuptoi se jetonte vetëm. Dëgjoi të mbesën kur iu lut të shkonte nga ajo atë natë: "Eja sot, nuk ta rrëmben njeri vetminë e shtëpisë. Atje do ta gjesh prapë". Sa e bukur iu duk kur buzëqeshi, tek përqafonte Flavian.

Gregu sapo kishte kapur të shtatëdhjetat. Mbahej tepër mirë fizikisht dhe i kushtonte rëndësi të madhe pamjes. Me *Porshin* dukej edhe më *trendy*. Dielli i asaj dite ngrohte bukur fort, ndaj burri e kish ulur tavanin e makinës, që ta shijonte edhe më shumë. Natalia atë mëngjes mbushte plot gjashtëdhjetë e pesë vjeç. E bukur. Botoksi, që nuk e ndante, e tregonte edhe më rinore. Ashtu ishte edhe në lëvizje. E donte jetën dhe mundohej t'i rrëmbente çdo grimë gëzimi. "Një djallushkë e gjysmë je", e ngacmonte shpesh Gregu dhe ajo qeshte.

Për të festuar ditëlindjen e "së voglës Natali" - kështu e thërriste ai burrë i pashëm dhe gojëmjaltë - Gregu e organizoi fundjavën në një shtëpizë druri në veri të Francës. Natalia u hodh përpjetë e përplasi duart gjithë gëzim, si një vajzuke. E lumtur.

Një orë e pak rrugë as që e ndjenë fare. Teksa ecnin ngadalë rrugicave të ngushta të lagjes ku do bujtnin, u çuditën nga buzëqeshja vesh më vesh e banorëve të paktë. Të gjithë i përshëndesnin dhe u uronin fundjavë të bukur.

- I kam lajmëruar për ditëlindjen tënde, ndaj kanë dalë të të presin me kaq dashamirësi, - bëri shaka Gregu, tek zbrisnin nga makina.

Natalia iu mblodh në gjoks, si një mace e urtë, dhe i dha një të puthur të shpejtë. Morën bagazhet dhe u drejtuan për nga hyrja e shtëpizës, ku i priste Rudi. Një burrë i vogël, thatim, me mustaqe të rregullta, lëkurë të rruar për merak e flokë të shpupuritur. Dy burrat ishin moshatarë, por Gregu tregonte të paktën dhjetë vjet më i ri nga i zoti i shtëpisë, që dukej se jeta e kish plakur para kohe. Me një djalë të sëmurë e gruan e moshuar, bënte më tepër nga ç'mundej për të jetuar. Edhe shtëpizën e drurit e kish ngritur vetë të gjithën. Burrë punëtor dhe i dedikuar.

- Jua kam ndezur edhe oxhakun. Të gënjen dielli i marsit. Gjithçka është gati, - tha dhe e ftoi çiftin brenda.

Natalia hyri e para. Kapsalliti sytë e zuri gojën me duar e mahnitur. Nuk mundi të fliste. Përpara iu shfaq një tavolinë e rregulluar dhe shtruar për dy vetë, me gjithfarë pjatash elegante, verë dhe një tortë e madhe me çokollatë, ku shkruhej: "Gëzuar ditëlindjen, e vogla ime". Mbi të flakëronin dy qirinj gjigantë. Rudi shtypi butonin e manjetofonit dhe në dhomë u derdhën tingujt e këngës *Happy birthday*. Natalia mbylli sytë, mendoi një dëshirë e fryu qirinjtë. Pastaj iu var Gregut në qafë. U prek shumë nga përkujdesja e tij; kish organizuar gjithçka nëpërmjet telefonit me Rudin e mirë, që nxitoi t'i linte vetëm.

Zjarri bubulak në oxhak, ambienti i vogël, por tejet mikpritës, panorama e bukur jashtë dritareve, ia mbushën shpirtin Natalias. Pasi hëngrën, folën dhe u përkëdhelën për aq sa u lejonte tavolina, shishen e dytë të verës u ulën ta shijonin pranë vatrës, në shiltet e buta prej lëkure deleje. Si një djalosh moskokëçarës, Gregu shtriu këmbët e ajo mbështeti shpinën në gjoksin e tij. Ai e pushtoi të gjithën me krahët e gjatë e plot muskuj.

- A mund ta di dëshirën që shprehe më parë? - e pyeti, tek u merrte erë flokëve të saj.

- Do të ta them nëse më plotësohet, - qeshi gruaja dhe tepër ledhatare i shtypi hundën me gisht.

Muzika e lehtë në sfond këndonte: *Waitin' on a woman*[1] nga *Brad Paisley*.

- Të kam pritur gjithë jetën, - i tha Gregu tepër i përfshirë dhe e puthi lehtë në qafë.

Ajo u kthye nga ai, ia mori fytyrën ndër duar dhe i pëshpëriti lehtë:

- Të dua, plakushi im!

Jashtë, muzgu po zbriste lehtë mbi majat e pemëve. Drita e flakëve të oxhakut, të qirinjve të ndezur kudo nëpër dhomë, vera që derdhej nëpër gota dhe e gjithë atmosfera e ngrohtë, i ripërtëriu dy të dashuruarit. Puthjet morën shijen e pijes dhe trupat u ndezën e u kapërthyen si gjuhët e flakëve. Befas Gregu u ngrit, pasi e puthi edhe njëherë furishëm, dhe i tha:

- Më prit, shpirt. Kthehem në çast.

Rrëmbeu valixhen e vogël, rrëmoi nëpër të nxitimthi, nxori një tubet dhe iu hodh sipër të dashurës së tij me zhdërvjelltësinë e një djaloshi.

- Pak lubrifikant do të na ndihmojë, shpirt, - i tha dhe Natalia pranoi duke qeshur.

Gregu shtrydhi kremin në portën e parajsës ku mezi priste të hynte, por pa hequr ende qafe tubetin, Natalia ia dha ulërimës...

---

1. Të presësh një grua

* * *

Në urgjencën e spitalit në *Charleville-Mézières*, Gregu, mbështetur në një nga stolat e kuq të dhomës së pritjes, gati sa s'u çmend. Ajo që duhej të ishte një nga netët më të bukura me të voglën e tij, ishte kthyer në dramë. Kur infermierja e lejoi ta shihte më në fund Natalian, ai brofi në këmbë e gati sa nuk vrapoi deri te dhoma e saj. Me sytë e futur brenda zgavrave nga trishtimi, iu afrua, e puthi në ballë dhe i pëshpëriti:

- Më fal, shpirt!

- Nuk është faji yt, - ia ktheu qetësisht Natalia dhe belbëzoi si nëpër dhëmbë një frazë në anglisht: - *Careful what you wish for*[2].

- Nuk po të kuptoj, - i tha Gregu, i sigurt se po fliste përçart prej qetësuesve.

- Tani do ta them çfarë dëshirova kur fryva qirinjtë: të përjetoja natën më të çmendur të jetës sime. Dhe ja ku u bë. Tash e tutje do bëj kujdes me dëshirat, ndërsa ti kujdesu të mos e ngatërrosh më lubrifikantin me ngjitësin e protezës.

---

2. *Kujdes çfarë dëshiron*

Komoja e plakushit

Dielli i pasdites, pasi bëri xhiron e gjatë nëpër qiell, nxori kokën në cep të dritares së dhomës së gjumit, ku Arti ish shtrirë një copë herë. Të mblidhte kockat a të vriste kohën. Pse jo, të dyja?! Rrezet, që depërtuan nga grilat e pambyllura mirë, si dikur shkulmi i dritës nga aparati në cohën e kinemave të vjetra, i verbuan sytë. U ktheu shpinën e sa u rehatua, nga korridori dëgjoi kollën e thatë të të atit. Që nga hyrja e pranverës e tash që vera po dilte ngeshëm, fyti i plakut nuk kish gjetur qetësi. Asgjë për t'u shqetësuar, i kishin thënë mjekët, por ato spazma të herë pas hershme, si shfryrja e parë e ajrit në shakullin prej lëkure të gajdes apo si lehja e një qeni të ngjirur, ia kishin marrë shpirtin.

U ngrit. Bëri të ecte, por këmbët iu rënduan, koka po ashtu, dhoma e vogël i erdhi vërdallë dhe befas ca të rrëqethura dhe djersë të ftohta i pushtuan trupin. Që të mos rrëzohej, u mbështet rrëmbimthi me dorën e majtë te komodina ngjitur me shtratin, ku shkaktoi edhe një goxha rrëmujë. U ul ngadalë, ndërkohë që në tokë vazhdonte të rrokullisej një shishe e vogël qelqi "Lebewohl flussig", që nuk u thye e me të cilën mjekonte një kokërr acaruese, si puçërr me qelb të thatë, te gishti i vogël i këmbës së djathtë. Bashkë me të ranë edhe nja tre kokrra arra të pathyera, që një zot e di se pse ishin aty, një krem antimykotik dhe ca tubeta plastike me lëng të tejdukshëm, që e hidhte në sy përpara se të flinte, për hapjen e kapilarëve të gjakut. Llamba e natës u përmbys, por nuk pati të njëjtin fat, se burri, instinktivisht, zgjati dorën dhe e kapi pak përpara se të binte.

"U ngrita shpejt", mendoi, "e do më ketë lëvizur tensioni". Vari kokën përpara, sa mjekra i preku kraharorin dhe përsëriti me vete: "Nuk kam asgjë, nuk kam asgjë. Do kalojë", dëshiroi të shmangte kështu dorëzimin në krahët e një këputjeje totale.

Dhe vërtet. Pas tridhjetë sekondash buçitje veshësh, si ai bëzi i tmerrshëm që na rri gjatë në daulle pasi dëgjojmë një shpërthim të fuqishëm, dhe errje sysh, si të kish parë pa syze mbrojtëse eklipsin e diellit, gjithçka u davarit ngadalë derisa u tret krejt. Mblodhi forcat dhe doli nga dhoma.

I ati po ziente kafe turke në një xhezve të vjetër bakri, si ato të qëmotit, ndërkohë që mundohej me ca gër-gëre të provokuara të çlironte frymëmarrjen nga gëlbazat e mbledhura në fyt, ndërsa me një pecetë letre fshinte sytë e lotuar.

- Ytttt, nga m'u bë sebep kjo lanete, - nëmi. - Për tetëdhjetë vjet resht nuk kam qarë e s'jam qurravitur sa këtë verë. Ytttt! - e diç shau nëpër dhëmbë. Pastaj iu kthye të birit: - Do kafe?

- Po më pihet një, por s'di ç'të bëj, se sikur më ra tensioni.

Plaku u kthye i tëri nga ai, por sa desh të fliste, e mbyti kolla dhe krahu i mbeti në ajër, me pëllëmbën e dorës në drejtim të korridorit. Me siguri donte t'i thoshte që t'i hidhte një ujë syve në banjë, të lagte zverkun apo të bënte një dush...

"Ah, jo, prit, këto të ndihmojnë kur ke tension të lartë më duket", mendoi. Kurrë nuk i fiksonte këto të shkreta metoda të shpejta. Hudhra përdoret për të ulëtin, apo të lartin? Kripë, apo sheqer?

Sa e ëma ishte gjallë, bënte me përpikëri ç'i thoshte ajo. Atë e besonte verbërisht, se e kish ndihmuar babanë sa e sa herë në raste të tilla. Pastaj, gratë çfarë nuk dinë! Janë mjeket e vërteta të burrave dhe kalamajve. Vendin e saj e zuri për nja dhjetë vjet e shoqja, por edhe ajo humbi një ditë. Nuk vdiq jo, por futi nën sqetull dy vajzat e vogla dhe ia mbathi. "Ma more frymën" i pat ulëritur në fytyrë e përplasi derën pas vetes. Tani, vendin e grave të shtëpisë e kish zënë i ati. Ai, që dikur nuk e linte as t'i afrohej komosë së tij në korridor, ku rreshtoheshin si ushtarët në formacion luftimi lloj-lloj shishesh e ambalazhesh me barna, flakonë, tubete, dezinfektantë, pastë rroje, "aftër shave" e çikërrima të tjera, radhitur sipas rëndësisë, përmasave e që i ruante si sytë e ballit. Për shembull, barnat e përditshmërisë (për zemrën, tensionin dhe diabetin) dhe ato të emergjencës kishin epërsi ndaj të tjerave, ndaj i mbante në resht të parë, nga krahu ku komoja cikte murin. Çfarë nuk gjeje aty. Vitet e fundit ishin shtuar edhe ca kabllo e ngarkues telefonash, rregulluar në një kuti qelqi amaretash. Ishte mbretëria e tij e vockël, që e kish zhvendosur nga raftet e vegjël të pasqyrës në banjë dhe e kish zgjeruar mbi atë komo me lustër kur i biri ish rritur dhe nuk kish rrezik të gëlltiste barnat në vend të karameleve.

"Se çfarë të shëron, edhe të vret kur nuk di", ia përsëriste shpesh djalit, me porosinë e posaçme apo, më mirë të themi, me urdhrin që as mos të guxonte t'ia prekte gjërat e veta. Se një ushtarak ngelet i tillë gjithë jetën e nga kjo gjë nuk kish pse të devijonte xha Gano, pavarësisht se për tre vjet barazonte numrin e viteve që kish shërbyer në ushtri me atë të jetesës jashtë saj, që nga dalja në lirim të parakohshëm, kur kish qenë pesëdhjetë e tre vjeç, sa ç'ishte sot i biri.

Ganoja ishte i fiksuar pas asaj komoje, njëjtë si

ajo që i kish bërë kokën dhe që ua shponte duart me gjilpërë atij dhe tre vëllezërve, sa herë i kapte duke kërcyer nga dollapi mbi shtratin e saj apo ia gjenin marifetin dollapit të kyçur, ku ruheshin karamelet dhe bonbonet për mysafirët. Atëherë, jo rrallë e kish urryer nënën për ato tortura. Por, "bëmë mama të të ngjaj"; ja, edhe ai, kur i erdhi radha të prindëronte, vërtet nuk e rrahu kurrë të birin, por ama atij i kishte mjaftuar kapsallitja e syve të inatosur apo toni i egërsuar i zërit, që e kërcënonte me mbyllje në banjën e errët, çarjen e topit apo rënien në gjumë pa ngrënë darkë.

Kureshtjen për perandorinë e shenjtë të të atit, Arti e humbi në adoleshencë. Nuk kish më kuriozitet për ilaçet me ngjyra dhe forma të ndryshme apo për shiringat me age të mëdha, me të cilat i vogël mund të luante "shpiash" me gocat apo t'i mbushte me ujë që të rëndoheshin e të luante me "çake" në baltë, siç bënte shoku i tij, që ia vidhte së ëmës, infermiere tek ambulanca e lagjes. Por, ama, ato çikërrimat e tjera ngordhte t'ia trazonte. Më shumë për të plotësuar një lloj kënaqësie që i jepte "dhunimi i pronës së shenjtë" të atij babai të rreptë.

Në fillim i studionte me vëmendje dhe mundohej të nguliste në tru vendin e secilës prej gjërave që prekte, që "plaku", siç nisi ta quante në heshtje, të mos kuptonte çka kish lëvizur. Kur i vidhte ndonjë cigare nga paketa, që e tymoste jashtë me shokët, nuk kish aq rrezik sa kur i ngacmonte "ushtarët e tij të bindur". Ngaqë duhanin nuk e lëshonte nga dora, babai e harronte numrin e atyre që digjte, por kurrsesi nuk i shpëtonte syrit të tij vigjilent "rrëmuja". Siç dukej, kish më tepër të zhvilluar kujtesën fotografike.

Ditën kur Arti mbushi gjashtëmbëdhjetë vjeç, Ganua, majë biçikletës, me një dorë mbante taboshin për të birin e me tjetrën timonin. As dhjetë metra larg pallatit, një gur iu ngatërrua mes rrotave. Biçikleta iu drodh nën vete; bëri ca harqe të pakontrolluara, humbi ekuilibrin dhe u plandos mbi asfaltin e saposhtruar. Torta me vezë dhe pandispanjë u zgërlaq përdhe, ndërsa zinxhiri i biçikletës i zuri këmbën e djathtë, duke ia hequr si llomkë mishi një pjesë nga pulpa. Nuk mjaftoi zori i madh që ndjeu që gjithë ai burrë, ushtarak për më tepër, nuk arriti ta përmbyllte me sukses atë 'mision prej akrobati cirku', që u shtri sa gjatë-gjerë në tokë e bëri të gajaseshin gjithë kalamajtë e lagjes, por mezi shtrëngoi dhëmbët të mos ulërinte nga dhimbja e padurueshme e plagës, që e lau vendin me gjak, si të ish therur kurban.

Prej kësaj ndodhie, në raftin e çikërrimave të tij u shtua edhe një flakon i madh i qelqtë, që vinte e hollohej sipër dhe, aty ku rrethohej nga një unazë metalike, ngrinte krye një majuckë e vogël. Infermierja e ambulancës, mamaja e shokut të Artit dhe njëkohësisht komshija e tyre, pasi i mjekoi plagën, ia dha Ganos që ta përdorte në shtëpi. Mjaftonte ta ktheje përmbys atë tub prej xhami e ta drejtoje në vendin e lënduar e ai derdhte me presion një lëng të tejdukshëm, si ujë, që shpejt, në lëkurë, kthehej në trajtën e borës, duke krijuar kështu ftohje dhe mpirje. Ndoshta edhe një lloj dezinfektimi. Pas kësaj, e shoqja i vendoste jod, duke mbledhur buzët përpara e fryrë vazhdimisht, si avulloret e dikurshme, pak tetraciklinë pluhur dhe ia fashonte.

Ajo shishkë e hollë, që e kthente atë lëng pa ngjyrë në borë, i kish bërë përshtypje të madhe Artit, ndonëse tashmë natyra e kuriozite të tij ish zhvendosur tërësisht.

Të nesërmen e aksidentit të të atit, meqë e ndjeu veten të rritur, vendosi të bënte diçka, që i rrinte në mendje prej kohësh. Disa djem të lagjes ishin kthyer nga ushtria me tatuazhe në duar apo parakrahë. Më të shumtit kishin një spirancë anijeje, që Artit i pëlqente shumë, ndaj vendosi ta bënte. Qejfin e kishte ta skiconte në kurrizin e dorës së majtë, por nuk ia mbajti. Që ta fshihte sa të mundte, e vizatoi në parakrah. Mori gjilpërën më të trashë të makinës qepëse të së ëmës, e dezinfektoi me flakën e shkrepëseve dhe më pas me rakinë e të atit, derdhi mbi lëkurë lëngun mpirës të flakonit, e fshiu mirë, ngjeu gjilpërën në bojën e kallamarit dhe filloi të shponte krahun me përpikëri sipas skicës. Efekti mpirës nuk zgjati shumë, por gjithsesi nuk ndjeu edhe aq dhimbje, se u mësua gradualisht me të. As puna nuk i doli siç donte; pas gjysmë ore përqendrim, spiranca dukej sikur varej në një fije të hollë peri, por mund ta mbushte edhe më shumë një ditë tjetër. Gjithsesi u ndje krenar. Iu duk vetja burrë! Pastaj, të gjithë shokët do ta kishin zili; ishte i pari ndër ta që kish bërë tatuazh si të rriturit. Lëre pastaj që mund të bëhej sebep që Lira, e cila e linte pa gjumë prej një viti, më në fund t'ia hidhte sytë. Atëherë do ishte, ç'do ishte; do kapte qiellin me dorë, do fluturonte nga kënaqësia kur ajo ta vështronte butë, ëmbël, t'i kërkonte t'ia shihte atë pikturë në trup, t'ia prekte... Oh, çfarë nuk do falte veç t'ia prekte njëherë dorën! Më tepër? Ohhhhh...!

Me mëngën e përthyer deri aty ku i shfaqeshin muskujt, ktheu nëpër vende gjithë ç'kish përdorur për "mëkatin" e tij të parë. Flakonin e la për në fund; kërkonte më shumë përkujdesje se të tjerat, duhej të gjente vendin preciz, ku e kish marrë. Pasi e sistemoi edhe atë, syri i kapi diçka të ambalazhuar e në formën e plumbit, fshehur pas dy kutive me aspirina. E tërhoqi ngadalë. E rrotulloi, e shtypi lehtas me gishta t'i ndjente fortësinë, i mori erë, por nuk po i binte në të se ç'mund të ishte. Si nëpër tym i erdhën në vesh fjalët e djalit të infermieres, që kish sharë një nga çunat e klasës: "E ka kokën si supost". Atëherë ishte bërë kurioz dhe e kish pyetur se çfarë ishte ky, dhe shoku, me dijeni "të thella" në fushën e mjekësisë, ia kishte shpjeguar. Gjëja që mbante në dorë kish të njëjtën formë me përshkrimin e tij. "Plakushi", qeshi me vete. E qeshura e padukshme i ngriu kur mendoi se sa do acarohej, do ta shante apo ndoshta edhe qëllonte i ati kur të zbulonte tatuazhin. Një valë zemërimi e mbërtheu: "E mban veten për të fortë, por një plakaruq që fut supost në bythë është, ja ç'është", tha dhe shkoi të shtrihej. Nuk po e ndjente veten mirë.

Që prej asaj dite, seç i krijohej një ndjesi e trazuar kur kalonte para komosë. Edhe të atin nisi ta shihte ndryshe. Nuk i frikësohej më fjalëve të tij. Me vete apo me shokët nisi ta quante Gano ose plaku. Zonën e ndaluar dikur, e quante "Farmacia e plakut". Ndëshkimit për tatuazhin i shpëtoi paq, se katër ditë e net me radhë u dergj në shtrat me temperaturën dyzet. Kur u ngrit në këmbë, Ganos ia kish davaritur inatin shqetësimi për të birin. "Le të shërohet, pa nuk është i vetmi me qëndisje në krahë", i thoshte të shoqes.

* * *

Kur u lehtësua pak nga kolla, xha Ganoja ia la të birit filxhanin e kafesë mbi tavolinën e vogël të sallonit dhe u çapit ngadalë deri në korridor. Ndali para komosë. Vuri syzet, lëvizi ca ambalazhe barnash dhe i lexoi i përqendruar.

- Arti, na mo bir, se mua s'më shohin më as këto syze. Hajde dhe gjej ndonjë bar që të bën derman për tensionin. I ka shënuar Lidia të gjitha për çfarë përdoren. Na ka parë zoti me atë vajzë. Do bëhet mjeke e shkëlqyer.

Arti qeshi me vete dhe iu kujtua kur një ditë, e bija, që tani bashkëjetonte me një kirurg italian, të cilin e kish njohur kur bënte praktikën në spitalin "Nënë Tereza", i kish thënë: "Mjaft u talle me komonë e gjyshit, se shpejt do falesh edhe ti aty". Tani që i kish kapërcyer të pesëdhjetat e herë-herë i tundej toka nën këmbë, "komoja e plakushit", që e kish kuriozuar fëmijë dhe përçmuar kur ish i ri, ngadalë po merrte trajtën e një tempulli.

I fejuari

Kortezhi i makinave la pas shtëpinë e funeralit dhe iu drejtua varrezave të Lushnjës. Pas ceremonisë së lamtumirës, hedhjes nga një grusht dhe mbi të ndjerën Zaniko, që e ngucën në të njëjtin varr me të shoqin, e përshëndoshjes me familjarët nën diellin përcëllues të gushtit dhe zagushisë që po ua merrte frymën, njerëzit mezi ç'pritën të largoheshin. Më të afërtit dhe miqtë e ngushtë të familjes iu drejtuan restorantit, ku do hahej dreka e nderit.

Vëllai i së mjerës Zaniko, që vuajti jo pak derisa e thirri ora e qoftëlargut, i drejtoi të ftuarit nëpër tavolina e vetë zuri vend pranë mbesës dhe të fejuarit të saj italian. Veç atë çupë la pas Zanoja e shkretë - siç i thërrisnin. E rriti thuajse e vetme; i shoqi vdiq dhjetë vjet pas martesës. Veshur gjithë jetën në të errëta, në dritë të syrit e kish parë të bijën, Alketën; ta rriste, edukonte, shkollonte dhe ta martonte në derë të mirë. Veç ashtu do t'i gjente shpirti rehat edhe në atëbotë. E të gjithave ia kishte arritur me sukses, veç martesa e vajzës e kish zënë ngushtë e lodhur goxha.

Goja i ra me vite duke iu lutur së bijës ta gjente një burrë. Ta gjente vetë, meqë nuk kish pranuar asnjë nga kandidatët që i kish propozuar ajo apo të sajët, që ia dinin merakun dhe bënin, ç'bënin, i frynin në vesh për ndonjë filan a fistëk, që do t'ia mbante në pëllëmbë të dorës të vetmen e saj. Por Alketa, si Alketa: në fillim iu përkushtua studimeve, mbaroi arkitekturën në Tiranë, fitoi një bursë për master në Itali, zuri punë në një kompani të madhe ndërtimesh e që atëherë kthehej në vendin e saj veç për pushime. E ndoqi nga pas Zanoja; ia la vëllait të kujdesej për shtëpinë në Lushnjë e fillimisht jetoi me qira në Tiranë me të bijën, derisa mbaroi shkollën, e më pas, dhjetë vjet në Romë. Dhjetë vjet lutje e përgjërime:

"Po gjeje moj bijë një e rehatohu edhe ti".

Alketa qeshte, e puthte, e guduliste në qafë tek i merrte erë dhe, duke gugatur si pëllumbeshkë, ia kthente:

"Kur të vijë ora, mamushka. Po ti ç'ke, për bukuri të zotit jemi bashkë!".

"Ehhhh", shfrynte nëna. "Shpirti im e di ç'do të thotë ta shtysh jetën qyqe. Po unë të paktën të pata ty".

E kështu rrodhën ditët e Alketës dhe Zanos, derisa ora ndolli keq. Një dhimbje në gjirin e majtë e çoi dyerve të spitalit, që u hapën e mbyllën pas shpinës së të dyjave për një vit e gjysmë rresht. Për aq kohë, korridoret e bardha ndjenë pëshpërimat dhe lutjet nën zë të Alketës për shpëtimin e të vetmes së saj, por qelizat e sëmura nuk u zmbrapsën as pas heqjes së gjirit, as pas trajtimeve kemio. Zanoja, e tretur dhe ligur aq sa nuk njihej më, kur kuptoi se po i vinte fundi, iu lut së bijës ta kthente në Shqipëri; donte të vdiste në shtëpinë e saj.

Alketa, për tre muaj vajtje-ardhje Lushnjë-Romë, i lau me lot aeroportet; po i ikte e vetmja aromë që ia mbushte shpirtin.

Shtëpia, mbushur plot me njerëzit e Zanos dhe dy infermiere që kujdeseshin me turne për të, sikur ia merrte frymën vajzës. E ëma, edhe ashtu, dergjur mes dhimbjeve në shtrat, nuk harroi t'i thoshte:

"Edhe në varr do rrotullohem nga meraku që s'të sistemova ty, moj bijë".

Alketa, që gjithmonë ia kish kthyer ato fjalë me humor, atë ditë shpërtheu në lot. Ia lëshoi dorën së ëmës, doli në ballkon, ndezi një cigare e dënesi sa sytë iu skuqën si gaca. Afshi përvëlues që çlironte ajri e detyroi të hynte sërish brenda, para se të ngelej krejt pa frymë. U hodhi ujë të ftohtë syve dhe u kthye në dhomën e të sëmurës. U ul me gjunjët në tokë, ia mori pëllëmbën e ngelur skelet mes të vetave dhe i tha:

"Mamushka, mos u shqetëso për mua".

Zanoja e ligur e vështroi gati e fikur e një psherëtimë e mbytur i doli nga gjoksi. Deshi të thosh diçka, por një dhimbje e fortë ia rrudhi fytyrën e tretur dhe ia bllokoi fytin.

"Doja të ta thosha kur ti të shëroheshe", vazhdoi Alketa me zë të dridhur, "por meqë e ke merak, po ta them që tani: e kam gjetur një djalë të mirë. E kam te puna. Do martohem me të e do bëjmë vajzë e djalë. Emrat do t'ua vë: Zanë e Niko... të dy do kenë emrin tënd".

Të sëmurës iu çel fytyra si me magji nga ato fjalë, balsam për shpirtin e saj. Çliroi dorën dhe i ledhatoi faqen së bijës, ndërsa në sy i ndritën dy sumbulla lot lumturie. Por nuk zgjati shumë. Ajo çehre e bukur që i ra, iu fashit shpejt:

"E di që po më gënjen", tha mes rënkimeve.

"Jo, jo", kërceu vendit Alketa. U ngrit, afroi karrigen pranë shtratit dhe zuri vend mirë. "Ai kërkoi të vinte e të takonte, por unë nuk desha... domethënë... doja të ta thosha njëherë vetë e pastaj... A t'i them të vijë?".

Bebëzat e zbardhëlluara të syve të gruas lëvizën si të çakorduara sa majtas-djathtas.

"Edhe më pyet?!".

"Ohhhh", iu hodh në qafë e bija dhe i mori erë në gushë, duke u munduar të mbante lotët. "Nesër do nisem prapë për Romë. Duhet të dorëzoj patjetër projektin. Për tre ditë jam këtu... bashkë me atë... do të pëlqejë mamush".

Ditën që Alketa vajti në shtëpi bashkë me të fejuarin, e ëma dha shpirt. Gjeti prehje zemra e nënës kur pa në krahun e së bijës një burrë të bukur tridhjetepesëvjeçar, që i fliste me aq butësi të voglës së saj e nuk ia lëshonte dorën. Dy orët e para të mbërritjes së tyre, ajo u përtëri e foli me çiftin si të mos e kish të keqen në trup. Qeshi e qau nga gëzimi kur i shihte bashkë, ashtu të bukur, ulur pranë shtratit të saj. Edhe drekën e hëngrën të tre, ja atje, në dhomën e të sëmurës. Nënë e bijë cimbisën nga e njëjta pjatë, ndërsa italiani Paolo, si të ishte i shtëpisë prej kohësh, nuk e vrau mendjen shumë: e vuri pjatën në gjunjë e u mbllaçit bashkë me to, duke folur. Kur Alketa i kërkoi leje që t'i tregonte të fejuarit dhomën ku mund të çlodhej ca, e sëmura ua kapi duart të dyve dhe u tha:

"Bekuar qofshi!".

Të dy e puthën në faqe dhe u larguan. Atë çast u fikën edhe sytë e lumtur të Zanikos.

* * *

Kërcitja e lugëve dhe pirunëve nëpër pjata mbaroi pas një ore. Atëherë u fashitën edhe bisedat e grave: "E mjera Zaniko, tani që iu fejua çupa, i shkoi pranë të shoqit...".

"Po shyqyr që u rehatua, se s'i dilte shpirti pa e parë të bijën me burrë".

"E shkreta vajzë, thuaj... shih si është tulatur... as ha, as pi, veç lot i shkojnë...".

"Gjynah... ka firuar fare... i ka ikur fytyra...".

"Eh, me një dorë të jep, me tjetrën të merr zoti... i solli burrin, i mori të ëmën".

"Priti, priti, por alamet djali ka marrë; sy e vetull italiani".

Njerëzit u ngritën ngadalë, ngushëlluan edhe njëherë familjarët dhe lanë restorantin. Rrugët jashtë digjeshin si zemra e Alketës.

Të nesërmen, vajza e përcolli Paolon deri në aeroportin "Nënë Tereza". Vetë do nisej pas një jave:

"Rrugë të mbarë, Paolo!", dhe i zgjati një zarf. "Këto i ke bakshish nga unë. Të tjerat t'i kalova në bankë".

Bukuroshi e puthi lehtë në faqe dhe nxitoi drejt kontrollit. Duhej patjetër ta kapte atë fluturim. Pas ca orësh e priste një tjetër kliente në Fiumiçino.

Leonorë

Zhveshjen e nisi që te dhoma e gjumit. Përshkoi korridorin e gjatë, anashkaloi pasqyrën e madhe pa ia hedhur sytë e, kur u gjend para derës së banjës, ishte e tëra lakuriq. Vitet nuk ia kishin zbehur linjat e bukura, ndonëse lëkura nuk kishte më freskinë e dikurshme dhe në vend të gjinjve kishte veç dy vraga të thella horizontale. Por uji i ngrohtë i vaskës nuk i diskriminoi asnjë centimetër të lëkurës. E përqafoi dhe ledhatoi aq këndshëm, sa iu dorëzua paqësisht. E tëra!

I shoqi hapi derën dhe hyri brenda me një zarf, që postieri, gjendur përballë pikërisht në çastin kur burri zbriti nga makina, ia pat lënë në dorë. Nëpër këmbë iu ngatërrua këmisha e saj e natës. E ngriti gjithë bezdi, hoqi këpucët, veshi pantoflat dhe eci drejt dhomës së gjumit. Ngriti edhe penuarin e verdhë, me vazon e lulediellit të Van Gogut printuar në shpinë, që dergjej në mes të dhomës, dhe i flaku të dyja mbi shtratin e prishur.

- Leonorë, ç'janë këto rroba në tokë? Përse

nuk është rregulluar krevati?

Nuk mori asnjë përgjigje. Mbajti vesh mos dëgjonte zhurmën e dushit nga banja e dhomës së gjumit: asgjë. Gjithsesi i hodhi një sy. Bëri nga korridori dhe në mes të tij pa mbathjet e bardha. I kapi me majat e gishtave, fytyrërrudhur, dhe brriti:

- Leonorë!

Asnjë pipëtimë. As qentë, që zakonisht e ndienin sapo parkonte makinën; lehnin e zhurmonin derisa merrnin shenjën për qetësi nga e zonja e shtëpisë. Me sa dukej, nuk ishin fare. "Duhet t'i ketë nxjerrë shëtitje", mendoi, ndonëse orari ishte i pazakonshëm. Leonora e dinte mirë që ai kthehej nga spitali një orë pas mesdite dhe, kur ajo nuk ishte në punë, duhej të ishte patjetër në shtëpi, t'i shërbente drekën. Hanin në heshtje. Pastaj ajo merrej me rregullimet dhe pastrimet, ndërsa i shoqi çlodhej ca, pastaj mbyllej në zyrën e tij mjekësore, ku për katër orë hynin e dilnin pacientë me lloj-lloj hallesh.

Leonora ishte infermiere. Punonte me turne në spitalin e Luvenit, pak larg nga Dilbeku ku jetonte, por prej pesë vjetësh, herë pas here, merrte pushime të zgjatura për shkak të seancave të kimioterapisë. Ndihej e lodhur, por në shtëpi nuk arrinte thuajse kurrë të çlodhej. I shoqi, maniak i pastërtisë, gjente përherë diçka edhe pasi largohej gruaja që i ndihmonte tri herë në javë me pastrimin.

Doktori, siç e thërrisnin edhe në familje, e kish shoqëruar të shoqen veç dy herë në spital: kur i ishte dashur të rrinte ca kohë, pasi ia hoqën gjinjtë dhe i filluan kimioterapinë, dhe kur sëmundja iu rishfaq. Që atëherë nuk e kish parë më derën e onkologjikut, ndonëse Leonora i qe lutur ta shoqëronte gjatë seancave, se ndihej e pafuqishme për t'i dhënë makinës.

- Mund të marrësh taksi, - i qe përgjigjur ftohtë dhe gruaja nuk ia kërkoi më kurrë.

Të paktën i shoqi e kish marrë mundimin të justifikohej me faktin se nuk kish më kohë të lirë tani që po kalonte në një fazë tjetër të karrierës. Me natyrën e ftohtë e të sertë edhe mund të mos i thosh asnjë gjysmë fjale. Sapo kishte mbaruar studimet në një degë të re dhe nga mjek i përgjithshëm kishte kaluar në hetimin mjekësor. "Ti duhet të jesh krenare, që edhe në këtë moshë vazhdoj ende të studioj e të kërkoj diçka më të mirë për vete dhe ju", i pat thënë dhe Leonorës nuk i mbeti gjë tjetër veç "t'i qe mirënjohëse".

Kur u sëmur herën e parë, i biri, Kris, katërmbëdhjetë vjeç, shfaqi shenjat e para të depresionit. I bindur se e ëma do vdiste shpejt, filloi ta urrente të atin. As tek rritej nuk kish përjetuar ndonjë lidhje të fortë me të. Gjithë ç'donte në atë shtëpi ishte e ëma dhe dy qentë pastorë belgë, që Leonora ia kishte bërë dhuratë për tetë-vjetorin. Pas lutjesh e përgjërimesh të shumta, më në fund i ati ua kish lejuar t'i mbanin brenda në shtëpi, por me kushtin që mos të shihte asnjë qime në sallon apo kuzhinë. Krisi dhe Leonora pastronin gjithë kohës e, kur ata nuk ishin në shtëpi, të gjorat kafshë mbylleshin në një kafaz të madh, ku gënjeheshin me ca kocka plastike dhe karamele për qentë.

E ëma, sapo pa shenjat e para të sëmundjes, e çoi menjëherë të birin te psikologu e mandej te psikiatri. Sforcohej edhe më shumë në shtëpi, që t'i linte të voglit të kuptonte se ajo ish mirë e asgjë e keqe nuk do t'i ndodhte. Madje filloi punën edhe më shpejt nga ç'i kishin thënë doktorët, por me orar të reduktuar. Sa u duk se Krisi e mori veten, Leonorës iu rikthyen gjëndrat tumorale, atij depresioni, ndërsa të atit iu prish edhe më shumë humori.

Një pasdite vonë, nënë e bir u kthyen nga shëtitja me qentë ndërsa doktori po mbyllte derën e jashtme pas shpinës së klientit. Pastorët, që atë moment e gjetën hapur garazhin, i cili të lidhte me lavanderinë dhe në krahun tjetër me klinikën, u dhanë këmbëve e hynë gjithë potere deri në kabinet. Një pacient i moshuar, që priste në paradhomë, i ndolli dhe i përkëdheli, por sakaq u dëgjua e bërtitura e doktorit, që u

hakërrehej bashkëshortes dhe të birit. Leonora u ngut t'i merrte, duke kërkuar falje, por toni i egër i doktorit i struku qentë poshtë këmbëve të plakut dhe nuk iu bindën. Gruaja i tërhoqi gjithë nervozizëm e bëri për nga lavanderia, që nëpërmjet një dere të nxirrte në kuzhinë. Pikërisht atë çast u dëgjua Krisi:
 - Uroj të vdesësh ti e jo ajo! - i ulëriu në fytyrë të atit. - Dhe mbaje mend: nëse ajo vdes, nuk dua të t'i shoh më sytë!

 Që atëherë, atë e bir nuk folën më; edhe kur së ëmës i duhej të shtrohej në spital e ngeleshin vetëm të dy, edhe kur iu desh ta përsëriste vitin shkollor, edhe pas një viti, kur u nis për në universitet. Por doktori e çoi edhe më tej hakmarrjen; ndërpreu çdo pagesë fature për të. Leonora sforcohej të mbulonte gjithçka për djalin.

* * *

 - Jam i lumtur që arrita të vij në shkollë në Luven, - i tha së ëmës, ndërsa të dy pastronin apartamentin e tij të vogël, pranë kampusit universitar, - jo vetëm se do jem larg tij, por edhe larg teje.
 Leonora nuk deshi t'u besonte veshëve. Me sy të çakërdisur e pyeti:
 - Pse?!
 - Sepse ti kurrë nuk e more mundimin të na

shpëtoje nga ferri i tij! Përse nuk ndahesh? E di që e urren; ta ka nxirë dhe shkurtuar jetën!

Leonorës iu qep goja. Donte t'i thoshte se pikërisht prej tij nuk e kishte lënë të shoqin; kish frikë mos vdiste e nuk donte ta linte vetëm, por heshti. Ndjeu se kish gabuar nga dashuria për të birin dhe, në vend që ta mbronte, e kish çuar me duart e veta në një botë të errët, ku edhe ajo ndihej si hije.

Rrugën nga Luveni në shtëpi e bëri pa mendje. U kujtua që ishte në timon veçse kur hapi garazhin dhe futi makinën.

Gjithë natën nuk mbylli sy. Në mëngjes, pasi ndjeu të shoqin të dilte, u ngrit nga shtrati, që prej vitesh e përdorte veç për të fjetur, shkoi në banjën e dhomës së gjumit dhe pa veten në pasqyrë. Sytë i ishin futur brenda zgavrave e në vend të tyre iu duk se pa dy kopsa ngjyrë hiri. Shtroi me dorë flokët e rrallë, që mezi ishin rritur pak pas seancës së fundit të kimioterapisë, dhe ndjeu dëshirën të bënte një vaskë.

"Nuk do t'ia fal më trupin kësaj vaske", mendoi dhe u drodh nga mendimi se pas saj do ta përdorte doktori. Lidhi mirë penjuarin, shkoi te banja në fund të korridorit, hapi me një curril të hollë ujin e ngrohtë të vaskës, doli, ushqeu qentë, i nxori në kopsht dhe vuri ekspresin. Mori nga rafti kutitë me ilaçe, gëlltiti ca, piu kafen, duke parë nga dritarja e madhe kafshët që luanin, dhe u kthye në dhomë...

* * *

Doktori hapi zarfin, që mbante emrin e së shoqes, i hodhi një sy të shpejtë dhe u ndal aty ku shkruhej: "Sëmundja ka përparuar...".

"As e ha, as e lë", mendoi dhe e hodhi letrën me nervozizëm mbi banakun e kuzhinës. Atëherë vuri re kutitë e derdhura të barnave. Pa që ishin qetësuesit e të birit, që i kish përdorur përpara se t'ia zëvendësonin me ca të tjerë.

- Leonorë! - thirri dhe doli në oborr, me shpresën se do ta gjente aty.

Te këmbët iu ngatërruan gjithë potere dy pastorët, që deri atëherë e kishin gërvishtur derën e kopshtit për të hyrë brenda, por ai nuk i pat vënë re, se ajo derë hermetike nuk lejonte të hynte brenda asnjë zhurmë.

Qentë e shtynë me forcë dhe rendën drejt kuzhinës, dolën në korridor dhe hapën derën e banjës, duke e goditur fort. Doktori hyri pas tyre gjithnjë duke bërtitur, por te pragu shtangu:

Leonora, me kokën varur nga ana e dritares dhe lëkurën e bardhë si mermer, iu duk e bukur për herë të parë në jetën e vet.

Dua më shumë...!

Pasi e thashë e vendosur për të satën herë "do ndahemi", ai u dorëzua dhe bëri atë që s'duhej; tha "dakord" dhe më hodhi atë vështrimin epshndjellës, që më ndez edhe në momentet kur nuk e duroj dot fare, aq sa mendoj se është e vetmja krijesë e kësaj bote që mund ta mbys me duart e mia. Nuk e di nëse ai shikim i erdhi i paqëllimtë apo si ngazëllim i brendshëm e i pakontrolluar, që të më shihte të poshtërohesha tek lusja seksin e tij të më tërbonte, si për t'i vënë vulën i fundit, me një lloj krenarie prej burri, asaj marrëdhënieje që po e çonim në djall... Por as që më interesoi. Iu ngjesha në kraharor dhe e ndezur ia kafshova buzët, qafën. Ndjeva të më fërkohej në bark ajo gjë e mishtë, që i merr përmasa të frikshme kur ndien dhe nga larg feromonet e mia të dalldisura. Më njeh. Më mirë se kushdo tjetër. E di që i përkas asaj race që jeton për kënaqësinë, për çmenduritë e çartura, të plota. Asgjë me pak, asgjë përgjysmë... më ngazëllen tepria në gjithçka. Nëse në një darkë me miq, të gjithë mendojnë ta mbyllim te gota e pestë, unë jam ajo që propozoj edhe një tjetër, të fundit... edhe një cigare, të fundit... edhe pesë minuta... edhe një shëtitje në shi dhe kthehemi... e kështu me radhë tekat e mia, që më çojnë drejt përhumbjes në kënaqësi.

Me të gjitha këto u prezantua që kur u njohëm, kur pinim e kërcenim të dalldisur nga magjia e asaj nate që lahej nga drita e hënës mbi liqen dhe ajo rrjetë poçesh flakëruese, që na ndriçonin mbi kokë në dasmën e dy miqve të përbashkët. Unë isha e ftuara e nuses, kurse ai i dhëndrit. Shkuam me të tjerë në festë e u larguam të dy. Ashtu, gati të dehur, përfunduam në shtratin e tij. Edhe sikur asgjë tjetër të mos kujtoja, nuk mund të harroj sa përthithëse dhe e plotë ishte tërheqja e dy trupave tanë.

Pas një jave u shpërngula në shtëpinë e tij; pas dy javësh më tha se më donte e gjithçka shkoi për bukuri për tre vjet, deri atë mbrëmje kur vari në mur fotografinë tonë e u pështjellova krejt. Ndjesi të çuditshme më zgavruan së brendshmi ditë pas dite: kur mbyllej me punët e veta, më tërbonte heshtja e tij; kur më avitej i qeshur e niste të më tregonte për orët e kaluara larg meje apo planet e së ardhmes, një tharm i lehtë neverie më mblidhej në grykë e më vinte t'i ulërija: "Hesht!"; kur më puthte, më vinte ta kafshoja; kur më sillte trëndafila, mendoja se ai do ish burri më romantik dhe më i bukur në botë nëse do ta qepte gojën...

Sigurisht, nuk po mendoja këto kur më ktheu me shpinë nga vetja, më përkuli me vrull mbi krahun e kolltukut, hyri brenda meje si i tërbuar dhe pyeti mes ulërimash e gulçesh:

- A s'do të marrë malli për këtë?
- Pooo, - iu përgjigja e mekur.
- Atëherë mos ik!
- Do iki!
- Budallaqe e mjerë! Unë të dua shumë!
- Më shumë di si të ma bësh, sesa...
- Unë çmendem pas teje!
- Edhe unë çmendem, por kjo ndodh rrallë. Dua më shumë!

Heshti dhe vazhdoi të përplasej më fort pas meje, derisa hungëriu ethshëm dhe m'u plandos sipër. Ma rrethoi belin me krahë dhe m'i futi duart nën bark. Më shtrëngoi fort e mes belbëzimesh e koklimeve të frymëmarrjes pëshpëriti:

- Nga ky bark dua dy këlyshë të bukur e të çmendur si ti.

E shtyva tej, ngrita shpejt e shpejt mbathjet, pantallonat, kreha me gishta flokët dhe hyra në banjë. I hodha një ujë fytyrës dhe teksa fshihesha me peshqirin e butë, i fola vetes në pasqyrë: dy fëmijë të çmendur si unë dhe një burrë që më do... apo më shumë?

Dita e valixhes së zezë

- E gëzofsh! Pjesën më të madhe të kohës do pushosh, por ditën e valixhes së zezë do bësh para për gjithë muajin, - i tha vejusha dhe u zhduk si një vorbull ere, duke lënë pas rrotullimin e poltronit të kuq, ku ish ulur pak çaste më parë, dhe berberin e ri si të shushatur.

Kishte dashur ta pyeste, por përplasja e derës ia kish ngecur fjalët në buzë. Dita e Valixhes së Zezë? Ç'të ishte vallë?

Berber Limi sapo ishte shpërngulur në atë lagje të zhurmshme të kryeqytetit dhe nuk dinte asgjë rreth saj. Pas njëzet e pesë vjetëve emigracion në Greqi dhe një jete prej beqari, kishte vendosur të kthehej në Shqipëri dhe të gjente nuse. Fshati ku ishte rritur deri pesëmbëdhjetë vjeç i rrinte i vogël tashmë një athinioti të adoptuar si Limi, ndaj bleu në Tiranë një apartament dhe një berberhane, i zoti i së cilës kish vdekur një muaj më parë nga infarkti. Me vejushën, një grua simpatike rreth të pesëdhjetave, kishte rënë menjëherë dakord për çmimin dhe ishte ndier me shumë fat. Por Dita e Valixhes së Zezë i tingëlloi ogurzezë, pavarësisht se ajo i kish thënë se pikërisht atë ditë do t'i mbushte xhepat dëng.

U mundua ta hiqte nga mendja dhe ia nisi menjëherë punës për rregullimin e berberhanes. Lëvizi orenditë, leu muret me ngjyrën e sythit në shpërthim, pastroi dhe rregulloi gjithçka, shtoi edhe dy neone të fuqishëm, zhvendosi poltronin e kuq aty ku drita e diellit puthte më mirë dhe në mbrëmje, ca nga lodhja e ca nga kënaqësia, vuri duart në mes dhe vështroi i buzëqeshur ambientin. U kënaq me punën që kish bërë. I vuri drynin derës dhe i vdekur ngjiti shkallët për në shtëpi.

E nesërmja e atij shtatori u gdhi me një diell të qeshur, që të falte energji pozitive dhe Limi ndjeu se ajo ditë do ishte e bukur për të. Vërtet nuk ishte poet, ndonëse në adoleshencë kish provuar të hidhte tek-tuk ndonjë varg malli a brenge dashurie në letër, por tek e fundit edhe ai mund ta quante veten artist. Nuk ishte kollaj t'i kënaqje njerëzit me gërshërë e brisk, ndaj ia legjitimonte vetes të drejtën për t'u vetëshpallur i tillë.

Atë mëngjes dëshironte shumë të bënte një shëtitje të gjatë, por e priste puna. Duhej të mësohej me oraret dhe zakonet e klientëve të rinj.

Pa hyrë mirë brenda, një kokë kureshtare u zgjat në derën gjysmë të hapur:

- Mir' se na erdhe, berber! - i foli një burrë me kasketë të dalë boje në kokë, duke i mëshuar fort "r"-së fundore. - Sot hyna sa me t'përshendet. Bashkë do shihna Ditën e Valixhes s'Zezë. Ma shno nji ket orar. M'nant e gjymës m'ke nji ktu. Asnji minut ma von'.

- Më fal, por kur dhe çfarë është Dita e Valixhes së Zezë? - pyeti berberi si me droje.

- Ah, je i ri ti mer jahu, nuk di gjo ti. N'tridhit te çdo muji. Ika, se kom pun'.

Limi nuk po kuptonte asgjë. Ç'të ish vallë ajo ditë?! Përse e quanin ashtu?! Të paktën këtë herë kish marrë një përgjigje - gjysmake, por më mirë se hiç. Diçka më shumë do kuptonte në fund të javës, që përkonte edhe me fundin e muajit.

Ditët në vazhdim rrodhën të qeta. Asnjë kureshtar nuk hyri në berberhane dhe askush nuk e përshëndeti as kur hapte dhe mbyllte dyqanin, deri mëngjesin e datës tridhjetë.

E priti me ankth atë ditë. Pothuaj nuk mbylli sy gjithë natën. Rrotullohej e përpëlitej në shtrat dhe gjithandej, nëpër errësirë, i vizatohej numri tridhjetë. I qe kthyer në mankth. Ditën e famshme, pa futur mirë çelësin në bravë, ia behën dy burra, të veshur mirë, që kërkuan të qetheshin.

- Merre shtruar, - i tha i pari. - Kemi kohë. Nuk dua të dal me kokë të rrjepur.

Pa mbaruar mirë fjalën zotëria, ia behën edhe

tre të tjerë. Berberi i ri i priti me buzëqeshje, por askush nuk iu përgjigj mirësjelljes së tij. Zunë vendet bosh e nisën bisedën me njëri-tjetrin sikur të ishin shtruar në diafet. Limit nuk i shpëtoi fakti që flisnin e herë pas here shihnin orën, herë atë që varej në mur e herë ato që u shtrëngonin kyçet e duarve. Fiks në nëntë e tridhjetë u shfaq në derë burri me kasketë të dalë boje, që e kish caktuar orarin ditë më parë. Iu bashkua burrave e hyri në bisedë sikur sapo të ish ndarë me ta te lokali i Bomit:

— Nuk po duket sot. Mos ka no i hall?

— Jo, mor, jo, nuk e gjen gjo dreqin, - iaktheu njëri.

— Po mos vij sot? Ndoshta nuk e di që berberhania është hapur sërish, - u hodh një nga burrat e veshur mirë.

— Nuk ka ku të shkojë. Këtu do ta sjellë kokën!

Tonet e larta të bisedës u shuan veç në momentin kur u hap dera dhe u shfaq një zotëri rreth të shtatëdhjetave. Veshur me sqimë, me të errëta, që bënin kontrast të fortë me flokët e bardhë, por të dendur, ku dukeshin ende gjurmët e ondeve. I kërrusur paksa e me një valixhe të zezë në dorë, ua qepi gojën njerëzve si me magji; një qetësi e shurdhët, si pas një shpërthimi predhe.

Limi gati sa nuk e pickoi me gërshërë klientin, kur pa valixhen. "Po tani? Çfarë do ndodhë?", mendoi dhe duart filluan t'i dridheshin edhe më shumë.

Plaku i vështroi me radhë të gjithë, pastaj u kthye nga berberi dhe me një zë si të shuar tha:

- Sot është dita kur unë qethem, ndërsa këta zotërinjtë më bëjnë shoqëri. Atyre u pëlqen më shumë kjo gjë.

Limi i shkoi dy-tri furça nëpër qafë burrit të ulur në poltron, ia hoqi cohën e bardhë që e mbulonte nga qafa deri te gjunjët, e shkundi në ajër, pastroi vendin dhe i bëri shenjë të ulej zotërisë me valixhe. Askush nuk kundërshtoi, ndonëse ai ishte i fundit në radhë. Me duar të djersitura prej sikletit dhe gjithë duke parë çantën që burri shtrëngonte në prehër, as vetë nuk e besoi që ia doli ta qethte e rruante pa asnjë gërvishtje atë klient sa misterioz, aq edhe të pafjalë. Madje as për modelin e qethjes nuk kishin diskutuar fare. Edhe shkumën dhe tehun nëpër faqe, Limi ia kishte kaluar pa ia kërkuar ai. Teksa priste që zotëria të ngrihej e të ikte, Limi bloi brenda vetes lloj-lloj skenarësh për atë njeri dhe valixhen e tij të zezë.

- Shihemi në të njëjtën datë të muajit tjetër, - tha plaku fjalinë e dytë e të fundit brenda sallonit, pagoi dhe mbylli derën pas vetes.

Berberhania gumëzhiu në çast si zgjua bletësh. Një mijë e një të zezat u thanë për Djallin me Valixhe të Zezë dhe hipoteza pa asnjë frenim të imagjinatës. Njëri prej burrave ishte i bindur se në valixhe mbante paratë e, si koprraci me qesen e florinjve lidhur në brez, lëvizte gjithkund me të që mos t'ia merrnin. Të tjerë e kundërshtonin me zë të lartë, duke i kujtuar se kishte edhe banka ku mund t'i rruante. Dikush mendonte se ai punonte në SHIK e mbante dokumente të rëndësisë së veçantë. Madje njëri arriti deri aty sa tha: "U qorrofsha që sot nëse ai plak i pispillosur nuk i ka duart me gjak e në atë valixhe ruan sytë apo veshët e atyre që ka hequr qafe!".

Çfarë s'u tha e çfarë s'dëgjoi Limi në atë "kuvend burrash" të inatosur me dikë, për të cilin, për ironi të fatit, nuk dinin asgjë, as ku jetonte e nga vinte. Kjo u jepte më shumë dorë hipotezave të tyre.

* * *

Tridhjetë dhjetori trokiti i ftohtë. Edhe pse puna ishte ngritur disi, asnjëherë tjetër nuk mbushej berberhania si atë datë të çdo muaji. Burrat, me jakat e palltove ngritur deri sipër veshëve, dilnin vrap nga shtëpitë e, pasi kthenin nga një kafe e teke raki te lokali i Bomit, frymën e mbanin te salloni i Limit.

Qeth një kokë e ruaj një mjekër, erdhi një pikë që berberhania nuk kishte më vend ku të hidhje kokrrën e mollës. Edhe ata që mbaronin punë, gjenin nga një cep ku të strukeshin, me sytë nga derë. Limi nuk e kuptoi kurrë se çfarë prisnin të shihnin ndryshe nga herët e tjera ata burra aq kureshtarë.

Ora kaloi nëntë e gjysmën. Akrepat u puthën te dhjeta dhe vazhduan rrotullimin të pandikuar nga sytë e shqetësuar që i ndiqnin sekondë pas sekonde. Plaku me valixhen e zezë s'po dukej. Koha dhe gërshërët e Limit ishin të vetmet indiferente në gjithë atë pazar tezash e pikëpyetjesh që ngriheshin.

Një radhë jo e vogël burrash priste jashtë berberhanes. Tashmë Limi ishte mësuar t'i gëlltiste çuçuçu-të e tyre pa u shqetësuar. Feksja e dritave të pemës së Krishtlindjes dhe atyre të varura nëpër dritare dukej sikur u shkelnin syrin me tallje burrave: "Hë, jua hodhi plaku sot, nuk erdhi". Disa e lanë sallonin të zhgënjyer. Të tjerët pritën me durimin e derrit. Se kush futi kokën nga jashtë e zëmekur tha se plaku mund të kish vdekur. Aq u desh. Kjo fjali kaloi gojë më gojë e deri sa mbërriti në veshët e Limit fitoi një pikëçuditëse: "Plaku vdiq!".

- Na mori të keqen", u hodh e tha dikush, por shpejt u mbyt nga zërat e të tjerëve.

Dy-tre prej burrave nuk arrinin ta besonin, por limonia që veshën disa fytyra të tjera u përhap shpejt si virus ngjitës. U zbehën e u mekën. Dikujt i shpëtoi edhe ndonjë pikë lot.

- I mjeri! - u qurravit njëri, - s'kish burrë më të urtë.

Një mërmërimë e gjatë u nder në sallë e kokat e burrave u tundën lehtë në shenjë pranimi. Është mbresëlënëse sa të ndikueshëm janë njerëzit. Një burrë rrasur në cepin pas derës, me fytyrë të vrarë nga dhimbja, nxori shaminë nga xhepi, fshiu hundët, pasi i rrufiti nga përbrenda dy-tri herë të mira, e tha:

- Pa fjalë. O po si s'na tha njëherë një gjë të keqe... e ne mblidheshim këtu e dërdëllisnim për të.

- I kena ra n'qaf qyqarit, gjet' rafmet! - bëri kryqin më i moshuari.

- Uee mer jahu, - u hodh ai i orarit të nëntë e gjysmës, - e trajtum si palaço cirku, por ai ish vërtet burr' zotni.

Askush nuk e përmendi valixhen e zezë. As që u ra ndërmend për të. Një mijë e një fjalë të mira i dëgjuan veshët Limit për atë burrë misterioz. Se sa fisnik dukej... flokët e bardha ia vinin në dukje edhe më shumë këtë gjë... ndoshta ishte i vuajtur, i shkreti, pa familje... sa i mbajtur ish... të kish lezet shpirti me e pa... i rregullt... me autoritet... nuk hëngri dot as vitin e ri qyqi... nuk e dimë as ku jetonte t'i shkonim për përshëndoshje...

Ra një heshtje vdekjeje. Limi i vështroi të gjithë me radhë. Fytyra të pikëlluara, që ta këpusnin

shpirtin. Befas dikush hapi derën e një kokë u zgjat përbrenda:
- Po vjen plaku me valixhen e zezë!
Salloni u gjallërua në çast:
- Nuk e ha mortja dreqin, jo!

Dera

Mëngjesi digjte. Gjinkallat, kumritë e çdo zog i atyre anëve ia kishin nisur këngës së përvajshme që në orët e para prej nxehtësisë përvëluese. Një valë zagushie iu përplas fytyrës dhe ia veshi syzet me avull sapo hapi derën e verandës. Edhe dera nuk harroi të ankohej me atë gërvimën e saj acaruese. E mbylli sërish. Gëëërrrr! E hapi dhe e mbylli disa herë. Tingulli po njëlloj. Herën e fundit e kish vajosur para një jave, por ajo derë e vjetër nuk lodhej së ankuari.

"Mos e luaj atë derë", iu kujtua i shoqi. "Nuk të acaron ajo gërvimë?".

"Jam kthyer në një derë të vjetër", mendoi.

Nuk ia pati qejfi të merrej prapë me vaisjen. E hoqi mendjen prej saj dhe ndezi ekspresin. Edhe ai cingëroi, si përherë. Vuri filxhanin e bardhë me mbishkrimin e kuq "Mrs. Always right" dhe me një palë buzë si qershi, që përforconin hijeshinë, sensualitetin dhe forcën e gruas. Dhuratë prej tij. "Hëmmm", u zgërdhi me vete.

Currili i lëngut kaf filloi të mbushte filxhanin.

Shtoi pak qumësht e tre kokrra akull në të dhe përpara se të ulej në tavolinë hapi perdet tej e tej. Natyra e mrekullonte. Edhe kur e shihte nga brenda kuzhinës, që ishte përherë e freskët, ndonëse dielli jashtë piqte si saç. Përvëluese i rridhnin vetëm mendimet.

  Pa mbaruar ende kafen, ndjeu të shoqin të zbriste shkallët e drunjta në formë spirale. Edhe ato rënkonin nën peshën e hapave të tij të rëndë. Dje kishin fjetur të zemëruar. Edhe pardje. Që nga e shtuna, në fakt. Kthyer kurriz më kurriz. Gati po binin nga shtrati, aq në cep ishin mënjanuar, duke lënë në mes një korridor të bardhë çarçafi. "Kanali i psherëtimave të heshtura" e kish pagëzuar ajo me mendje, përpara se ta rrëmbente paqja e gjumit. "Barrikada e hakmarrjes", e kish quajtur ai, që njëherë kish menduar të merrte jastëkun e të zbriste në dhomën e ndjenjës, por si merakli rehati që ish, nuk e kish bërë qejfin qeder. "Le të ngrihet ajo po të dojë. Ajo e nisi sherrin. Pa asnjë shkak. Na u lëndokërka zonja se unë nuk tregoj interes për të, se nuk jam i pranishëm në shtëpi. Se jap fjalën që s'do jetë më kështu e nuk e mbakërkam. Posi... le t'i bjerë cyles në një vrimë, se mirë e ka... ". E gjithë pjesa tjetër ish një histori që përsëritej e përsëritej ndër vite. Me këto mendime ia kish futur gërhimës për shtatë palë qejfe.

Ai u drejtua nga ekspresi. Ajo nga dera. Kur zhurma e ekspresit pushoi, filloi ajo e derës. Ai nuk foli asnjë fjalë. As ajo. Nisi të hapte e mbyllte derën me një ritëm të pandërprerë. Cinxëritjet e gjinkallave bashkë me valën e nxehtë të ajrit pushtonin kuzhinën dhe zbeheshin sipas të njëjtit ritëm, siç ndodh kur mbyllim e hapim veshët me duar në një ambient me zhurmë. Ai u acarua:

- Çfarë po bën? - e pyeti me habi dhe tërbim bashkë.

Ajo nuk u përgjigj. As nuk e ktheu kokën ta shihte. Vazhdoi të luante derën po njëlloj. Ai u kujtua sa e zemëruar ish me të dhe u përpoq ta harronte historinë e derës, mjaft të mos ndeshej më me të. Ktheu një gllënjkë kafeje, me shpresën se ai lëng shqeto do t'i rridhte si qetësuesi nëpër vena. Por filxhani i shkau nga dora, kafja e nxehtë iu derdh e i dogji buzët, mjekrën dhe kraharorin.

- Ptu, në djall shkofsh edhe ti! - i ulëriti vetes, kafes a asaj që luante derën.

Rrëmbeu një pecetë e nisi të fshihej me shpejtësi për të shmangur nxehtësinë në trup.

Ajo as që reagoi. Tingulli i çjerrë e i zgjatur i derës vazhdonte të sundonte në atë ambient të tensionuar.

- Mjaft! - thirri ai i xhindosur. - Mjaft, se më çmende! A nuk ke ndonjë gjë tjetër për të bërë?

- Asgjë më të mirë se kjo, - ia ktheu ajo qetësisht.
- Ti je e çmendur! - hungëroi ai. - Ti je çmendur krejt!
- Për këtë të jap të drejtë! - tha po me të njëjtin reagim. - Veç me një ndryshim: paskam qenë e çmendur gjithë këto vite e nuk e kam kuptuar. E kam luajtur këtë derë gjithmonë, me shpresën se një ditë gërvima e saj do ndryshonte tingull. Sot e kuptova që duhet të ndryshoj derën!

Dhe e mbylli qetësisht pas vetes.

Çifti

- Po ku u zhduke, moj vulëhumbur? Tre orë për të bërë kafenë!

Hana topolake u çapit ngadalë drejt ballkonit me tabakanë në duar. Dy filxhanët kinezë, të vetmit të mbijetuar nga paja e saj, këtu e dyzet e pesë vjet të shkuara, nxirrnin avull. Aroma e kafesë së sapoblerë, poshtë pallatit, te dyqani i Luanit, që e piqte dhe e bluante çdo mëngjes taze, i shpoi hundët dhe e kënaqi Hekuranin.

- Epo shyqyr, më në fund! Shushkë e hutuar ngele gjithë jetën, por ama kjo kafja jote në shpirt më vete!

- Pije, mos të rëntë në barkut! - ia ktheu Hana, duke ia vënë filxhanin përpara.

Hekurani hurbi me shije e me atë zhurmën ngjethëse të rrufitjes gati gjysmën e kafes me një të kthyer. Nga gjoksi i doli një o-ho-ho kënaqësie. E vuri filxhanin mbi pjatë, fërkoi si fëmijë barkun që i kërcente mbi kraharor si tullumbace dhe u kthye nga e shoqja:

- Si thua, do jetë mërzitur Malua për të bijën, që del ashtu bythëjashtë në televizor?

- Plaç me gjithë Malon! S'të paska zënë gjumi tërë natën për të. Po të ishte mërzitur, nuk e kishte lënë të shkarravitej ashtu me djemtë në sytë e botës.

- Po ku pyesin këta të sotmit, moj torrollake? Po thuaj s'ia kam numrin, se do ta kisha marrë njëherë në telefon.

- Uuuu i shkreti ti për mendtë që ke! Po ty Malua s'ta ka parë derën, ka një jetë. S'të erdhi as kur martove djalin. Ti na u shqetësoke se ajo lanetja bën qejf lart e poshtë.

- Si bythë kusie e nxirë në zjarr ma ke atë zemër! - iu kthye burri me inat.

Por Hana as që ia fërshëlleu hiç. Rrotulloi dy-tri herë llumin e trashë në filxhan dhe e përmbysi. I bëri kryqin sipër me dorë, duke thithur buzët, e nisi të ëndërronte me sy hapur ato çka donte të lexonte përmes hartave dhe simboleve që do krijonte kafja e tharë. Iu bë se fare pranë veshit dëgjoi të qarën e një bebushi të porsalindur. Ishte djalë. Kërceu përpjetë nga karrigia e ia mori gjithë gëzim një valleje pogonishteje. Hekurani u shastis:

- Ç'të zuri, të zëntë temja?!

Hana u përmend. Gjithsesi në fytyrë i nderej po ajo valë lumturie, që e kish mbështjellë ashtu në mënyrë të pavetëdijshme.

- E ka djalë, e di unë, e ka djalë! - tha dhe rrëmbeu filxhanin. - Aaaa, - zuri gojën me dorë,

- ja shihe, edhe këtu kështu thotë. Ia shoh edhe bibilushin të voglit të nënës.

Edhe mallkimet e të sharat e hidhura të të shoqit, nga frika se do ndillte ters gëzimi i saj i parakohshëm, nuk ia zbehën harenë që e kish përfshirë të tërën. Kishte kaq ditë që i lutej të birit t'i tregonte gjininë e fëmijës, por ai dhe nusja ia kishin prerë shkurt: "Kur të bëjmë bejbishurrën[1] ... (seç qe një fjalë që ajo nuk e ndreqte dot e i dilte gjithmonë ashtu) do ta marrim vesh të gjithë".

Gjithë ato vite mezi kishte pritur që i biri të rregullohej. Martesën e kishte shtyrë goxha në kohë, jo po karriera, jo po masteri, jo po kualifikimet e kur i kish trokitur dyzetvjetori në derë, pat vendosur më në fund. Mirë që i qëlloi pushka në shenjë shpejt për fëmijën, të paktën. Hana e dëshironte me shpirt një nip. T'i kujtonte të birin kur ishte i vogël, por edhe se, siç kishin ardhur kohërat e shihte vajzat e botës të lyera e të zhgërryera, të shpuara sa në hundë, buzë, vetull e kudo, zhveshur nga rrobat e mbuluar nga ato vizatimet me bojëra nëpër trup, nuk donte t'i mbinte një e tillë në shtëpi. Më mirë djalë - djali lahet me një pikë ujë!

---

1. *"Baby shower" — festë për bebin që pritet të lindë ose që sapo ka lindur, e përqendruar në dhënien e dhuratave.*

Ashtu, e lumtur, u ngrit. Mori filxhanët dhe pa të shoqin në sy:

- Çfarë do që të hash sot? Jam në qejf e do të kënaq!

Hekurani e vështroi shtrembër:

- Sa herë je në qejf ti, ia mbyll derën gomari ndonjë ditëziu andej nga fshati. Hiqmu e shko na helmo ndonjë gjë.

- Yttt, me helm në gjuhë do vdesësh, o lumëmadh! - iaktheu me të njëjtën monedhë edhe ajo, megjithatë, sa ktheu kurrizin, buza i shkoi sërish vesh më vesh.

Le të shante e mallkonte plaku sa t'i donte qejfi; një jetë atë punë kish bërë. Qe mësuar me kohë me tabiatet e tij, aq sa i kish bërë të vetat edhe ajo. Tani nuk ia përtonte më. Ia kthente si t'i vinte.

Rrezet e diellit që i binin në fytyrë, sikur e përgjumën Hekuranin. Mendoi njëherë të dilte një xhiro lart e poshtë nëpër lagje, të shihte se ç'bëhej, po ndërroi mendje. Nuk donte të kalonte pranë burrave që mblidheshin kokë më kokë që në pikë të mëngjesit e luanin shah. Edhe nja dy herë që kishte ndjekur lojën e tyre, ishte bërë derr. Nuk e tërhiqte ai lloj sporti e as romuzet e tyre: "Eh mor Hekuran, u plake e s'e mësove që s'e mësove këtë të uruar shah". Mendja i shkoi prapë te Malo ziu. Sikur t'ia kishte numrin! "Si u bëmë kështu, xhanëm?", mendoi, "U ndamë nga njerëzit për së gjalli. Ehhhh, u prish dynjaja!".

- Të marrtë muti shalët, të marrtë! - e përmendën ulërimat e së shoqes.

U ngrit ngadalë, duke çmpirë me radhë këmbët, e hyri brenda. Hana priste mishin e grindej me të sikur ta kish para syve.

- Ç'ke, të marrtë mortja, ç'ke? - s'ia përtoi i shoqi pas shpinës.

- Po si nuk mësove një herë ta marrësh mishin siç të porosis unë? Kocka të ka futur përsëri malukati e ti më malukat se ai, as që e sheh fare.

Hekurani nuk iu përgjigj. Nuk ia pati ngenë ato momente lumit të fjalëve të së shoqes. Kur zemërohej vërtet, nuk kish pritë t'i bënte fre shkulmimit të saj. E ai, topitur prej diellit në ballkon, zgjodhi të heshte. Kjo e zemëronte edhe më shumë gruan. Nuk i pëlqente aspak Hekurani i saj i pagojë. Le ta shante, ta mallkonte, por indiferentizmi i tij e tërbonte. I doli përpara me thikë në dorë e nisi të skërmiste dhëmbët:

- E dëgjon ç'të thashë? Ha këmbët e tua sot, se atë mish do t'ua hedh qenve të lagjes.

Burri i ktheu kurrizin dhe Hana iu vërsul nga pas si shqiponjë, por u dëgjua të hapej dera e jashtme e në kuzhinë ia behu i biri:

- Po ç'ke moj mama që grindesh që në mëngjes? Që te hyrja të dëgjohej zëri!

Hana u zbut. Puthi djalin në të dyja faqet,

pastaj në sy dhe tha:

 - Hajt se këtë punë kemi ne, po më thuaj a kam të drejtë që është djalë? - dhe fytyra i shkëlqeu edhe njëherë si në çastet kur shikonte filxhanin.

 - Do ta marrësh vesh në darkë, pra. Harrove? Kemi festën sot.

 - Uh më rëntë një pikë mua!

 - Erdha t'ju marr të blejmë ndonjë këmishë për babin e fustan për ty. Bëhuni gati.

Babë e bir zbritën poshtë ngadalë. Hana po vonohej. Këqyrte këpucët në raft; sipas atyre që do vishte, donte të zgjidhte edhe fustanin.

Djali i futi krahun të atit dhe i tha:

 - Hyjmë në makinë dhe ndezim kondicionerin, s'të bën mirë ky diell, - kur pa që plakut iu formuan bulëza djerse në ballë; kush e di sa i kish vajtur tensioni!

Por i ati ngurroi. Me sytë nga shkallët e pallatit dhe dorën strehë mbi ballë, iaktheu:

 - Po prit, mor bir, prit sa të vijë edhe ajo e shushatura!

Të panjohurit

Keti u zgjua me gojën e hidhur dhe kokën e rëndë. Qepallat nuk po i bindeshin të hapeshin. Një rreze dielli depërtonte grilat e kish gjetur prehje bash mbi fytyrën e saj. Ashtu, me sytë gjysmë të mbyllur, largoi kuvertën. Vari jashtë shtratit këmbët e bardha, si të një bebeje që ende nuk e ka parë dielli, dhe kërkoi me shputa pantoflat, që i mbante përherë në të njëjtin pozicion. Nuk i gjeti, ndaj tendosi gati përdhunshëm muskujt e fytyrës derisa sytë iu hapën. Kur shikimi iu kthjellua, kokërdhokët sa nuk i dolën vendit. Vështroi rreth e rrotull me alarm. Nuk ishte në shtratin dhe as në dhomën e saj. Edhe më tepër u rrefkëtua kur pa se në krahun tjetër flinte një burrë... që nuk ishte i saji!

Ç'kish ndodhur? Vrau mendjen të kujtonte diçka, por pamjet iu shfaqën të turbullta dhe të errëta, si një film fotografik i djegur. Një krizë paniku ia kërrusi trupin. Mbuloi me krahun e majtë gjinjtë e plotë dhe ashtu, gati e përthyer më dysh dhe pa zhurmë, mblodhi rrobat e shpërndara sa andej-këtej në dysheme. Tek vishej me nxitim, pas çdo lëvizjeje shihte nga shtrati. Nën zë lutej që burri të mos zgjohej. Ia nguli sytë për pak se mos e njihte, por jo.

Si kish përfunduar me këtë të panjohur? Vështroi rreth e qark. Dhoma e hotelit, veshur me moket të butë e të këndshëm për lëkurën, ishte mobiluar me shije të hollë. Një shishe verë e dy gota kristali mbi tavolinën molite prej qelqi me mozaik. Tryeza elegante, me dy ulëse të zeza po aq elegante, ishte ngjeshur pas xhamit të dritares së madhe, sa faqja e murit. Perdet e rënda ngjyrë okre, përzier me një nuancë të lehtë gurkali, ishin kapur në dy anësoret e kanatës me kapëse të mëdha të verdha, derdhur në formën e fytyrës së një gruaje-hënë.

Mori shishen, por gati sa nuk i ra nga dora kur pa etiketën: "Brunello di Montalcino". E tundi lehtë si për të parë në ishte pirë dhe e la ngadalë mbi tavolinë, me kujdes të mos bënte as zhurmën më të vogël. Në një pjatancë ovale porcelani, një arragostë gati e paprekur dukej sikur flinte; mbetje ushqimesh të tjera dhe dy *Moelleux au chocolat*[1], që as u kishte ardhur radha të haheshin. Ëmbëlsira e saj e preferuar.

"Të paktën nuk paskam përfunduar në një vrimë miu", mendoi. E vetmja gjë që e

---

1. *Tortë e pasur dhe e shijshme e bërë me çokollatë të errët, gjalpë të kripur, vezë, sheqer dhe miell.*

ngushëllonte ishte fakti që nga përzgjedhja e dhomës luksoze dhe verës së shtrenjtë, ai burrë i huaj, që flinte i patrazuar, dukej të ishte zotëri. Kjo do të thoshte më pak andralla dhe më shumë shanse për t'u larguar paqësisht nga njëri-tjetri.

Mendimet e rrëmujshme po i gjëmonin kokën. Ndihej si miu në çark. Kush e kishte parë një natë më parë të futej në hotel me atë të panjohur? Në ç'cep të qytetit ndodhej? Si do dilte që aty? Donte ta shkundte zotërinë, ta zgjonte, ta pyeste, t'u jepte përgjigje të panjohurave, por ajo shprehje e çuditshme kënaqësie dhe humbjeje njëkohësisht, stampuar në fytyrën e tij, si dikush që sapo kish prekur fundin në një duel për dashurinë, e frikësoi. U step. Bëri dy hapa pas dhe dalëngadalë iu dorëzua faktit që i trembej përballjes dhe që turpi dhe pikëpyetjet e asaj historie do ta torturonin gjatë...

Shija e hidhur e gojës iu bë edhe më e fortë dhe koka po i mpihej, sikur ta kish zhytur në një kovë me akull. Filloi të cimbiste me dhëmbë lëkurën anash thonjve e të rrotullohej mbi thembra, pa ditur ç'të bënte. Hodhi sytë sërish nga burri dhe, si me keqardhje, belbëzoi nën zë: "Kush e di sa i ka kushtuar kjo natë!". Ai, sikur ta kish dëgjuar, lëvizi. Keti, e trembur, rrëmbeu çantën varur në shpinoren e karriges dhe rendi drejt banjës.

Burri hapi sytë dhe ndjeu një lëmsh të zjarrtë në grykë. Iu duk se po prridhej, ndaj donte të lagte gurmazin. U ngrit vrik nga shtrati, por, ashtu, gjysmëndenjur, shtangu. Picërroi sytë. Ku qe? Gjithçka rreth e rrotull ishte e panjohur. Ktheu sytë nga ana tjetër e shtratit dhe e preku. Ende i ngrohtë. Me kë kishte fjetur? Ndjeu çelësin e derës së banjës të rrotullohej nga brenda. Asnjë zhurmë tjetër.

U ngrit. Në këmbën e djathtë iu ngjit diçka... një prezervativ. E largoi me neveri, duke e fërkuar shputën pas moketit. Një tjetër, mbushur plot spermë, dergjej mbi komodinën në krah të shtratit. "Paskam bërë kërdinë", mendoi dhe në çast i erdhi keq që nuk kujtonte dot asgjë. Rrëmbeu rrobat e u vesh me urgjencë. Sytë i zunë një pallto të zezë grash, varur te prifti prej dru ahu, pranë xhupit të tij gri. Ia kontrolloi xhepat. Dy dorashka të buta kashmiri dhe një shami hundësh. Asgjë më tepër që ta lidhte me pronaren e tyre.

Iu afrua tavolinës. Shishja e verës dhe "gostia" e pambaruar gati e luajti mendsh. "Kush do i paguajë gjithë këto salltanete?". Instinktivisht nxori nga xhepi i pasmë i pantallonave portofolin. Asnjë kacidhe, por ama mbante mend se nuk kishte pasur shumë para me vete kur doli nga shtëpia. Me gjendjen në kartën e bankës as që bëhej fjalë të mbulonte aq shumë shpenzime. Gota e verës pa asnjë shenjë të kuqi buzësh, që nënkuptonte markë të mirë e të shtrenjtë, e bëri të mendohej: "Kush e di me ç'pasanike paskam përfunduar! Ta pres, a të iki? Po ta kem ftuar unë, si do t'i paguaj gjithë këto? S'më duhen më shumë telashe tani.".

Rrëmbeu xhupin dhe pa e vrarë mendjen për kërcitjen e derës, doli në korridorin e gjatë të katit. Ashensori ishte i zënë. Nuk priti, por u turr teposhtë shkallëve.

Keti, që kish përgjuar pas derës së banjës çdo lëvizje të të panjohurit, priti edhe ca çaste pas mbylljes së derës dhe nxori kokën me frikë, me veshët ende ngrehur. Si u sigurua që asgjë nuk merrte më frymë veç saj në dhomë, veshi pallton dhe doli. Ashensorin, për fat, e gjeti hapur dhe bosh. Shtypi butonin me duart që i dridheshin. Ngriti jakën e palltos. Nxori nga çanta kapelën në stilin francez. Lidhi disa herë pas qafës shallin e madh, me të cilin mbuloi gati edhe gjysmën e fytyrës e, kur kutia e hekurt ndaloi pa u ndier, priti plot ankth e drojë hapjen e dyerve. Po ta shihte kush?

Për fat, recepsionisti ishte i zënë me një çift që po regjistrohej. Me hap të sigurt i ra mespërmes hollit të madh e luksoz dhe ndali veç një çast te dyert rrotulluese, që të nxirrnin drejt e në rrugë. Ngriti edhe më shallin mbi fytyrë, që askush mos ta njihte, dhe bëri të kalonte, por befas, një goditje e fortë në shpatull e paralizoi. Ngriu e tëra. Ai, apo sportelisti? Paratë e dhomës, mendoi. Gjaku i ra në fund të këmbëve dhe stomaku iu mblodh e iu bë si një rrëfangull, ku zuri vend ankthi. Megjithatë, u kthye me mirësjellje.

- Më falni, zonjë!

Burri pas saj, me një xhup gri e kasketë bejsbolli, qe përplasur pa dashje, në nxitim e sipër për të dalë edhe ai. I kërkuan njëri-tjetrit ndjesë dhe dolën në rrugë. U përshëndetën me një lëvizje të lehtë të kokës dhe morën drejtime të ndryshme.

Shën Valentin i kuq

Atë vit, Shën Valentini qëlloi të dielën. Im shoq premtoi se do më bënte një surprizë, që do më linte gojëhapur. Ia arriti qëllimit. Në fakt, edhe më shumë nga ç'kisha imagjinuar. Jo vetëm që u habita, por, për ca orë, nga emocionet e forta, rashë pa ndjenja. Në buqetën me lule që më pat lënë mbi tavolinën e vogël të rrumbullakët, mbushur me foto nga udhëtimet tona, pikasa një pusullë, që me shumë gjasa do më shpjegonte hapat që duhej të ndiqja deri në zbulimin e surprizës. E lexova me padurim dhe me një frymë:

"Të premtova një surprizë të madhe. Ti e di që e mbaj fjalën. Por kam edhe diçka më të vyer: e dëgjoj përherë këshillën tënde. Të kujtohet kur para një viti bëmë sherr për kokëkuqen që takuam në plazh e më the: "Zhdukmu nga sytë e u djegsh në ferr bashkë me të!"? Ja pra, po shkoj të digjem në flakët e ferrit të saj. E di që thellë-thellë mezi ke pritur të lirohesh nga unë. Mirëmbetsh!".

Qesha. Me letrën në dorë e kërkova në çdo cep

të shtëpisë, duke e thirrur me fjalë të ëmbla, e bindur që më kishte kurdisur rreng e po luante.

"Zemër, ku je futur? Çamarroku im i ëmbël, mos luaj me mua...".

Kur nuk e gjeta askund, i rashë telefonit. E hapi me zilen e dytë. Nga ana tjetër ia behu zhurma e një atmosfere të hareshme, ekzaltuese; një festë. Të qeshurat nuk ndalën edhe kur u përgjigj:

"Mos kam harruar të paguaj ndonjë faturë para se të ikja?".

Një e qeshur gruaje kukurisi mes haresë. Ndjeva të më përmbysej bota; u plandosa në tokë dhe...

Tani do mendoni se ajo ngjarje ka ndikuar keq tek unë, se kam kaluar net e net me shami në dorë e mëngjese plot duke radhitur në garazh shishet e verës a gjithfarë alkooli; se grisa të gjitha fotografitë tona; flaka çdo gjë që tradhtari kish lënë pas e ua mora shpirtin shoqeve me ankesa e të qara; se më zinte gjumi duke mallkuar tim shoq dhe kokëkuqen, që të thyenin kokat në ndonjë greminë! Në fakt, këtë të fundit e imagjinova me detaje, si skenar filmi:

"ATA dalin nga një lokal nate, ku janë dëfryer e shkarravitur me njëri-tjetrin për orë të tëra mes avujve të alkoolit dhe ritmit të muzikës. AI i hedh krahun në qafë e ashtu, duke iu marrë këmbët, e puth deri te makina. AJO e lut të shkojnë te hoteli në krah të pabit, me atë tabelën gjysmë të thyer, ku dritat e mbetura fiken e ndizen, me një zukatje si kuisja e një vaji ngjethës. I thotë se është e vdekur e nuk mundet të vijë më vërdallë me makinë. AI, gjithnjë duke e puthur, e kundërshton me ëmbëlsi dhe i thotë se princesha e tij meriton një vend më luksoz e jo atë vrimë miu. AJO bindet dhe zë vend në kadillakun e zi, duke u përkëdhelur si një koketë e ëmbël. Por AI nuk e di se me çfarë kurve është mpleksur. Makina ndizet. AI i jep gaz, por nuk i reziston dot buzëve të saj të trashura me gjilpëra. Pa i hequr duart nga timoni, turret ta puthë herë pas here. Qeshin e luajnë me njëri-tjetrin si dy adoleshentë të palluar në ekstazi. Rruga fillon të gjarpërojë me kthesa. AI tendoset paksa mbi timon, por mendjen e ka tek AJO. Pas kthesës së fundit, kur rruga shtrihet vijë e drejtë si e hequr me vizore, AI zbërthen pantallonat e AJO var kokën me një buzëqeshje tinëzare. Jargaviten si kërmijtë pas shiut. Nga kënaqësia, AI hutohet, makina del nga rruga e të dy përfundojnë në humnerë".

Jam e sigurt se ti lexues i dashur mendon se jam treguar e dobët dhe kam humbur në përjetime të errëta. Në fakt, ke plotësisht të drejtë, përveç faktit se ky më sipër nuk është skenar. Por, për habi, kështu u ndodhi vërtet. Ama, betohem që nuk i vrava unë!

As kokëkuqen...

Lajmin e vdekjes së tim shoqi ma dha policia.

Vdiq si shkelës kurore me zuskën e tij, se ende s'kishim nisur procedurat e divorcit. Ndodhi fiks një muaj pas Shën Valentinit. Një nga agjentët e policisë i ra qark shtëpisë, pa shishet e radhitura në garazh dhe më pyeti:
- Bëni koleksion shishesh, zonjë?
- Po! Që prej ditës kur më braktisi zuzari, - iu përgjigja me qesëndi.

Edhe në ato momente isha gjysmë e dehur, pa shkuar akoma ora dymbëdhjetë.
- Jua thanë si vdiq?
- Aksident me makinë!? - pyeta si me sugjerim.

Ma kishin thënë në telefon në fakt, para se të shkelnin në shtëpi dy agjentët e policisë. Por edhe sikur të mos e dija, aq herë sa e kisha ripërsëritur me mend skemën e vdekjes së tyre, isha gati-gati e bindur që ashtu do ndodhte.
- E dini që makina e tij kishte pësuar defekt?
- Këtë nuk e di, por ama e dija që do vdisnin të dy në makinë, - i thashë e qetë.

Më pyeti i habitur më tej dhe pa drojë ia shpjegova hollësisht parashikimin tim. Ëndërrimet me sy hapur i përshkova si vegime. Polici nuk foli fare. Diç komunikoi me kolegen e tij, i erdhën edhe pak qark shtëpisë dhe u larguan.

Mbusha gotën me uiski e teksa i shihja të shkonin drejt makinës, nuk dija nëse po pija si vazhdimësi e dhimbjes së braktisjes apo e gëzimit të zbythjes së tyre nga jeta. Këtë konstatim ia thashë edhe psikiatres më pas, në spital, ku më çuan, pasi e njëjta agjente më vizitoi edhe ca herë të tjera. Nuk e di se si iu shkrep policisë të mendonte se makinën ia kisha sabotuar unë. Ato kohë isha gjithmonë e dehur, por të gjithë vendosën që isha e çmendur.

Kështu pra, tani jam në spital, ku më kanë marrë peng. E di që më gënjejnë. Më thanë se dy dashnorët vdiqën bashkë, por, në fakt, kokëkuqja më erdhi në dhomë që ditën e parë. Hiqej si infermiere, por e njoha menjëherë. Sa herë hynte në dhomë, më kapnin kriza paniku. Ulërija e bëhesha aq agresive, sa mjekët detyroheshin të më vishnin një këmishë të çuditshme me mëngë të gjata, që lidhet pas shpine.

Në atë gjendje e urreja për vdekje atë buçen kokëkuqe, që ma kishte nxirë jetën. Jo vetëm më kish marrë burrin, ia kishte marrë jetën, por tani po më torturonte edhe më shumë, duke më buzëqeshur si e pafajshme poshtë petkut të bardhë. Më bënte gjilpëra të çmendesha vërtet. Aq e urreja, sa doja ta hiqja qafe, por ç'të bëj, jam krejtësisht e paaftë të vras njerëz.

Megjithatë, kjo nuk më pengonte të mendoja çdo natë për vdekjen e saj, siç bëra një muaj resht për tim shoq.

Shkruajta dhe skenarin e filmit tim më të dashur të atyre ditëve:

"AJO hyn në dhomën time me atë buzëqeshjen

e saj rrëzëllitëse, që më tërbon. Kjo ndodh pas një kohe që jam sjellë mirë e nuk ma veshin më këmishën e forcës. E mbaj përbrenda gjithë zemërimin që ndiej kur shoh vrasësen time. Po, po, vrasësen time! Se e di që, pasi më vrau shpirtërisht, kërkon të më heqë qafe edhe fizikisht. Pasi më pyet se si ndihem, nuk nguron të më shprehë pakënaqësinë e saj. Me demek, AJO e ka kuptuar që unë sillem mirë me gjithë të tjerët, përveç saj.

"Përse më ke kaq inat?", më pyet gjithë duke buzëqeshur, por ama ia kuptoj ngërdheshjen. Ia lexoj në sy inatin që i vlon brenda dhe dëshirën për të më mbytur. Kështu, më afrohet si me të mira, më bën injeksionin në krahë e, pasi ma fërkon lehtë vendin e shpuar, më sheh drejt e në sy krejtësisht e shpërfytyruar e bëhet gati të më ngulë në qafë shiringën e madhe. Por unë e di, e pres këtë veprim, ndaj shmangem menjëherë, ia kap dorën për vetëmbrojtje dhe mundohem ta largoj. Në përpjekje e sipër, agia e madhe i shpon tejpërtej zemrën dhe AJO plaset në tokë. Më sheh me sy të zgurdulluar e përpëlitet si peshku në të thatë, pas përpjekjeve të kota për t'u zvarritur drejt derës. Zgjat njërën dorë drejt meje e lutet për ndihmë. Mua gati-gati më vjen keq, ndaj vendos ta ndihmoj. I ngjesh jastëkun mbi fytyrë e kështu vuajtjet e saj marrin fund më shpejt. Tek e fundit, nuk i shoh dot njerëzit të vuajnë!".

* * *

Më në fund më lejuan prapë të kem laps dhe letër. Mjekët më kanë me sy të mirë e thonë se, nëse vazhdoj të sillem kështu, shpejt mund ta lë spitalin. Sot që po shkruaj është katërmbëdhjetë shkurt. Kanë kaluar pesë vjet nga dita kur Shën Valentini qëlloi të dielën. Këtu e mbajnë sekret këtë datë, por ma kujtoi Davidi. Është ai qerosi, që më vardiset prej kaq kohësh. Netëve, kur infermierët nuk e kanë mendjen, nuk di si ia bën, por vjen e më futet në shtrat. Por unë s'e kam pranuar më qëkur më tha se ka vrarë gruan. Nuk shoqërohem me vrasës unë!

Sot, që në mëngjes herët, më tha se do më bënte një surprizë për Shën Valentinin. I thashë që nuk më pëlqente më ajo festë që prej pesë vjetësh, por ai ngulmoi që surpriza e tij do më linte gojëhapur... gojëhapur...

Ende nuk ka ardhur. Le të mos vijë! Dita është shumë e bukur e dielli i pazakontë i këtij shkurti të ftohtë po më shijon shumë. Nga stoli ku jam ulur, këtu në kopshtin që ka nisur të gjelbërohet pak nga pak, shoh një ambulancë, ku po fusin me barelë një njeri të mbështjellë me çarçaf. Sa keq! Do kishte mundur edhe ai t'i shijonte këto rreze të mrekullueshme!

E qara!

Rruga e gjatë dhe e mundimshme i ndërmendej e mjegullt, ndonëse kishin kaluar afro tri ditë nga mbrëmja kur të hutuar i kishin sjellë në atë shtëpi të vogël e të ulët, si shtëpi kukullash. Margarita kish tërhequr nga pas, me shpirt ndër dhembë, fëmijët dhe valixhen e madhe, ku kish kyçur gjithë jetën e tyre, përzier me dhimbje, lodhje, ankth e frikë! Përjashto rrugën me furgonin e emigracionit nga qendra e bujtjes në stacionin e trenit në Upsala, gjithçka tjetër i qe fshirë nga mendja. Nuk i kujtoheshin ndalesat, ndërrimi i trenave, emri i vendit ku morën një autobus dhe as qyteti malor, ku i priti një tjetër makinë emigracioni, që i shoqëroi për gati dy orë, deri në pragun e asaj shtëpie, diku lart, në veri të Suedisë. Por ankesat e fëmijëve, lodhjen, sytë lutës për të çmpirë këmbët e mbledhura kutullaç, urinë, etjen, pastaj prapë lodhjen, mërzitjen, nevojën për t'u shtrirë... i mbante mend me detaje.

Mëngjesi i parë në atë strehës të panjohur gdhiu me rënkimet e çatisë nga bora dhe pasthirrmat e hutuara të fëmijëve, që ngjeshën majuckat e hundëve në të gjitha dritaret, por s'mundën të shihnin gjë tjetër veç pishave të larta, kredhur në mjegullën e lehtë, dhe bardhësisë këmbëkryqëse. Kristalet e bardha të borës, që s'reshte, ishin si zbukurimet e festës për ta. Andia dhjetëvjeçare dhe Drini tetë, e njihnin dëborën veç nga televizori. Durrësi, qyteti i tyre, nuk ish zbardhur kurrë deri sa ishin bërë aq.

E ëma i lejoi të luanin pak jashtë. Aty afër pragut. Kur duart e vogla u ngrinë, të vegjlit hynë brenda dhe premtuan se, të nesërmen, nëse nuk do gjenin dorashka në çantën e ndihmave që ajo teta dhe xhaxhi i emigracionit u kishin dhënë kur zbritën nga makina, do t'i mbështillnin doçkat me çorape e do bënin një plak prej bore. Fjetën me ëndrrat e babagjyshit...

Në mëngjes, jo që doreza s'gjetën, por as jashtë s'dilnin dot. Bora, një bojë njeriu, kish bllokuar dritaret deri afër gjysmës dhe derën e jashtme, që, kur e hapën, u përballën me një mur të bardhë. Margarita e mbylli ngadalë e me frikë se mos gjithë ajo borë do i mësynte brenda.

Ndonëse e masakruar nga lodhja dhe dëshpërimi, s'vuri gjumë në sy natën e parë. As të dytën. Ajo shtëpi buzë pyllit e trembte. Gjithsesi, mbrëmjen e mbërritjes, tutje e në krah të majtë, syri i kish zënë tymin e dy oxhaqeve, rreth dyqind metra larg; prania e komshinjve, ndonëse të huaj, e ngushëllonte disi.

Kishin mbërritur në terr aty. Kambanat e një kishe diku tej kishin çjerrë shurdhërinë e meshiçit shtatë herë kur dy punonjësit e emigracionit po i shpjegonin sistemin e ngrohjes dhe të tjera teknikalitete të shtëpisë. Pastaj, mbi tavolinën e drunjtë të ngrënë mole u lanë tri kuti me ushqime, rroba të trasha dimri, shampo dhe çikërrima të tjera, u uruan fat dhe ikën duke mbyllur derën pas vetes.

Sa kishte dashur atë moment ta nxirrte atë ulërimë që po e mbyste prej kohësh e të shkrehej në vaj! Të qante! Ndoshta lotët do ta ndihmonin e do t'ia lehtësonin dertet e atij udhëtimi, nga momenti i nisjes nga Tirana, tre muaj më parë, e deri në degdisjen në atë vend të humbur, ku me siguri përshëndetjen e parë të ditës do ta shkëmbente me ndonjë ari, ujk a kush e di se ç'kafshë që fshihej në pyllin pas shtëpisë.

I kishin tororisur sa andej-këtej, sa në një kamp në tjetrin, sa në një qytet në tjetrin. Ish torturuar orë pa mbarim me pyetje dhe intervista, provokime, mosbesime, ironi; me ecejake nëpër diellin përvëlues apo shiun e hidhët suedez nga dhoma e vogël me dy shtretër marinari në mensat e ngrënies, nëpër korridoret e stërgjata për në banjë apo dush, ku pas dere e prisnin kokëvarur e të mërzitur fëmijët, që s'guxonte t'i linte vetëm asnjë çast. Gjatë gjithë asaj kohe kish dashur të ulërinte, të qante, por s'mundej. Si t'ua shtonte angështimin në zemër të vegjëlve e t'i trembte për të panjohurën që i priste?! Nuk kish qenë e lehtë për ta të linin pas gjithçka e ta ndiqnin nënën, veshur si korb, në një botë që s'ish e tyrja.

Të bllokuar nga bora e pa ditur ç'të bënin, Margarita mundohej t'i vinte të vegjlit të harroheshin me ndonjë punë. Pas shtatëdhjetë orësh, bufeja e vjetër e kuzhinës u pastrua, fëmijët renditën sipas porosive të së ëmës ushqimet e pakta, boshatisën valixhen dhe teshat, bashkë me ato të ndihmave, i sistemuan në dollapin e hirtë në dhomën e gjumit. Pastaj, të tre u hynë dhogave të irnosura të dyshemesë, deri në rraskapitje.

Të dielën mbrëma, dëbora pushoi, por nga xhamat e dritareve thuajse nuk shihej më asgjë. Margarita i kish mbyllur me kohë perdet e leshta në ngjyrë kafe, që fëmijët të mos përjetonin terrorin e izolimit. Ndihej e sfilitur dhe e pashpresë. Nuk dinte ç'të bënte, kujt t'i telefononte, t'i kërkonte ndihmë. Ndihmë? Për çfarë? Për të ngrënë kishin ende. Shtëpia ish e ngrohtë. Punonjësit e emigracionit i kishin thënë të paraqitej të hënën në komunë dhe në shkollën e fëmijëve. Si do ia bënte të nesërmen?

Kur punët mbaruan e s'kish më me ç'të

merrej, Andia nisi të shtypte me radhë butonat e televizorit të vogël, por aparati s'dha shenja jete. E kish provuar edhe më parë, por kokëfortësia dhe mërzia e shtynin të mos hiqte dorë. Dha e mori; hiç gjë. As në celularin e së ëmës nuk kish më internet e për dreq asgjë tjetër nuk gjendej në atë shtëpi për argëtim. E ngulfatur nga dëshpërimi, iu kthye të vëllait hundë e buzë:

- Eja luajmë guri, letra dhe gërshëra!

Por të voglit po i mbylleshin sytë dhe pa iu përgjigjur u kot në prehrin e së ëmës.

- Ohuuuu, - u ankua përvajshëm motra dhe me hapa të rëndë përshkoi sallonin e vogël, që u duk sikur iu përgjigj po aq përvajshëm me kërcitjen ankuese të dërrasave të vjetra, dhe shkoi në dhomën e gjumit.

Hyri në krevatin e madh, ku flinin të tre, mbuloi kokën me jorgan dhe u shkreh në vaj.

Margarita e ndjeu, por nuk nxitoi ta pushonte. Le të qante ca. Le të qante edhe për të. I bënte mirë. Por ngashërimet e së motrës i dëgjoi edhe Drini, që, ndonëse përgjumësh, s'e mbajti dot veten, se e qara apo e qeshura të ngjiten më shpejt se një virus. Ia plasi edhe i vogli me gulçe, aq sa së ëmës iu dridhërua shpirti. Ia përkëdheli flokët, i pëshpëriti ca fjalë ngushëlluese, e mori në krahë dhe shkuan pranë Andias. Nëna hyri mes të vegjëlve e i mbështolli me krahë, si kllloçka zogjtë. Ashtu, në ngrohtësinë që avullonin trupat dhe përqafimin e së ëmës, ngashërimet u tretën pak nga pak e të dy u zhytën në gjumë.

Margarita ndenji gjatë me sytë e përhumbur në errëti. Pastaj, u ngrit ngadalë, i rregulloi pranë e pranë fëmijët, i mbuloi mirë dhe shkoi në kuzhinë. Me zor nxori një qetësues nga mbështjellësja e alumintë dhe e gëlltiti me ngut. Shtrëngoi fort varësen që i shoqi ia kish dhuruar në fillim të atij viti për Shën-Valentin dhe kafshoi grushtin të mbyste ulërimën, që gati po i shpërthente nga gjoksi. Veç të mundej të ulërinte! Veç të mundej! Po ku? Fëmijët do zgjoheshin të tmerruar... Jashtë nuk dilte dot... Të paktën të qante. Ah, sikur të qante!

Sikur të qante...!

Gjuajti me grushte muret e ashpra të depos së vogël në krah të banjës. Duart iu gjakosën, por nga sytë nuk i rrodhi asnjë pikë lot. Shkuli flokët. Pickoi fort kofshët, parakrahët, shtrëngoi fytin... Në një kohë tjetër, ajo çmenduri do ta kish tmerruar, do kishte qarë si e marrë për veten e dalë mendsh, do kish dalë para pasqyrës e do i ngërdheshej pasqyrimit të saj me lemerinë e një çasti më parë... por jo atë natë... jo atyre kohërave... asgjë nuk e ndihmonte të shkrehej në vaj!

Qetësuesi i dytë e bëri efektin tri orë pas mesnate. Më në fund u preh në një gjumë të thellë, që e kish braktisur prej kohësh.

- Mami, mami!

Ndjeu katër duar të vogla ta tundnin e shkundnin. Iu bë se ishte në Durrës e fëmijët i kërkonin të zgjohej, që t'u bënte petulla. Pa i lëvizur qepallat, nderi krahun të ndjente të shoqin në gjysmën tjetër të krevatit. Ngrohtësia e shtratit bosh i tha se ai sapo ish ngritur. U ngrit edhe ajo, ndenjur. Hapi sytë përtueshëm dhe... pa dy fytyra imcake, sa të çuditura, aq edhe të trembura.

- Mami, o ma, ka njerëz jashtë! - murmuritën të vegjlit.

Jashtë dritares thuajse të bllokuar, një stalaktit akulli u shkëput me tërsëllëm, ndërsa xhamin, kur Andia hapi perden, e shpoi drita e një dielli verbues.

- Edhe te dera e jashtme, o ma, - tha vajza e hutuar, kur pa kokat e zhytura në kapuça prej leshi të dy burrave, që po pastronin borën.

Margarita kish ngrirë. Durrësi... i shoqi... njerëz të panjohur, që i kishin mbirë papritur në derë e po i çlironin nga izolimi...

Dhe qau...!

E bukura mes varreve

Inati me pasqyrën zuri fill atë ditë që pyeti nënën:
- A jam e bukur?
- Si m... në shi je, por hiqmu e mos më pengo! - ia ktheu vrazhdë gruaja, kërrusur e me duart zhytur deri te bërrylat në shkumën e govatës së alumintë, mbi avllinë e gurtë, bri fikut të zi.

Ditës iu rrëmbushën sytë. Ktheu hapat, hyri vrik në shtëpi e ndaloi para pasqyrës së madhe në dhomën e gjumit të prindërve. Këqyri veten: flokët e gjatë biondë, si grurë i pjekur, sytë si qielli, buzët e tulta gjak, gjoksin që i kishte shpërthyer bukur, vithet e kërcyera e këmbët e drejta, por gjithçka iu duk e shëmtuar.

- Natë u bëfsha! - tha Dita gjithë inat dhe u plas mbi krevatin e madh.

Asnjë nga shoqet nuk ishte si ajo. Ishin normale. Krejt të zakonshme në pamje: sytë nuk i kishin si "xhixha", siç i thoshin shpesh të tjerët, flokët më të errëta dhe, për më tepër, asnjëra prej tyre nuk kishte gjoks e vithe të kërcyera, që asaj po ia nxinin jetën. Mundohej t'i mbulonte përherë me bluza të gjata në verë e xhup në dimër, por prapë i binin në sy.

Vendosi mos ta shihte më veten në pasqyrë. Dhe nuk e pa as atëherë kur një djalosh simpatik nga kryeqyteti, që kish ardhur për vizitë në fshat, e ndihmoi të ngrinte një nga kovat e ujit, mbushur te "Çezma e Madhe", buzë rruge:

- Je shumë e bukur! - i tha.

Dita shqeu sytë dhe tundi kokën në shenjë mohimi, por po aq u habit edhe djali nga reagimi i saj:

- A e ke parë ndonjëherë veten në pasqyrë?!

E hutuar, ajo ia rrëmbeu kovën nga dora dhe rendi me të katra drejt shtëpisë, por nuk u këqyr në pasqyrë. E ëma ia kish thënë qartë që ishte si "ai" në shi dhe gjithmonë ia përsëriste që nuk ishte për asgjë.

- Zhytesh në libra dhe harron ç'ka bota jashtë. Më mirë kisha bërë një kërcu e isha ngrohur tërë dimrin, sa të bëra ty!

Dhe vajzës i ish mbushur mendja që nata kur e ëma e solli në jetë kishte qenë një nga më të zezat.

Dita ishte motra e vetme mes tre vëllezërve, me të cilët kish goxha diferencë moshe. I ati pat vdekur herët, kur ajo sa mbushi tetë vjeç. E kujtonte turbullt, por nuk harronte ngutjen e së ëmës t'i shtronte tavolinën sapo ai shkelte në derë dhe lotët e saj kur pjata fluturonte në dysheme me inat:

- Lëtyrë ke bërë, jo gjellë! - ulërinte. - U lodha tërë ditën në arë që të vij e të mbaj barkun me dorë tani.

Këto ishin gjysma e së keqes, se kishte raste kur së gjorës i kërciste mbi kokë pjata me gjithë lugë a pirun apo kur babai i turrej, e mbërthente me forcë dhe ia zhyste fytyrën e shndërruar nga frika në gjellën e nxehtë.

I ati kish qenë gjithnjë tepër nervoz dhe i dhunshëm me të, deri ditën që vdiq, vetëm me Ditën jo. E shkreta vajzë e kuptoi kur u rrit e merrte vesh se ç'bëhej rreth saj, se pikërisht kjo ishte arsyeja që e ëma nuk e donte. Sa herë i kërkonte ndihmë, gruaja i kthehej me inat:

- Shko, se ta zgjidh yt atë, se një turi keni!

Ditën kur ai vdiq, nëna u vesh me të zeza, por ama një pikë loti nuk derdhi. E mbajti zinë për një vit, por në varreza nuk vajti kurrë. Kur një herë, Dita iu lut të shkonin te varri i të atit se i kish dalë në ëndërr, e ëma iu përgjigj vrazhdë:

- Shko e këndoi për mua!

Që atë ditë nuk ia zuri më në gojë. Mblidhte lule në oborrin e shtëpisë dhe shkonte vetëm. Ia shkulte barërat e këqija, pastronte mermerin dhe, pasi ia rregullonte edhe lulet, ulej dhe shihte foton e porcelantë.

Sytë e tij nuk i thoshin asgjë; edhe në foto i dukeshin të fikura, të vdekura, por ajo kish shumë nevojë për një palë sy që e shihnin në dritë të bebëzave pa e sharë, pa i bërtitur, pa i kujtuar sa e pazonja ishte, sa e shëmtuar. Edhe pse nuk dëgjonte asnjë fjalë të ngrohtë, mjaft të mos e shihnin me egërsi e aq më tepër me përçmim.

Nga aty ku ishte, i ati nuk kish forcë të bënte asgjë nga ato të tijat, ndaj ajo i shkonte afër shpesh e më shpesh. Ndonjëherë ia zbrazte atij gjithë zemërimin që kish në shpirt dhe e fajësonte për gjithçka hiqte ajo sot; për drurin ndaj së ëmës dhe vëllezërve e për netët e trembura që kish jetuar tetë vitet e para të jetës me të.

Pastaj i kujtohej ajo natë e ftohtë dimri, kur jashtë bora kish mbuluar gjithçka dhe i ati e mori në prehër. Ndenjën gjatë ashtu të dy para mangallit me prush.

- Babi, përse e rreh mamin ti? - e kish pyetur me guximin e fëmijës.

E ëma, që po arnonte për të disatën herë çorapet e leshit të të shoqit, u drodh e shpoi gishtin. Por askush nuk ia vuri veshin. Në dhomë ra heshtja. Edhe vëllezërit që po luanin letra e herë-herë ngrinin zërin, heshtën si me urdhër. I ati nuk iu përgjigj, fillimisht. I ledhatoi kokën, e afroi më pranë vetes dhe me gjysmë zëri i tha:

- Ty nuk do të të rrahë askush. Ia këpus kokën në vend atij që do guxojë. Ti je çupa ime e bukur!

Kjo kish qenë nata e tyre më e qetë dhe më e bukura, për sa kohë babai ish gjallë.

Por edhe ai nuk e mbrojti dot nga e ëma. Kur e shoqja vuri dorë mbi të bijën herën e parë dhe Dita e vogël iu ankua duke qarë, i ati u bë bishë. E kapi për fyti dhe e shtrëngoi fort derisa gruaja u bë jeshil e pastaj mavi; me zë të çjerrë e plot tërbim, si era e marrë grykës së malit, i tha:

- Nëse guxon ta prekësh edhe një herë time bijë, edhe i vdekur të jem, do ngrihem lugat e do të të vras!

Që atëherë, e ëma nuk i preku më asnjë fije floku, as kur i shoqi vdiq, ama nuk linte rast pa ia nxirë jetën. Vite më vonë, kur Dita nisi gjimnazin, pak muaj para se të ndërronte jetë e t'i shkonte të birit pranë, nënoja i tregoi një histori që do ta çudiste:

- Kur ishte i ri, yt atë u sevdallos me një vajzë këtu në fshat. E bukur, peri! Leshverdhë, me sytë si të tuat dhe e urtë te perëndia. Po punëtore? S'kish si ajo. Gjitha të mirat i kish, qyqja. Yt atë u marros pas saj. Edhe ajo e donte shumë. Por gjyshi yt nuk i la të martoheshin. Arsyen nuk e morëm vesh kurrë, bijo, por djali im i gjorë gati u çmend kur ajo ditëzezë u mbyt në rezervuar. Prej asaj dite nuk i foli më me gojë të atit dhe u bë fitil baruti; një fjalë t'i thoshe, shpërthente. E vuajti shumë. Nuk e gëzoi më asgjë në jetë. As kur u martua. Dynjaja këndonin e kërcenin, ai mbytur në hidhërim. Por, ama, çastin kur të pa ty, shtatë ditë pasi linde, i qeshi buza për herë të parë. Deri atëherë nuk donte as të të shihte, por ti po qaje shumë e askush nuk të pushonte dot. Ai u ngrit tërë nerva e thirri: "A do t'ia mbyllni gojën kuçedrës së vogël, apo t'ia mbyll unë?", dhe u turr drejt teje gjithë tërsëllëm. Jot ëmë, lehonë, ende e pamundur të lëvizte shpejt, bërtiti me të madhe kur ai të mori në krahë. Po ashtu edhe unë, që kërceva të të mbroja, por shpejt ulërimat na i mbyti habia kur pamë që të qeshi e u qetësua. Ai nuk e deshi kurrë as tët ëmë... as të pjellët e saj, ndaj menduam më të keqen, por ai të kapi në duar, të mori erë e të puthi sytë. Nuk kishim parë deri atëherë kërthi që t'i hapte sytë ashtu si ti pak ditë pas lindjes. Pastaj të ngriti lart, moj bijë. Zemrat na ngrinë; thamë se bashkë me mendjen do t'i rrëshqisje edhe ti nga duart, ashtu, kopanec i lidhur, por jo... shend e verë tha: "Ma mbushni një gotë! Do pi për shëndetin e Ditës sime!". Në fillim nuk e kuptuam. Ne kishim shtatë ditë që të thërrisnim Lule, por ai ta ndryshoi emrin. "Dita e ka emrin!", tha prerazi dhe askush nuk guxoi ta kundërshtonte. Ti ke emrin e Ditës së tij, që u mbyt në rezervuar, moj bijë, por mos paç fatin e saj!

Dita dëgjonte dhe lotët i rridhnin faqeve. Atëherë kuptoi gjithçka. Iu duk se u rrit befas dhe mbi shpinë iu var thesi i rëndë i viteve të përvuajtura të së ëmës, dhimbjes së të atit dhe haraçit që duhet të paguante gjithë jetën për një faj që s'e kish bërë. Qau e qau sa u dend e këmbët e çuan drejt varreve. U vërtit për gati një orë e hutuar derisa e gjeti të atin. E pa gjatë atë fotografi të vjetër, bardh e zi, mbi gur, edhe ajo e ngurtësuar, pa lot.

Një puhizë u ngrit e shkundi pemët ndanë rrugës dhe diku përtej iu duk sikur pa veten duke kënduar e kërcyer mes varreve.

Ajo ish vdekja

Zhytur në kolltuk, me duart e kryqëzuara sipër barkut, Larsi po mendonte me dëshpërim se ishte e kotë e duhej të hiqte dorë nga përpjekjet, kur e shoqja hyri në studion e ndriçuar fare pak dhe i zgjati pjatën e vogël, me një mollë të qëruar e të ndarë në thela, lyer me mjaltë dhe pudrosur me kanellë. Lana i buzëqeshi si përherë, përkuli drejt tij trupin e bëshëm dhe e puthi lehtë në buzët, që instinktivisht u mblodhën përpara për t'u bashkuar me të sajat. Pesëdhjetepesëvjeçari picërroi sytë mbi gjoksin e bëshëm, që shpërtheu mbi dekoltenë e fustanit të zi dhe gati iu derdh në kraharor. Kur ajo drejtoi trupin dhe sisët e bardha u tërhoqën pas e zunë vend në fole, si ushtarë të mundur e të zënë robër në fushëbetejë, Larsi ndjeu një lloj çlirimi, sikur sapo ta kishin zgjidhur nga prangat. Edhe më shumë kur ajo, ashtu në heshtje, siç hyri, spërdrodhi ijët e kërcyera e të gjera dhe doli si hije.

Tridhjetë e tre vjet më parë, dy "pulëbardhat" e saj, që ngriheshin krenare mbi barkun petë dhe belin sa një unazë, mbështjellë nga një lëkurë gati e tejdukshme, e kishin çmendur deri në atë pikë sa i kish kërkuar të martoheshin që në çastin kur ajo, si tulipan i trembur në mes të shtrëngatës, u zhvesh krejt lakuriq përballë tij. E pat çmendur edhe ndrojtja që ia vishte sytë e përhumbur, si t'i përkisnin tjetër kohe, e folura e ngadaltë dhe gati zëshuar, si jehonë e një pusi të thellë, tundja e lehtë e kokës në formë pranimi pas çdo gjëje që ai thosh, por më tepër se e bënte të ndihej burri më i pashëm dhe i mençur i botës, edhe pse ish vetëm njëzet e dy vjeç atëherë, ndërsa ajo njëzet.

Ah sa i patën pëlqyer vëmendja dhe përkujdesjet e saj, që veçse shtoheshin me rrudhjen e ditëve në kalendarin e jetës. E vlerësoi faktin që ajo nuk mësoi kurrë ta ngrinte zërin edhe kur familja dhe hallet u shtuan. Lana i duronte kokulur dhe me një përvujtni që të shpartallonte edhe dështimet e tij, ndërsa përplaste shuplakat si fëmijë i ngazëllyer kur korrte suksese. Ajo kish qenë përherë gati ta skllavëronte veten që Larsit t'i vihej në dispozicion gjithçka... edhe koha që i përkiste asaj mund të bëhej e tija, vetëm ai t'ia dilte në krye një projekti apo qoftë edhe të udhëtonte për t'u mbushur me frymëzim dhe energji të reja, ndërkohë që asaj i binte bretku. Kujdesej për fëmijët, shtëpinë, punën, edhe të tijën madje, duke e ndihmuar në radhitjen e teksteve të shkruara në copëza letrash, me shpresën se një ditë, ndonjë shtëpi botuese do ta pëlqente dorëshkrimin dhe emri i të shoqit do shfaqej si brajë shkëlqyese në 'tokën' e shkrimtarëve të mëdhenj.

Mendimi për të shkruar, Larsit i pat shkrepur në kokë para dhjetë vjetësh, kur koka bionde e një prej punonjëseve të postës së Dilbekut ish zgjatur përmes hapësirës së derës hapur kanat:

- Zoti drejtor, kemi një problem, - dhe i tregoi për një djalë, që kërkonte me ngulm ta takonte.

Larsin e çuditi ankesa e gjatoshit të hollë, me syze, që i ngecnin mbi gungën e hundës, e me flokët e shpupurítura përpjetë, si ta kish zënë korrenti. Sipas tij, shërbimi postal nuk funksiononte siç duhej e ai mund t'i hidhte në gjyq.

- E përse? - e pyeti Larsi, pasi e ftoi të ulej në karrigen përballë.

- Sepse kam një vit që i dërgoj letra zonjës *Saskia De Coster*[1] dhe s'më ka ardhur asnjë përgjigje.

- *Saskia De Coster?* Shkrimtares? - kish nënqeshur, duke u munduar ta maskonte gazin me një kollitje të beftë.

"Zogu pushverdhë" kish tundur kokën në formë pohimi, duke e vështruar me sy të trembur dhe shpresë njëkohësisht për zgjidhjen

---

1. *Shkrimtare belge*

e hallit që e kish zënë.

Lakmia e ethshme e djalit për të komunikuar me shkrimtaren, e kish vënë në mendime Larsin. Atë mbrëmje iu ngjall dëshira t'u hidhte një sy të gjitha teksteve të shkruara deri atëherë, thjesht si përmbushje pasioni për letërsinë. Dhe kish pyetur veten: përse mos të botonte edhe ai? Le ta njihnin dhe donin njerëzit edhe si shkrimtar! E kish nisur të shkruante jo më për veten, por për lexuesit. Ndërkohë, e shoqja, edhe pas kaq vitesh refuzimi nga botuesit, nuk e kish humbur zellin për ta ndihmuar dhe shpresën se talenti i tij do binte në sy një ditë.

Por, Larsit i kish ardhur në majë të hundës gjithçka. Edhe gjithë ajo përkujdesje dhe ëmbëlsi e Lanës. E kish lodhur vëmendja e saj e pareshtur, njëlloj si indiferenca e botuesve. Nuk e duronte dot faktin që nuk ia ndante sytë asnjëherë, e përndiqte në çdo hap që hidhte brenda atyre metrave katrorë të shtëpisë. E acaronte edhe hedhja e saj përpjetë gjithë shqetësim kur ai thjesht teshtinte. Vështrimet e saj përndjekëse i nguleshin në lëkurë si gjuhë gjarpri. Larsi... Larsi... Larsi... për gjithçka e kudo ish veç Larsi për të. Kur Lana kthehej nga puna e nuk e gjente në kuzhinë apo sallon, hapte lehtë derën e studios, duke u kujdesur mos t'i shkëputste frymëzimin, i dërgonte një puthje në ajër e largohej ngadalë, për t'u rikthyer disa herë të tjera, kur me një filxhan kafeje, kur me një gotë verë e ca fruta të thata apo *waffles* që avullonin, me shurup çokollate dhe luleshtrydhe të freskëta sipër. Ecte majë gishtave e po ashtu dilte. Larsi vriste mendjen se si nuk e kuptonte ajo grua që edhe ashtu e shpërqendronte. Hija e saj i ishte kthyer në makth, aq sa edhe kur nuk ishte në shtëpi, i bëhej se ajo hapte e mbyllte derën vazhdimisht apo zgjaste kokën dhe e vëzhgonte nga çdo cep.

Qe përpjekur shumë herë t'ia shpjegonte. Urtë e butë, siç dinte të fliste ai. Ajo tundte kokën ëmbëlsisht dhe pranonte në heshtje, por të nesërmen të gjitha fjalët ishin tretur me natën. Ca kohë, Larsi e bëri zakon të kyçej në studio; të paktën atje të gjente ca orë qetësi në vetmi. Por kjo e bëri edhe më shqetësuese situatën. Lana, pasi lëvizte disa herë dorezën, trokiste fillimisht butë:

- Larsi... Larsi... - ëmbëlsia e zërit, shpejt ia linte vendin shqetësimit. - Larsi, a je mirë? Larsiii?

Ulërimën që ia shqyente gjoksin e dëgjonte veç ai. Se as ai nuk dinte të bërtiste, ta ngrinte zërin. Ashtu mbyturazi, kapte cepat e këmishës, mbështillte grushtet me to dhe izolonte gojën. Pastaj, si të mos kish ndodhur asgjë, përgjigjej duke u shtirur i qetë:

- Jam mirë, shpirt. Po punoj. A mund të më lësh vetëm nja dy orë?

Ndjente hapat e saj që largoheshin e ktheheshin fiks pas dy orëve. Me veshët e ngrehur përpjetë si brak, mbështetur faqen pas dere, ajo kërciste sërish ëmbëlsisht disa herë.

Atëherë, mbushulluar maraz, por i pafuqishëm që t'i zbrazej me inat asaj gruaje që i rrinte gati për gjithçka, shpeshtoi udhëtimet i vetëm. Merrte pushime nga puna dhe, pasi i justifikohej Lanës: "Më duhet ta përjetoj nga afër vendin që po përshkruaj në libër. Do mbyllem diku, larg botës, zhurmave...", nisej.

Por edhe atëherë nuk pushonte telefoni: "A hëngre mëngjes? Si është koha aty? A je veshur mirë? Ke shkruar? Mos ndoshta ndihesh i vetmuar? Ke nevojë për ndonjë gjë?".

"Aaaaaaaaaaaaa", ulëriu fort një ditë dhe e bëri copash telefonin pas murit, sapo e mbylli me Lanën. Kalimtarët në shëtitoren buzë plazhit në *De Haan*[2] ngritën sytë të shqetësuar drejt ballkonit të katit të dytë, nga u dëgjua piskama e gjatë e burrit në hall. Edhe komshinjtë zgjatën kokat jashtë dhe mbajtën frymën të kuptonin ç'po ndodhte. Asgjë s'u dëgjua më. Qetësinë e thyen veç valët e detit tej, ndaj, të frikësuar se mos i kish ndodhur diçka e keqe, dikush lajmëroi policinë.

Ajo e diel tetori, me diell, por e ftohtë, pasi dy

---

2. *Qytet bregdetar në Belgjikë*

policët zdapa kthyen kurrizin dhe e lanë vetëm në apartamentin e marrë me qira, i vuri kapakun vendimit: "Do divorcohem!", që u shkri si flokët e parë të borës sapo vuri këmbë sërish në shtëpi.

Lana e priti me krahët rreth qafës, me buzëqeshjen vesh më vesh dhe tavolinën e shtruar me pjatat e tij të preferuara. Kishte detyruar edhe dy djemtë të anulonin të gjitha planet e të shkonin në mbrëmje, se do darkonin bashkë: "Me babin... Se do vijë babi... I shkreti, kush e di sa e ka lodhur vetmia", u kish thënë në telefon çunave-burra, që jetonin më vete dhe çuditeshin se si nuk lodhej e ëma duke e trajtuar të shoqin si fëmijë të përkëdhelur.

"Po unë, si nuk lodhem?", pyeti veten Larsi. "Në fakt, ndihem i pushkatuar, i vdekur. A lodhet një i vdekur?", u çart, ndërsa ajo, me buzëqeshjen e nderur në fytyrë, e shtynte të hante edhe pak sallatë, se kush e di sa keq ish ushqyer andej, mbyllur mes katër mureve.

E torturoi veten gjithë mbrëmjen duke menduar e stërholluar mënyrën se si do t'ia thoshte atë që i ziente nga brenda. Priti sa djemtë u hipën makinave e ikën drejt shtëpive të tyre dhe i doli përpara Lanës. E kapi nga shpatullat... por, sapo pa sytë e saj të lëviznin si të çakërduar sa andej-këndej, në kërkim të diçkaje që ta bënte për të shoqin, dhe atë hije buzëqeshjeje që i vishte krejt fytyrën, gjuha iu lidh. E shpartallonte ajo buzëqeshjeje... jo, jo, e vriste... e urrente më shumë se gjithçka. Ia ngrinte nervat, e bënte të lajthiste, të çmendej, por nuk ia thoshte dot... nuk mund t'ia thyente zemrën. Çdo fjalë iu kthye në hi e ajo buzëqeshje në varrin e tyre; "Buzëqeshja jote - varreza e hirtë e fjalëve të mia", shkroi në mendje.

Sa mblidhte forcat e gjente kurajën t'i fliste, po me të njëjtën shpejtësi kthente kurs. Anija e tij duhej të përplasej patjetër me të sajën për t'i shpëtuar ajsbergut që mund ta fundoste përgjithmonë, por ai nuk kish guxim ta bënte. E dinte që për Lanën do ishte një mbytje e sigurt, një vdekje e ngadaltë e me shumë vuajtje. Si mund t'ia bënte këtë? Po vallë si nuk arrinte ajo ta kuptonte se sa ia merrte frymën? Se sa e jargavitur dhe pështirosëse ishte të shihje gjithë jetën të njëjtën mimikë të programuar në buzëqeshje, të njëjtat lëvizje, të dëgjonte të njëjtat fjalë të sheqerosura? Të ndihej i fiksuar gjatë gjithë kohës në rrezen e shikimit të saj? Ajo kish marrë trajtën e një sateliti në përgjim e ai nuk kish "zgjuarsinë" ta çaktivizonte.

"Për forcë zakoni na nguliten ca shprehi, ndonëse nuk i përtypim dot. Njëjtë ka ndodhur edhe me mua, jam shndërruar e kam marr formën e saj; nuk bëj dot ndryshe nga ç'kam bërë deri tani, jam mësuar mos ta mërzis Lanën dhe nuk po dal dot nga formati", mendoi. "A mund ta bëj? A mund ta ndëshkoj gruan që kam dashur, duke i shkatërruar jetën në këtë moshë? Po, e di, e kam dashur, por jo më... tashmë vetëm më dhimbset, ndërsa ajo... ajo ka një dashuri të sëmurë... ose ndoshta përkujdesjet i vazhdon edhe ajo për forcë zakoni, ose nuk ka ditur kurrë të bëjë ndryshe... Gjithsesi, sido të jetë, nuk e meriton të vuajë. Më ka falur krejt jetën, veten, dy djem të mirë e tashmë, pesëdhjetetrevjeçare, bota do t'i përmbyset e vetmia do ta vrasë... do ta vrasë...".

"Vetmia do ta vrasë... do ta vrasë", përsëriti dhe fytyra iu përshkëndit nga një mendim i beftë. Vërtet nuk donte ta bënte të vuante Lanën, kështu që mund ta shpëtonte prej dhimbjes... edhe veten prej saj. Nuk do ta linte ta vriste vetmia pak nga pak, ndaj do ta vriste ai... shpejt e shpejt... pa vuajtje!

Si nuk e kish menduar më parë? Dale, prit! Sa e sa histori vrasjesh kish dëgjuar, kish imagjinuar për librat e tij, kish parë nëpër filma... asnjë nuk i ngjante historisë së tij. Të tjerët kishin vrarë për pasion, për tradhti, për përfitim, për kënaqësi... Ai nuk kish histori pasioni. Nuk qe marrosur pas ndonjë kokëkuqeje, me njëzet apo tridhjetë vjet dhe kilogramë më pak se e shoqja. Nuk kërkonte as të përfitonte para nga sigurimi i saj... madje, këtu ish kyçi: nuk kërkonte të përfitonte më asgjë prej saj! Donte të çlirohej, të fluturonte i lirë si zog, pa frikën se po e vëzhgonin sytë e shkabës, që mund ta gllabëronte nën kthetra, për t'ia shqyer gjoksin pak nga pak.

Kështu, ditë me radhë thuri sa e sa plane vdekjeje "natyrale", ndërkohë që Lana i sillej nëpër këmbë e buzëqeshur: "Shpirt, a dëshiron edhe pak tortë? A t'i shtoj edhe një çikë mjaltë çajit? A mund ta lexoj atë që shkruajte dje...?". Çuditërisht, ai nuk po nervozohej më. I përgjigjej me të njëjtën buzëqeshje. Pranonte çdo ofertë të sajën dhe dilnin gjithmonë e më tepër bashkë.

Një natë u vonua më shumë se zakonisht në studio, që Lanën ta zinte gjumi dhe ai të ndërmerrte aksionin e parë drejt lirisë... qetësisë. Eci në majë të gishtave dhe zgjati kokën te dhoma e gjumit të kontrollonte të shoqen. Sa nuk i pushoi zemra kur nëpër terrin e dhomës, që e vriste zbehtë drita e kuqe e një abazhuri të vogël, pa hijen e Lanës, ulur në cep të shtratit, si qyqja mbi degën e një peme. Krejt lakuriq, ajo zgjati krahët drejt tij:

- Më ka marrë malli të ma marrësh shpirtin! - i pëshpëriti me një tjetër lloj ëmbëlsie. Zëri u mundua të fshihte drojën që ndjente, se lakuriqësia e trupit mund t'ia padiste si shtirrje.

- Oh, kjo është dëshira ime më e madhe, - iu përgjigj sinqerisht ai, me sigurinë që ajo s'do ta kuptonte.

Pasi bënë dashuri dhe gërhima e Lanës shkafanjiti qetësinë, që bëhet aq shurdhuese në padurimin e pritjes, u ngrit ngadalë, shkoi në garazh dhe...

Ia liroi frenat makinës së saj, por të nesërmen nuk e la ta përdorte - e shoqëroi vetë deri te puna. Ditë më vonë i mbushi mendjen për vetitë "e çmuara ushqyese" të ca barërave helmuese të kopshtit, që i hodhi në plehra pasi ajo i lau e po i grinte për sallatë; i hodhi në çaj një mbidozë qetësuesish, por e derdhi shpejt në lavaman; shkuan për ski në "Mont Blanc", në Francë, i hipën teleferikut më të shpejtë të botës, "Vanoise Exspress"... por, çdo plan që thurte natën, e shthurte mëngjeseve. Çdo ditë njëlloj; mbushte e zbrazte ujë në amull. Ishte e kotë; nuk e bënte dot. Aq sa e dëshironte, po aq i neveritej vetja; aq sa nuk e duronte më Lanën, po aq i dhimbsej.

"Atëherë, më mirë po vras veten e do shpëtoj", mendoi.

Kështu, zhytur në kolltuk, me duart e kryqëzuara sipër barkut, Larsi mendoi me dëshpërim se duhej të hiqte dorë përfundimisht nga përpjekjet për ta vrarë. Kur e shoqja doli nga studioja, pasi i zgjati pjatën e vogël me mollën me mjaltë, pudrosur me pak kanellë, shoqëruar me një puthje të lehtë, uroi që Lana të kish pasur fuqinë t'i lexonte mendjen e kanellën ta kish përzier me helm, nga ai që përdornin në bodrum për minjtë. Do ishte vdekje e dhimbshme, por...

Kërceu përpjetë. "Gjeniale", mendoi, "e gjeta zgjidhjen për librin" dhe rendi te kompjuteri, pa u merakosur për copat e mollës që ranë e përlyen tapetin venecian. Gjithë ato muaj që përpiqej të vriste heroinën e romanit, duke përshkruar me detaje çdo plan që thurte vetë për vdekjen e Lanës... ja ku kish qenë çelësi. Do vriste "vrasësin", që s'dinte e nuk mundej të vriste. Po, po. Ja ku e kish të gatshme skenën e fundit, që do t'i shpëtonte librin, madje do t'ia çonte nëpër stendat e librarive:

E shoqja lexon fshehur dorëshkrimin e burrit dhe e llahtarisur kupton qëllimin e tij, por edhe paaftësinë e tij për të vrarë... atë dhe veten. Meqë ai nuk jeton dot më me të, por as ajo nuk mundet të jetojë pa të, merr vendimin t'ia lehtësojë punën: shtyp në havan një prej helmeve të minjve, e përzien me kanellë, që mos t'i ndjehet shija dhe era, shton mjaltë sipër dhe ia çon të shoqit në studio. Kjo është një gjë që e ka bërë me mijëra herë, ndaj nuk ndjell aspak dyshim. Do ta puthë lehtë e do kthehet në kuzhinë të hajë mollën e saj të helmatisur, ndërkohë që ai do ta ketë përlarë të vetën pa u mbushur mirë me frymë, siç bën zakonisht. Përpara kësaj, si një brace xhepash, ia ka marrë telefonin fshehur, pastaj shkëput fiksin, mbyll dyer e dritare, derën e studios kujdeset ta kyçë nga jashtë e të gjithë çelësat e shtëpisë i flakarin sipër dollapit të kuzhinës, ku është e sigurt që nuk do mundet t'i marrë, pasi fuqitë ta lënë. Kështu, askush prej të dyve s'do ketë mundësi të dalë a të kërkojë ndihmë. Ajo, që ka qenë gjithë jetën shërbëtore e devotshme e dëshirave të tij, tani po i plotëson atë, të fundmen, por po e ndëshkon për herë të parë: do vdesin të ndarë; ai nuk e meriton t'ia shtrëngojë dorën për herë të fundit. Fund.

Në pesë orë punë dhe dhjetëra faqe e përshkroi skenën finale me detaje dridhëruese; çdo veprim, emocion, gjendje, i shkaktoi të dridhura, si t'i përjetonte vërtet. Vdekjen e vet, domethënë atë të personazhit kryesor, e nxori pak më të thatë se atë të "heroinës", që arriti të bënte çka ai nuk kish mundur dot. Kur shkroi fjalën "Fund", dy lot i rrëshqitën faqeve. Nuk e kuptoi në shprehnin gëzimin për mbylljen e romanit, për të cilin tashmë ish më se i sigurt që jo vetëm do botohej në Belgjikë, por do merrte udhët e botës, apo rëndim emocional për krimin që kish dashur të bënte. Me sytë e mendjes pa nëpër vitrina kopertinën me emrin e tij dhe titullin "Ajo ishte vdekja".

Fshiu lotët me shpinën e dorës, printoi njëqind e tetëdhjetë e tre faqet e shkruara, vuri buzën në gaz pas kaq shumë kohësh dhe u nis t'ia jepte Lanës ta lexonte. E dinte që do ta gozhdonin përshkrimet e skenave dhe vendeve ku kishin qenë bashkë, por mund t'i justifikonte lehtësisht: shkrimtari përdor çdo mjet për qëllimin dhe bazat e rrëfimit i merr nga realiteti. Pastaj ato i vesh me trillim, që romani të dalë sa më i bukur dhe i sinqertë.

Uli dorezën, por dera nuk u hap. Provoi sërish. Edhe një herë. Çoi dorën te çelësi, por... nuk ish në gjuhëz. Nuk mbante mend ta kish mbyllur. Pastaj u kujtua që e fundit kish dalë Lana. Ngriu. Kish ngecur si miu në çark. Zemra iu drodh si përpëlitjet e fundit të një zogu acari. Hodhi sytë nga molla, që dergjej e nxirë mbi tapet. Mori pjatën dhe nuhati pak kanellë që kish ngjyrosur të bardhën e porcelanit. Asnjë aromë e çuditshme, përveç asaj që shqisa ia njihte mirë. Kjo sikur e lehtësoi. Shkoi sërish te dera dhe e grushtoi fort: "Lanaaaaa, Lanaaaaa".

Kontrolloi për celularin. Futi dorën në hapësirën që krijohet mes ulëses dhe shpinës së kolltukut, pa poshtë tij, rrëmoi në çdo cep, hodhi në tokë krejt çka mbante tavolina e punës, hapi dhe rrëzoi sirtarët... asgjë. I shkatërruar, shkarraviti trupin ngadalë pas bibliotekës së vogël derisa preku dyshemenë. Futi kokën mes këmbëve e dënesi si fëmijë: "Pra, ajo e paska lexuar dorëshkrimin. Gjithçka shkruajta deri tani, po ndodhte në kohë reale", mendoi i fikur dhe i dorëzuar.

U zvarrit dhe mori copat e mollës. I përtypi ngadalë dhe u shtri në tapetin venecian, në të njëjtin pozicion siç e kish përshkruar te personazhi i romanit: në formën e fetusit.

Mbylli sytë dhe uroi që vdekja ta gjente në gjumë!

- Lars, Lars, çohu, paske fjetur mbi kompjuter!

Fjalët e Lanës i erdhën si dikur, si jehonë nga një pus i thellë e gati të pazëshme, ndërsa shkundjet në sup e përmendën. Një ndjenjë lehtësie iu përhap ngadalë nëpër trup, si rrathët e liqenit të qetë, pasi hedhim një gur. "Paskam qenë në ëndërr", mendoi.

Hapi sytë e brofi në këmbë ta pushtonte në krahë të shoqen e të hidheshin e përdridheshin të lumtur se ishin gjallë, por gëzimi i ngriu në buzë, kur e pa ashtu të buzëqeshur, teksa i zgjaste një pjatë të vogël porcelani, me mollën e ndarë në thela, lyer me mjaltë e pudrosur me kanellë.

Fustani
Mamit tim

Prill 1987

Gjelat e parë e kishin çjerrë errësirën prej orësh, por ajo, në dritën e abazhurit, për të mos u prishur gjumin tri vajzave, që flinin veç pak metra larg, vazhdonte të qepte. E nguli dhe nxori gjilpërën edhe një herë të fundit, lidhi fillin rozë disa herë nyje rrëzë qepjes, e preu veç disa milimetra sipër saj, e ktheu parsh fustanin, shtriu krahët dhe e ngriti përpara vetes. E kundroi me aq dashuri, sa sytë gati i shkreptinë xixa. E imagjinoi të voglën e saj brenda atij fustani tek vallëzonte para qindrave spektatorëve në kinemanë e qytetit: ja ku po bën ca pirueta dhe e vrundullon ajrin me lëvizjet e hijshme dhe elegante prej balerine të vogël. Flokët gështenjë e të gjatë i ka kapur topuz sipër kokës, stolisur me një fjongo mëndafshi rozë e lehtë, gati-gati në të bardhë, që ajo vetë ia ka stiluar me shumë kujdes, getat e bardha ia theksojnë edhe më tepër këmbët e holla, puantet në shputat e vogla dhe ja fustani, që derdhet bukur në trupin e lules së saj të brishtë.

Frika se nuk do ta bënte dot gati fustanin për të bijën, tashmë ia kish lënë vendin lumturisë. Ishte e sigurt që kishte bërë një punë të mirë. Imagjinonte lumturinë e Orlës kur të hapte syçkat larushe pas ndo një ore e në karrigen pranë shtratit të gjente fustanin.

"Oh, e vogla ime", mendoi, "fjeti me trishtimin se në shfaqje nuk do mundet të veshë fustanin që e ëndërroi aq shumë".

Një javë më parë

Pranvera kish ardhur e dielli piqte si në korrik. Lulja, me tri bijat - Borën, dymbëdhjetë vjeç, Orlën nëntë dhe Andën dy vjeç e gjysmë - shkuan në mapon e qytetit. Do t'u blinte sandale. Sa merak e kishte pasur gjithmonë t'i vishte bukur e me shije vajzat. Flokëve nuk u mungonin kurrë karficat apo kordelet, çorapet e bardha ishin "detyrim", ndërsa zgjidhte copat më të bukura, që, prej duarve të mikes së saj rrobaqepëse, Dianës, dilnin fustane elegante e tepër të hijshme.

Atë ditë, mapoja e lagjes "Çelepias" ishte dyndur nga njerëzit. Në fakt, gati të gjithë shtyheshin te dyqani i sandaleve. Shitëset e tjera, ulur në stola druri, dukeshin të përgjumura pas banakëve të tyre të heshtur. Pas gati një ore në radhë, mes njerëzve që kishin krijuar një miting të vogël, që provonin sandale, i kthenin e provonin të tjera, më në fund arriti t'u blinte vajzave çka pëlqyen. Veç më të voglës ia zgjodhi vetë.

Orla, pasi i shtrëngoi të vetat në gjoks, e tërhoqi të ëmën në dyqanin e fundit të asaj salle të madhe, shtruar me pllaka të zeza me lara. Shitësja, një grua e bëshme, mbi të dyzetepestat, me flokë të dredhura në korrent, në një ngjyrë ndryshku, që më shumë të jepnin idenë e kashtës së përvëluar nën diell, sikur u gjallërua kur pa klientet përpara vetes.

Orla ia nguli sytë një fustani rozë, me një copë të derdhur si mëndafsh, me ca dantella të holla si erashkë e vogël, që zbukuronin zhaponetë (i kish ngelur në mendje erashka e Madamë Baterflait në pjesën e baletit që kish parë në televizor ca ditë më parë). Edhe rreth e qark jakës rrumbullake ish qepur e njëjta dantellë, por pa frudha, që vinte në një rozë më të thellë se ajo e fustanit, njëjtë me ngjyrën e rripit të mëndafshtë, që shtrëngonte mesin. Poshtë hapej në një veref të shkurtër, qemeri i së cilës ish qëndisur me ca rruaza tepër të vogla e gatigati të tejdukshme, pikërisht si ato të shamisë së qëndisur të gjyshes, që mami mbante në sirtarin e parë të komosë, kujtim nga nëna e saj.

"Si fustan princeshe", mendoi Orla dhe me mend e hoqi nga varësja kapur në një nga raftet e drunjta dhe e hodhi mbi shtat. Sa bukur dukej!

Pa i hequr sytë prej andej, filloi të ndukte të ëmën nga rrobat.

- Do t'u martokan larg vajzat, - hyri drejt e në bisedë shitësja me flokët si kashtë e përdredhur.

Lulja i fali një buzëqeshje të lehtë, sa për t'i dhënë pak atmosferë të ngrohtë bisedës, ndonëse nuk kuptoi asgjë. Por shitësja nuk e la të mendohej gjatë:

- Do të martohen larg, po them. Të tria, - ia priti dhe, sikur ta kish pickuar diçka nga këmbët, brofi, i dha trupit përpara e gati u shtri mbi banak duke i vështruar vajzat drejt e në sy. - A i ke të tuat? - u kujtua të pyeste.

- Po, - u përgjigj si e hutuar Lulja.

- Eh, se thashë mos ndoshta... ku i dihet. Se këto dy të mëdhatë ngjakan shumë me njëra-tjetrën, një fytyrë paskan, por kjo e vogla... hëëëmmm hiç, po hiç fare... Le që kjo qenka kopja jote, ç'them edhe unë... - dhe pa pritur as konfirmim, as kundërshtim, vazhdoi në qejf të vet: - E që po të thosha, do të martohen ehuuu sa larg. E di pse? Se i kanë vetullat larg njëra-tjetrës. Ja këtu... e sheh? - dhe vuri gishtin mbi kanalin mes vetullave të saj, që formonin gati një të vetme. - E kanë goxha largësinë... Dorë me një është... Ja unë...ngjitur i kam e te dera përballë u martova...

Lulen e kapi e qeshura, por u mundua ta mbante.

Hutimi ia la vendin një lloj ngazëllimi të pashpjegueshëm që i falnin tipa si ajo që kish përballë. E në klinikën dentare ku punonte, kishte hasur shumë të tillë.

Ndërkohë, Orla vazhdonte t'ia tërhiqte lehtë teshat, për t'i fituar vëmendjen. Kur e pa që shitësja as që kish ndërmend t'ia lëshonte të ëmën, i tha:

- Ti teta, që i dikërke të gjitha, pa më thuaj, a do më rrijë mirë mua ai fustani rozë?

Teta-shitësja shpërtheu në ca të qeshura të forta, që kumbuan e lëvizën edhe raftet e dyqanit.

- Po ti qenke dreqi vetë moj... thashë unë, do të rrëmbejnë larg ty...!

Pastaj kapi fustanin, i pa edhe njëherë masën, si për të vërtetuar që nuk kishte ndryshuar nga hera e fundit, dhe vetullat iu bënë gati kaçurrel si flokët:

- Ti je sa një mizë për këtë fustan. Është masë e madhe, - dhe e vari përsëri si me urdhër.

Sytë e trishtuar të Orlës vështruan dyshemenë. Sa e kish pikasur që larg atë fustan, kish filluar të ëndërronte sikur vallëzonte me të. Shfaqjen e baletit e kishte vetëm pas një jave e si balerinë e parë kishte të drejtën e një fustani ndryshe nga vajzat e tjera të grupit, që zakonisht vishnin çka u jepnin nga garderoba e pallatit të pionierit, por, herë-herë, fëmijët i siguronin vetë veshjet.

- A mund ta gjejmë në masë më të vogël? - pyeti Lulja, që lexoi mendimet e së bijës. Trishtimi i saj sikur ia mori frymën.

- Aaa... vetëm këtë kam. Të shoh mos gjej tjetër pas një muaji, kur të marr furnizimin.

- Po mua më duhet brenda javës...! - u ankua me gjysmë zëri e vogla.

Koha u zvarrit ngadalë për Orlën, ndërkohë që shfaqja afrohej. Kështu i ndodhte sa herë vihej në pritje të diçkaje. E torturonin pritjet, por edhe më shumë refuzimet. Ditët i ndante mes shkollës dhe provave të baletit, ndërsa mbrëmjeve, kur e lodhur dhe e përgjumur vinte kokën në prehrin e së ëmës, jo rrallë shfrynte një duf mërzie:

- Sa e doja atë fustan! - dhe syçkat i errësoheshin prej trishtimit. - Ma, a mund të ma qepë teta Diana një fiks si ai?

- Po teta Diana ka shkuar në Vlorë te prindërit, zemra ime.

- A nuk ka rrobaqepëse tjetër?

- Ka, por vështirë se mund ta gjejmë atë lloj cope dhe ta qepim në kaq pak kohë.

Orla trishtohej sërish. Netëve, ëndërrimet e çonin në atë sallë të mbushur plot e ajo e veshur si princeshë i mahniste të gjithë me kërcimin. Zyshë Dorina e baletit i thoshte që dukej një yll i vërtetë e shoqet e kundronin të mahnitura. Por ajo do t'ua jepte të gjithave nga një ditë ta vishnin fustanin e saj. Veç ditën e shfaqjes e donte për vete.

Ja me këto mendime e zinte gjumi gati çdo mbrëmje. Lulja nuk kishte lënë vend pa kërkuar për copën, por pa rezultat. Kështu, ditën e fundit para shfaqjes i shkrepi një mendim: vërtet fustani ishte tri masa më i madh, por me pak fat mund ta përshtaste mirë për shtatin e imët të së voglës. Shansi apo dëshira e ethshme e së bijës e kishte ndihmuar: fustani nuk ishte shitur. Priti sa fjeti balerina e saj dhe iu fut punës: mat, pri, ngjit e qep e ndonjëherë e kapte e qeshura kur kujtonte shitësen e mapos dhe zemërimin e së bijës: "Le të martohem larg, veç vetullat si të asaj që i merr fustanet sa për veten nuk i dua!", kish thënë, duke u përpjekur të mbante lotët.

...

Gjithë natën u qërua për t'i falur dritë e shkëlqim syve larushë të Orlës. E vështroi edhe njëherë e kënaqur, e vari fustanin në karrigen e drurit, që e vuri pranë shtratit të së bijës, dhe vetë u kruspullos te këmbët e saj, derisa dielli të shkelte syrin mbi kodrën e kalasë e të shkëlqente grilat...

21 janar 2021

www.ingramcontent.com/pod-product-compliance
Lightning Source LLC
LaVergne TN
LVHW032004070526
838202LV00058B/6288